파랑
검정
빨강

코리아 내부 식민지, 이주노동자 이야기

파랑 검정 빨강

김달성

푸른 꿈을 안고 찾은 꿈의 나라 한국

꿈은 사라지고 절망과 암흑인 나라

아픔을 딛고 내일로 향하는 붉은 희망

밥북 B·OB··K

들어가는 말

'이주노동자들의 파랑 검정 빨강'

2018년 2월부터 이주노동자들을 만났다. 그리고 그들에 대한 글을 쓰기 시작했다. 나의 페이스북에 마치 일기처럼 기록했다. 시간의 흐름을 따라 글을 써서 꾸준히 올렸다.

이제 더 많은 사람과 공유하고 싶은 글들을 뽑아 책으로 묶어 내려고 하니 제목이 고민되었다. 문득 떠오른 게 '이주노동자들의 파랑 검정 빨강'이었다.

파랑은 외국인노동자들이 한국에 올 때 흔히 품는 코리안 드림을 상징한다. 그들은 대개 푸른 꿈을 가슴에 품고 한국을 찾는다. 그런 그들이 낯선 타국의 공장이나 농어촌에서 거친 노동을 하며 여러 해 동안 살다 보면, 적지 않은 시련과 고통을 겪는다. 때로는 칠흑 같은 날들을 통과하기도 한다. 그 시간은 검정이다. 빨강은 외국인노동자들 가운데 아픔과 절망에서 일어나 흑암을 뚫고 앞으로 나아가는 사람들을 의미한다. 그들은 붉은 열정으로 일어나 내일을 연다.

이주노동자들을 처음 만나기 시작할 때는 주로 경기도 포천지역 노동자들을 만났으나 점점 경기도 지역으로 확대되었다. 그들은 대개 20~30대 젊은이들이었다. 주로 동남아시아에서 온 남녀 노동자들로서 공장과 농장에서 일했다.

지금 한국에서 노동하는 이주노동자는 미등록 노동자들까지 포함해서 150만 명 가까이 된다. 이 땅에서 우리와 함께 살고 있는 외국인 주민은 250만 명 가까이 된다. 앞으로 20년 뒤엔 외국인 주민이 천만 명이 될 전망이다. 초저출산 고령 시대를 맞아 외국인 주민이나 노동자는 계속 늘어나는 추세다.

"이주노동자들 없이는 농사 못 짓습니다."

"외국인노동자들 없이는 중소기업 안 돌아갑니다."

이는 농장주나 기업주들이 흔히 하는 말이다. 결코, 과장하는 말이 아니다.

여기 실린 글들을 통해 나는 독자들과 소통을 하고 싶다. 어느새 우리 곁에 큰 둥지를 틀고 사는 이주노동자들. 그들과 우리가 상생하는 길을 독자들에게 묻고 싶다. 그들과 어떤 관계를 맺고 사는 것이 우리 사회가 더욱 건강해지는 길인지 묻고 싶다. 더욱 성숙한 삶과 사회를 위해 우리는 그들과 어떻게 어울리고 융합해야 하는지 알고 싶다. 이 책을 통해 내 경험과 생각을 나누지만, 듣고 싶은 이야기가 많다.

2020. 11. 11. 수락산이 보이는 서재에서

김달성

차례

제1장

파랑

제2장

검정

제3장

빨강

제 1 장

파랑

외국인노동자들이요?

2018년 2월. 경기도 포천지역 부동산 순례를 했다. 이주노동자센터 자리를 알아보느라고 다녔다. 월세를 많이 내야 하는 넓은 사무실 얻을 예산은 없어, 우선 오피스텔-원룸을 얻기로 했다.

“무슨 사무실인가요?”

“아, 네, 외국인노동자들이 좀 드나드는 사무실인데요.”

“네? 외국인노동자요? 그럼 안 돼요.”

건물주의 단호한 거절을 듣고 말았다. 올봄부터 외국인노동자들과 어울리고자 마음먹고, 사랑방 같은 곳을 마련하려는 데 만만치 않다. ‘창조주 위에 건물주’라 하더니, 그 말을 실감한다.

경기 북부지역에는 외국인노동자들이 많다. 특히 내가 자리 잡으려는 포천지역에 많다. 그들과 만나 어울리며 차도 마시고, 사는 이야기도 하며, 함께 웃고 울기도 하고, 때로는 노동법을 배우기도 하며 성경공부도 할 공간을 마련하고자 하는 데, 생각지도 않은 장애를 만났다. 외국인노동자를 차별하는 거다. 그러다 보니 어느 공터에 천막이라도 치고 싶은 심정이다.

건물주에게 거절당한 이야기를 들은 한 선배는 대뜸 이렇게 말했다.

"백인들이 드나드는 사무실이라고 말했어도 그랬을까?"

그 말을 듣고 쓴웃음을 짓고 말았다.

처음 만난 이주노동자

포천이주노동자센터 사무실을 얻었다. 오피스텔을 얻으려다가 건물주의 싸늘한 거절을 당한 적이 있어, 이번에는 외국인노동자 소리를 하지 않고 그냥 원룸을 얻었다.

사무실 얻은 날을 기념해 외국인노동자들을 직접 만나서 교감을 나누고 싶었다. 첫 일정으로 병원을 찾았다. 입원실이 많은 병원엔 반드시 산재를 당한 이주노동자가 있을 거란 판단을 했다. 열악한 환경에서 노동하다 다쳐 입원한 외국인노동자는 여느 노동자보다 더 힘들 거라는 생각도 했다.

5층과 6층 모두 입원 병동으로 사용하는 중형병원에 들러 병실들을 둘러보았다. 포천시에 있는 중형병원이었다. 6인실에도 병상마다 커튼으로 가려져 있어 외국인을 발견하기가 쉽지 않았다. 마침 저녁 식사 시간이라 배식하는 사람에게 혹시 입원한 외국인 근로자가 있는지 물었다. 그러자 몇 명 된다고 했다. 그 가운데 한 사람의 병실 번호를 알아냈다.

배식 표에서 이름까지 확인했다.

프롬(가명)은 6인용 병실 구석에 누워있었다. 금방 식사를 마친 듯했다.

"프롬이세요?"

이름을 부르며 다가가는 나에게 그는 어색한 눈웃음으로 인사를 했다. 누구신가, 하고 놀라는 눈치가 역력했지만 반기는 기색이 없지 않았다. 언뜻 보아 20대 초반으로 보였고 왼팔 전체 깁스를 하고 있었다. 얼굴 피부색은 거무스름하고 맑은 눈동자를 가진 청년이었다. 사실 실명은 프롬이라는 가명보다 더 버터 냄새가 났다. 실명을 쓰면 불이익을 당할까 봐 염려하는 이주노동자들이 있어 실명 대신 가명으로 표기한다.

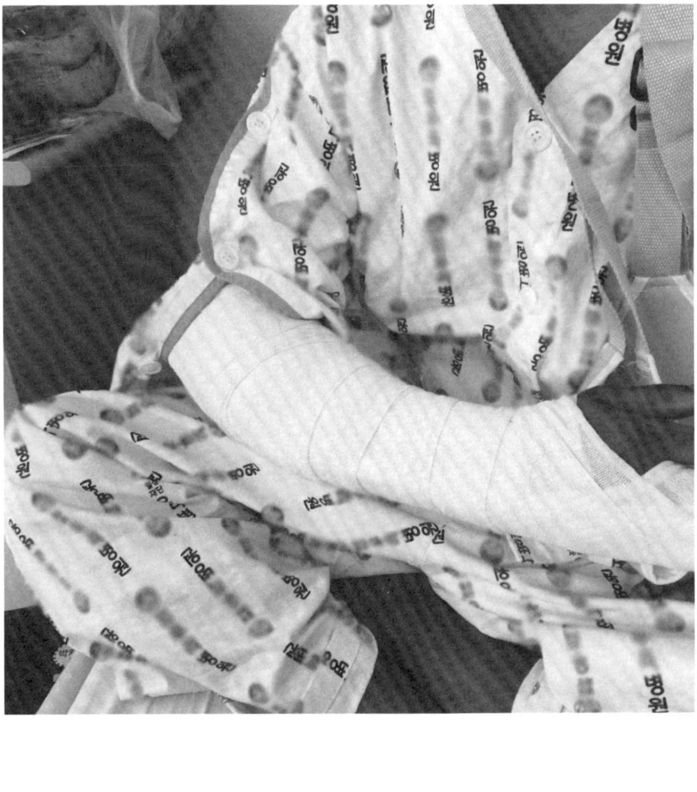

그의 국적이 궁금했다. 하지만 초면부터 국적을 물어보는 것은 좀 사무적이고 식상해 묻지 않았다. 분명 아시아권에서 온 청년일 텐데 서구풍의 이름을 쓰는 걸 보며 국적이 무엇인지 궁금하기는 했다. 필리핀일까? 인도일까? 스리랑카일까?

"프롬, 저는 외국인노동자를 돕는 단체에서 나왔어요."

"한국말 못해요."

내 말이 떨어지기 전에 그는 손을 가볍게 저으며 더듬거리는 말을 했다. 그 말에 나는 말문이 막혔다. 잠시 서로 눈빛만 교환했다. 그러다 다시 용기를 내 천천히 물었다.

"한, 국, 에, 온, 지, 얼, 마, 나, 되, 었, 나, 요?"

손짓 발짓을 동원한 나의 언어를 알아들었는지, 그냥 느낌으로 알아챘는지 그는 손가락 3개를 보여주었다. 석 달 만에 그만 산재를 당한 거였다. 하루 전 수술도 했다는 말을 병실 입구 쪽 환자가 해줬다. 입국한 지 3개월밖에 안 되었으니 친구들도 없을 거란 생각이 들었다. 한국말이 아주 서툰 그의 눈치를 잠시 살피던 나는 끝으로 이렇게 말하고 작별하려고 했다. 첫 만남은 이 정도로만 갖고 또다시 찾아와 벗이 되고 싶었다.

"도움이 필요하면, 이 번호로 연락해주세요."

한국어가 아주 서툰 프롬과 병상에서 대화를 간신히 이어가고 있을 때 옆 병상에 있던 중년 남자가 불쑥 끼어들었다.

"오늘 공장 사장님도 왔다 갔어요."

"아, 네, 그래요?"

"회사에서도 잘 해주는 거 같아요."

"다행이군요."

"근데 어디서 나오셨어요?"

프롬과 처음 인사를 나눌 때 이미 나는 이주노동자들을 지원하는 선교단체에서 나왔다며 자기소개를 했다. 하지만 이마가 좁은 50대 초반처럼 보이는 그 사내는 신원을 의심하는 듯했다.

"이주노동자들을 지원하는 단체에서 나왔는데요."

내 말이 떨어지자마자 그는 침상에서 휠체어로 내려오며 이렇게 말했다.

"요즈음 외국인노동자들 갖고 장난치는 사람들이 많대요."

돌출발언을 듣고 말을 잇지 못하고 있던 나에게 그는 대뜸 또 이런 말도 했다.

"신분증 좀 봅시다."

당황한 나는 웃으며 답했다.

"저는 이 근처에 있는 교회 목사예요."

이마와 입가에 잔주름이 많은 그 남자는 이번엔 손을 뻗으며 물었다.

"목사증 있나요?"

순간 이 사람이 혹시 술을 먹고 떠드는 건가, 하고 의심했다. 기분이 좀 상해 그를 쳐다보며 물었다.

"혹시 이 사람의 가족이나 보호자세요?"

그는 휠체어를 이리저리 굴리며 목사증이 있냐고 재차 물었다. 막무가내였다.

프롬은 대화 내용을 알아듣는지 못 알아듣는지 가만히 누워있기만 했다. 그 상황이나 분위기를 어떻게 파악했는지 궁금했다. 사태가 여기까지 오자 병실 입구 쪽에 있던 환자가 진화에 나섰다.

프롬에게 연락처를 알려주는 것도 잊고 병실을 나오고 말았다. 조만간

다시 방문해야겠다는 생각을 했다. 포천이주노동자센터를 소개하는 안내서라도 어서 만들어야겠다는 생각과 함께.

무대뽀 중년 남자가 그렇게 무례하게 끼어든 까닭은 도대체 무엇일까?
산재 당한 노동자로 인한 심한 트라우마라도 갖고 있는가?
내가 무슨 브로커 같은 인상이었나?
허름한 점퍼에, 모자를 눌러쓴 나의 인상이 좀 이상했나?
이게 일종의 신고식인가?
포천이주노동자센터의 신고식. 앞으로 이주노동자를 지원하는 활동에서 극복해야 할 문제를 미리 알려주는 신호인가?

포천이주노동자센터(평안교회 부설) 개설 기념으로 만난 첫 이주노동자 프롬과의 만남이 퍽 인상적이었다.

다시 만난 프롬

주일 오후, 프롬을 다시 찾아갔다. 열흘 만에 병실로 들어서자 무대뽀 남자가 먼저 눈에 들어왔다. 산재를 당한 프롬과 지난번 첫 대면을 할 때 막무가내로 끼어들어 첫 만남을 훼방했던 중년 남자는 아직도 그 자리에 있었다.

내 관심은 프롬에게 있기에 그의 병상이 있는 구석으로 향했다. 열흘이 지났기에 이미 퇴원했을지 모른다는 생각이 들었지만, 옆 병상과 구분하기 위해 설치한 커튼 너머에 프롬은 여전히 있었다.

"하이, 프롬!"

휴대폰을 들여다보고 있던 그는 나를 반갑게 맞았다. 우리는 다시 악수했다.

"I am a Pastor(나는 목사입니다)."

프롬을 안심시키기 위해 먼저 나의 신분을 밝혔다. 그러자 왼팔에 깁스한 그는 고개를 끄덕이며 눈인사를 했다. '아, 그랬구나' 하는 눈치였다.

혹시 크리스천인지 내가 묻자 그는 영어로 크리스천이라고 대답했다. 서툰 대화는 그래도 이어졌다. 그의 한국말이 아주 서툴러 한국어와 영어를 섞어가며 띄엄띄엄 이야기를 주고받았다. 아니 단지 정보를 주고받았다고 해야 더 옳을 것이다. 그는 앞으로도 한 달 정도는 더 병원 신세를 지어야 할 것 같다고 했다. 지루하고 답답하다는 눈치였다.

"병원에 입원해 있는 동안 임금은 얼마나 받게 되는지 혹시 알아요?"

그는 모른다고 대답했다. 다음에 내가 알려주겠다는 말을 하자, 호기심이 생기는지 자신이 그동안 받은 한 달 치 임금 액수를 내게 알려주었다.

화제를 돌려 혹시 페이스북을 이용하느냐고 물었다. 그는 선뜻 그렇다고 대답했다. 나는 휴대폰을 꺼내 나의 페이스북을 열어 보여주었다. 그리고 곧바로 프롬의 이름을 검색했다. 그러자 그의 페이스북이 열렸고 그의 프로필이 한눈에 들어왔다. 나이 24세. 국적 필리핀. 4년제 대학에서 컴퓨터공학 전공.

프롬의 산재 신청

그는 다음날 두 번째 수술을 받는다고 했다. 왼손에 깁스를 한 채 병원에 갇혀 지내는 젊은이의 하루하루가 얼마나 답답할까? 큰 꿈을 갖고 왔을 그의 절망감은 얼마나 클까? 한국어를 아주 조금밖에 못 하는 그는 돌아가는 자기 주변 상황을 얼마나 알까?

"프롬, 이 병원 산재 담당자가 산재보상보험 신청을 지금 해야 한다고 말하네. 늦으면 프롬에게 불리한 일이 생길 수도 있어."

영어를 조금 하는 그에게 영어와 우리말을 섞어 떠듬떠듬 이야기했다. 병원 원무과에 들러 산재 담당자에게 문의한 결과를 나는 전달했다. 그리고 산재 노동자라면 누구나 받을 수 있는 산재보상보험에 관해 설명해 줬다. 병원에 입원해 있는 동안 받을 임금이나 보상에 대해서도 말했다. 그러자 침상에 누워있던 그는 좀 긴장한 표정으로 가만히 있었다. 산재보상이 뭔지, 산재보상 신청이 뭔지, 어떻게 신청해야 하는지 아무것도 모르는 그는 당황하는 기색이 역력했다.

"친구"

잠시 생각에 잠겨 있던 프롬이 일어나 휴대폰을 들어 전화를 걸었다. 제 친구라며 나보고 받아보라는 몸짓을 했다. 그보다 먼저 한국에 온 필리핀 이주노동자였다. 나는 그 친구에게 프롬의 회사 사장에게 연락해 달라는 부탁을 했다. 회사가 산재 신청은커녕 산재 신고조차 하지 않은 사실을 알려주며, 회사가 산재보상 처리를 하도록 요청해 달라는 당부를 했다.

내가 나서서 프롬을 위한 일을 해 줄 수도 있었다. 산재보험 처리를 위한 절차를 내가 앞장서서 밟거나 회사에 직접 연락할 수도 있었다. 하지만 그렇게 하지 않았다. 왜냐하면, 나는 해결사가 아니기 때문이다. 나는 어디까지나 돕는 자일 뿐이다. 프롬이 주도적으로 자기 일을 해나가도록 돕는 자리에 있을 뿐이다.

농촌 이주노동자 게삽

포천지역에 있는 채소재배농장들을 몇 군데 방문했다. 한 농장에 큰 비닐하우스 수십여 개가 줄지어 있었다. 하우스 안에는 시금치, 근대, 상추 등이 자라고 있고.

마침 한 이주노동자가 좁은 길가에 있는 검은 비닐하우스 안에서 작업하고 있었다. 농약을 치기 위한 준비였다. 농약 뿌리는 기계의 통에 물을 채우며 농약을 넣고 있었다.

"안녕하세요. 저는 김달성 목사라고 해요."

명함을 건넸다. 어두컴컴한 비닐하우스 안에서 일하다 말고 명함에 새겨진 글씨를 읽었다. '포천이주노동자센터'라는 글씨를 아는 눈치였다.

"한국말 할 줄 아세요?"

"네, 알아요."

"어느 나라에서 오셨어요?"

"네팔이요."

"한국말을 잘하시네요."

"네, 6년 됐어요."

"6년이면 네팔 갔다가 다시 오신 건가요?"

"네."

"이름은 뭔가요?"

"게삽이에요."

알고 보니 검은 비닐하우스는 숙소였다. 네팔, 태국에서 온 노동자와 함께 살고 있었다. 그 숙소는 허름하기 짝이 없는 임시 건물이었다. 햇빛이 거의 들어오지 않아 컴컴했고 한쪽에 지하수도가 있고 줄에는 빨래들이 걸려 있었다. 각종 농약 통들이 널브러져 있었고 농기구들이 어지럽게 놓여 있었다.

움막이랄까, 돼지우리라고 할까? 아무튼, 사람이 살 집은 아니었다.

"오늘은 몇 시부터 일했어요?"

"아침 6시 30분요."

"보통 몇 시까지 일하세요?"

"저녁 6시까지요."

"점심시간은 얼마나 되나요?"

"삼십 분이요."

한국말을 곧잘 하는 그는 묻는 말에 시원스럽게 대답할 뿐 아니라 묻지도 않는 이야기도 해주었다.

잠시 뒤 그는 농약 뿌리는 기계를 등에 지고 밖으로 나갔다. 30여 분 뒤 그는 다시 돌아왔다. 또다시 통에 물을 가득 넣고 농약을 탔다. 농약 냄새가 코를 찔렀다.

"계삽과 친구 하고 싶어요."

"네."

"언제 편하게 이야기 나눌 수 있어요?"

"쉬는 날이 한 달에 두 번밖에 없어요."

"이번 토요일에 쉬나요?"

"아뇨. 정해져 있지 않아요."

"그럼 게삽 전화번호 좀 알려줄래요?"

"제가 쉬는 날 전화할게요."

"쉬는 날 송우리 시내에 나오시죠?"

"네, 뭐 사러 가요."

"그러면 거기서 한번 봅시다. 제가 커피 살게요."

"네 거기서 봐요."

병실에서 한글 공부

프롬이 병원에 입원한 지 한 달 되었다. 한국에 들어온 지 석 달 만에 산재를 당한 그는 몹시 힘들어했다. 한국말을 거의 못하는 그는 공장에서 일하다 다쳤다. 왼손이 컨베이어벨트에 빨려 들어가는 바람에 결국, 손가락 하나가 잘렸다.

여러 차례 그를 만났다. 우리는 조금씩 친근해졌다. 24세인 그와 나의 나이 차이는 크지만, 그는 나를 신뢰했고, 나는 그를 벗으로 대했다. 더 원활한 교감을 나누기를 원했지만, 언어가 장애물이었다. 그래서 병실에서 한글 공부를 했다. 비록 한 손에 깁스하고 있지만 건강한 몸을 가진 젊은 청년이 낯선 타국 병원에서 지속해서 갇혀 지낸다는 건 몹시 지루하고 따분한 일이다. 그에게 한글 공부를 하자고 내가 제안을 했다. 한글 공부라고 해서 무슨 형식을 갖춘 거창한 건 아니다. 그저 간단한 기초 한글을 배우면서 동시에 그걸 매개로 자유롭게 이런저런 이야기를 나눈다. 그는 영어를 좀 하기에 영어와 손짓 발짓을 섞어 생각을 주고받았다.

한글만이 아니라 한자나 영어 단어를 통한 자유로운 토론방식의 교육은 지난 1980년대에 경험한 바가 있었다. 그건 나와 야학 교사들이 사당동 산동네에서 즐겨 행한 교육방식이었다. 가령, 한자 낱말 '철거', '임금', '노동' 등을 익히면서 우리는 청소년들과 동네 철거문제, 직장의 임금문제 등을 놓고 자유롭게 이야기했다.

프롬의 한글 공부 시간에서 나는 첫 교안으로 우리 '포천이주노동자센터' 안내문을 사용했다. 삽화가 들어간 전단지 그건 우리 센터를 이주노동자들에게 알리기 위해 만든 거다.

"이주노동자."

"우리는 노예가 아니다."

"우리는 인권을 원한다."

"우리는 노동권을 원한다."

그는 한국말은 거의 못했지만, 한글 읽기는 제법 했다. 문장의 뜻은 모르지만, 글자는 그래도 잘 읽었다. 한국에 입국하기 전 독학으로 한글 공부를 좀 했다고 했다.

"고용허가제를 바꾸라."

이 문장을 읽은 그는 '고용허가제'가 뭐냐고 물었다. 한국이 외국인노동자를 받아들여 고용하기 위해 만든 법이 고용허가제다. 회사 고용주의 허가 없이는 이주노동자가 직장을 옮길 수 없는 내용도 그 법에 들어있다고 설명해주자 그의 얼굴이 좀 어두워졌다. 잠시 생각에 잠긴 뒤 그는 퇴원하면 회사를 옮기고 싶다는 말을 했다. 손가락을 잃어버리게 한 그 공장에서 더는 일 하고 싶지 않은 마음을 그의 얼굴에서 읽을 수 있었다. 퇴원한 뒤 회사 사장하고 잘 이야기해 보라는 말을 해준 뒤 다음 문장으로 넘어갔다.

"욕설, 폭행, 성희롱하지 마라."

이 문장도 발음은 서툴지만 잘 읽었다. 나는 그에게 물었다. 공장에서 일하는 동안 욕설을 들은 적이 있느냐고. 그는 없다고 하면서 나에게 어떤 욕이 있느냐, 되물었다.

"개새끼, Son of dog."

웃으며 농담처럼 이렇게 말해주자 소리 내어 웃었다.

"비닐하우스, 컨테이너는 집이 아니다."

그는 비닐하우스가 뭐냐고 물었다. 나는 농촌 이주노동자들이 흔히 거주하는 비닐하우스 숙소를 사진으로 보여줬다. 그러자 놀라면서 자기가 일한 공장의 기숙사도 컨테이너라고 말했다. 그러면서 겨울엔 몹시 춥고 여름엔 몹시 더울 거라며 걱정하는 눈빛을 보였다.

손가락이 짓이겨진 싯달타까안

개나리가 여기저기 피어나는 계절, 병원으로 또 발걸음을 옮겼다.

"싯달타까안 씨세요?"

산재로 새로 입원한 사람의 명단을 미리 입수한 나는 그녀를 찾아갔다. 명함을 건네며 조심스럽게 물었다. 병상에 누워있던 그녀는 맥없는 눈동자만 움직이며 명함과 내 얼굴을 번갈아가며 가만히 쳐다보기만 했다.

"한국말 할 줄 아세요?"

깁스하지 않은 오른손을 들어 가로 저었다. 내 말을 알아듣지 못하는 눈치였다.

"영어는 할 줄 아세요?"

영어로 물어봤다. 하지만 이번에도 손을 저었다. 난감했다. 어느 나라에서 온 이주노동자인지, 어디서 어떻게 다쳤는지조차 알 수 없는 노릇이었다.

"혹시 인디아? 스리랑카? 네팔? 방글라데시?"

이번에는 머리를 가볍게 흔들며 '타일랜드'라고 말했다. 답답한 나는 할 수 없이 스마트폰의 번역기를 동원했다. 한국어를 태국어로 번역해주는 기능을 이용해 나를 먼저 소개한 뒤 몇 가지를 물어보았다.

싯달타까안(가명). 나이 20세. 한국에 들어온 지 넉 달 된 여성이주노동자. 공장에서 일하다가 왼손을 다쳤다. 무거운 물체가 위에서 떨어지면서 손가락들을 짓이겼다. 손가락 두 개를 특히 심하게 다쳤다. 수술받기 전에 찍은 왼손 모습을 보여주었다. 아직도 소녀티가 얼굴에 남아 있는 그녀가 스마트폰으로 붉은 피가 흐르는 모습을 보여줬다.

그녀는 안전교육을 제대로 받은 적이 없었다. 한국말을 전혀 할 줄 모르는 그녀는 안전교육도 제대로 받지 못한 채 안전장치도 제대로 되어 있지 않은 작업장에 투입되었다. 하루 11시간 이상 장시간 노동에 저임금을 받으며. 땅거미가 진 뒤에야 그녀는 일손을 놓았다.

우리 이렇게 살아요

아침 6시 비닐하우스농장에서 시작한 노동은 저녁 6시 반이 되어서야 끝났다. 일을 마친 그들을 맞이한 건 농장 한 귀퉁이에 있는 숙소였다. 숙소라 하기도 그렇다. 시커먼 비닐을 지붕 삼아 덮어놓은 임시 건물이다. 짐승 우리 같다. 아니 그만도 못하다.

숙소에 돌아와 고단한 몸을 씻은 뒤, 나와 마주 앉은 시간은 7시 반쯤이었다. 밖은 사방이 캄캄해졌다. 천장과 벽 여기저기에 곰팡이가 피어 있고 비가 샌 흔적이 곳곳에 남아 있는 방. 그 차가운 바닥에 앉은 게삽이 입을 열었다.

"우리 이렇게 살아요."

그는 구면이다. 얼마 전 이 농장을 방문한 적 있다. 농약 뿌리는 작업을 하던 그를 그때 처음 만났다. 그 날은 작업시간에 만나 명함을 건네는 정도였지만, 오늘은 숙소 안에까지 들어왔다.

"일은 많고, 돈은 적어요."

씁쓸한 표정으로 말을 이어갔다. 한국에 들어와 일한 지 6년째인 그는 한국말을 제법 잘했다.

옆에서 방금 감은 머리를 손질하고 있던 니르말의 얼굴을 쳐다보자, 그도 입을 열었다. 그도 한국말을 제법 했다. 영어도 소통할 수 있었다. 동남아시아에서 온 이주노동자들 가운데 학력이 높은 사람이 꽤 된다.

“돈 많이 벌어, 빨리 네팔에 가고 싶어요.”

“이렇게 일하고 한 달에 얼마 받아요?”

그는 핸드폰에 숫자를 썼다. 1,450,000원

“한 달에 두 번 토요일에 쉬나요?”

“요즈음에는 토요일에도 쉰 적이 없어요. 일요일은 더 바쁘고.”

나는 방안을 둘러보며 게삽에게 또 물었다.

“이 숙소 사용하는 돈, 농장 주인에게 주나요?”

“네, 줘요.”

매달 얼마를 월세로 주는지는 차마 묻지 못했다.

온종일 일한 그들이 몹시 배가 고플 것 같아 더 이야기를 끌어갈 수 없었다. 미리 사 간 화장지를 그들에게 건네며 식사를 어서 하라고 권했다.

"이제 시장에 가야 해요. 음식 재료가 하나도 없어요."

"그래요? 그러면 저녁은 언제 먹어요?"

"늦게 먹어야죠."

그들이 시장을 보려는 곳은 우리 이주노동자센터가 있는 지역이었다. 우리는 나의 차로 함께 나왔다. 이야기를 더 나누었다. 한가한 날 다시 만나 이야기 나누자는 그들의 제안을 나는 흔쾌히 받아들이고 헤어졌다.

네팔식 제육볶음?

"아직도 할 일 더 있어요."

게삽은 한국에서 일한 지 6년이 넘은 사람답게 한국말이 능숙했다. 일이 끝나야 여유 있게 만나볼 수 있기에 저녁 6시쯤 농장에 도착했지만, 아직도 일이 더 남았다고 했다. 아침 6시부터 시작한 노동이 저녁 6시가 되어도 끝나지 않은 거다.

"내일은 토요일이고 비도 온다던데 쉬나요?"

"아뇨. 아마 안 쉴 거에요. 요즘 일이 많아요. 사장 맘대로예요. 그래서 아직 잘 몰라요."

농장 한쪽에 있는 허름한 숙소(비닐하우스) 앞에서 만난 그는 숙소로 들어가라는 손짓을 했다. 동료 니르말이 안에 있다는 말을 하면서.

"안녕하세요? 니르말."

"안녕하세요."

일을 막 끝내고 들어온 그가 나를 반갑게 맞이했다. 건이라는 새로운 친구도 나를 맞이했다. 태국서 온 이주노동자였다. 니르말은 게삽과 마찬가지로 네팔서 온 농촌 이주노동자다. 그들은 네팔서 각각 2년제, 3년제 대학을 나왔다.

건(27세)은 주방에서 돼지고기를 삶으며 식사 준비를 하고 있었다. 니르말과 방에서 이런저런 이야기를 자유롭게 나누고 있을 때 게삽이 들어왔다.

"목사님, 이 근처 농장에 이주노동자 많아요. 그들 머리 아픈 문제 있으면 전화할게요."

"그래요. 감사해요."

가장으로서 돈을 벌기 위해 한국에 온 게삽은 의젓했다. 믿음직스러웠다. 나를 신뢰하고 그런 말을 하기에 고마웠다.

"이전에 베트남 사람, 사장하고 싸우고 나갔어요."

"왜요?"

"일 너무 힘들고, 사장이 맘에 안 들었어요. 그래서 다른 농장으로 옮기게 사인 해달라고 했는데 사장이 욕했어요. 못해! 못해! 했어요. 너희 나라에 가! 그랬어요. 그래서 그 베트남 사람 그냥 나갔어요."

옆 농장에서 이전에 벌어진 사건을 그는 전해주었다. 그런 식으로 그냥 나가면 소위 불법체류자가 되는 거다.

게삽은 자기 생각을 또렷하게 계속 이어갔다.

"고용허가제 체인지(change) 해야 해요. 사장 허락 있어야 농장 옮길 수 있는 거 좋지 않아요. 바꿔야 해요. 그런 거 어디에도 없어요. 유럽에 없어요."

옆에 있던 니르말도 공감한다는 표시를 했다.

"나도 고용허가제 스탑(stop) 하라고 말해요. 그거 이주노동자들을 노예로 만들어요."

나의 말에 대해 게삽은 스탑보다 체인지(change) 해야 한다고 교정하며 주장했다.

"여기 우리 사장은 그래도 좋아요. 그러나 나쁜 사장도 있어요. 사장 나쁘면 농장 옮겨야 돼요. 농장 머리 아프면 옮겨야 해요. 그런데 왜 사장 허락 꼭 받아야 해요?"

이야기에 정신이 팔려있는 동안 식사 준비가 다 되어 가는지 카레 냄새가 진하게 났다.

저녁 일정도 있고, 그들과 식사를 함께한다는 약속은 안 했기에 나는 자리에서 일어섰다. 일어나며 음식 냄새가 좋다고 하자, 게삽은 '우리 네팔 음식 먹기가 힘들 거'라고 했다. 가스레인지 위에 올려놓은 냄비 안에 있는 노란 음식에 관심을 보이자, 그들은 웃으며 한번 조금 먹어보라고 권했다. 시식했다. 돼지고기에다가 매콤한 카레를 넣고 볶은 음식이었다. 좀 느끼하긴 했지만, 맛이 있었다. 돼지고기의 잡냄새를 없앤 것이 좋았다. 마치 카레를 넣은 돼지고기 볶음 같았다. 이는 네팔인들이 흔히 해 먹는 음식이었다. 네팔 음식을 함께 한 상에서 나눌 기회가 오기를 바라며 헤어졌다.

예수에게 관심을 보인 니르말

봄비가 내리는 토요일이다. 니르말이 휴식시간에 내게 휴대폰으로 메시지를 보냈다. 토요일이나 일요일에도 쉬지 못하고 채소재배농장 일을 계속하고 있는 그는 고된 노동 이야기를 했다. 그는 최근 한 달 이상 하루도 쉬지 못하고 아침 6시부터 저녁 6시까지 동료들과 함께 일하고 있다.

"노동자가 권리를 찾기 위해 스스로 노력하지 않으면, 자신의 권리를 누릴 수 없어요."

이렇게 메시지로 말하면서 한국 이주노동자노동조합의 행사(May Day 행사) 포스터를 전송해줬다.

"OK."

그는 반응을 보였다. 나는 말을 또 이었다.

"Jesus was a worker, carpenter(예수는 일꾼 목수였습니다)."

그는 예수에 대해 더욱 궁금해했다.

"Who is Jesus(예수는 누구인가요)?"

"He was a poor man(그는 가난한 사람이었다)."

"Oh really(오 진짜요)?"

"Jesus is the son of man(예수는 사람의 아들입니다)."

"Oh we too(우리도 그래요)."

잠시 잠잠하던 그는 다시 이런 솔직한 말을 했다.

"But I want to be a rich man(하지만 난 부자가 되고 싶어)."

이 말을 들은 나는 '예수께서는 가난한 자들을 위해 선한 싸움을 싸웠다'고 말했다. 그러자 그는 다시 그 목적이 무엇이었는지 물었다. 나는 '평등'이라고 대답했다. 누구나 정당한 제 몫을 받아 누리는 것이라는 말을 덧붙였다. 내 말을 진지하게 들으며 이런저런 이야기를 계속 주고받던 그는 의외의 말을 내게 던졌다. 전혀 예상치 않은 말이었다.

"I want to meet Jesus(나는 예수를 만나고 싶다)."

그날 저녁, 그들의 비닐하우스 숙소로 찾아갔다. 그리고 니르말과 그의 동료 둘과 함께 이주노동자센터로 다시 돌아왔다. 센터에서 저녁을 먹기 전에 그들은 모두 먼저 복음을 듣기 원했다.

예수 복음에 관한 이야기를 더 들은 그들은 결신했다. 나의 도움을 받으며 비록 서툴지만, 한국어로 기도했다. 난생처음 각자 예수를 자신의 마음에 받아들이는 기도를 했다.

프롬과 크리퍼의 메이데이

이주노동자 프롬(24세)과 크리퍼(28세)가 '메이데이' MAY DAY (노동자의 날) 행사에 참여했다. 이주노동자노동조합의 주최로 서울 종각에서 열린 행사에 나도 함께 참석했다. 필리핀에서 온 그들은 서울 구경만이 아니라 노동절 행사에 난생처음 참여한 것이다.

그들은 모두 손에 깁스를 하고 있었다. 최근 나와 만나면서 결신한 농촌 이주노동자 세 명도 동행하고 싶었지만 하지 못했다. 그들은 최근 두 달 동안 단 하루도 쉬지 못하고 일하고 있기 때문이다.

공장에서 일하다 다친 프롬과 크리퍼는 각각 병상에서 나를 만났다. 한 달 반 정도 전에 만난 그들은 그동안 나와 지속적인 사귐을 가졌다. 병상에서 한글 공부를 하고 성서공부도 했다. 이제 그들은 모두 퇴원하여 통원치료에 들어갔다.

"We are not the machine(우리는 기계가 아니다)!"

"We are human(우리는 사람이다)!"

집회에서 이주노동자들은 여러 가지 구호를 외쳤다. 그중에 인상적인 것은 이 두 가지였다. 이는 120여 년 전 미국 노동자들이 외쳤던 구호와 같다. 메이데이의 기원이 된 미국 시카고집회에서 노동자들은 하루 노동시간 8시간을 보장하라고 소리쳤다. 인간답게 살기 위한 최소한도의 요구였다. 그러나 당시 자본을 위해 봉사하던 공권력은 노동자들을 향해 총격을 가했고, 주동자로 지목된 노동자들을 재판에 부쳐 총살했다.

"우리는 기계가 아니다!"

이 구호는 1970년 근로기준법의 준수를 촉구하며 분신한 전태일이 외쳤던 것이기도 하다. 장시간 노동과 저임금에 시달리던 노동자들이 외쳤던 그 구호를 지금도 여전히 외치고 있는 게 우리의 현실이다.

우리나라에서 일하는 100만이 넘는 이주노동자들은 대개 하루 11~12시간 일한다. 한주는 주간, 한주는 야간노동을 교대로 반복하는 노동자들이 흔하다. 농어촌에 가면 노동조건이 더욱 열악하다. 노비처럼 혹사당한다. 보통 아침 6시부터 저녁 6시까지 일한다. 중간에 휴식시간 거의 없다. 초과근로수당 같은 것도 없다.

한국에는 1천만 명에 가까운 비정규직 노동자들이 있다. 그들도 이주 노동자들의 노동조건과 크게 다르지 않다. 정규직 노동자들도 임금 노예의 삶을 사는 건 마찬가지다. 일회용품 취급받는다. 재벌이 중심이 된 총자본의 이윤 극대화를 위해 국민 대다수는 혹독하게 착취당하고 있다. 인간이 아니라 물건으로 취급당하고 있다. 대중은 수단화되어 있다. 그 결과는 다수가 땀 흘려 일해 맺은 열매를 소수가 독차지하는 구조가 되었다. 지난 수십 년 동안 불공정한 과정을 통해 나라 전체 자산의 70% 정도를 차지한 10% 국민이 해마다 나라 총소득의 50% 정도를 또 가로채 먹는 구조이다.

성경은 우리의 현실을 뭐라고 진단할까?

나아가 무슨 처방을 내릴까?

성경의 뿌리인 출애굽 사건은 진단과 처방을 모두 선사한다. 인간 사회 현실은 매우 비정상적인 상태라고 진단하며 동시에 변혁을 촉구한다. 인간다운 삶을 위해서. 심히 기운 운동장같은 사회의 현실에서 사랑이신 하나님은 고대 이집트 사회에서 히브리 노예들 편에 서신 것처럼 소외된 자들 편에 서신다. 그리고 사회적 해방을 추동하시고 견인하신다. 그런 불의한 사회에 길든 마음의 변화도 강력히 도모하신다. 정상적인 삶, 가정, 사회, 세상을 만들기 위해서다. 그 사회, 세상은 저마다 정당한 제 몫을 받아 누리는 곳이다. 자유롭고 평등한 형제애공동체 사회다. 가나안은 바로 그런 곳을 말한다.

가나안–새로운 사회를 지향하며 출애굽 하는 행동! 이것이야말로 오늘 우리에게 하나님이 촉구하는 것이다.

"We are not the machine(우리는 기계가 아니다)!"

"We are human(우리는 사람이다)!"

"Achieve human rights(인권을 쟁취하자)!"

"Stop EPS(고용허가제를 멈춰라)!"

행진하다 보니 어느새 프롬과 크리퍼는 거리행진 대열 맨 앞줄에 서 있었다. 종각에서 대학로까지, 2백여 명이 구호를 외치며 거리를 행진했다.

마사지 걸

젤라라(가명) 병실을 찾아갔다. 이름만 봐서는 국적이 뭔지 성별이 뭔지 알 수 없었다. 오후 시간이었지만 '젤라라'는 자고 있었다. 주삿바늘을 한쪽 팔에 꽂은 채. 그냥 병실을 조용히 나왔다.

3일 뒤 그녀를 다시 찾았다. 6인용 병실에 있는 그녀를 방문한 시간은 역시 오후였지만 잠들어 있었다. 깨어있는 그녀를 처음 만난 건 그로부터 이틀 뒤였다. 나의 명함을 건네며 말을 걸었다. 그녀는 한국어도 영어도 말하지 못했다. 우리는 번역기를 이용해 간신히 의사소통할 수 있었다. 번역기는 문장을 문법에 따라 정확히 입력하지 않으면 오류가 자주 발생해 불편하다.

"무슨 일을 하다 다치셨나요?"

"…"

말없이 그저 등 뒤를 가리키며 아프다는 시늉만 했다.

"어느 공장에서 일하셨나요?"

"공장 아니에요."

공장이 아니라는 말을 듣는 순간 나의 눈은 그의 팔목으로 향했다. 느낌이 좀 이상했기 때문이다. 나의 시선을 의식한 그녀는 자신의 한쪽 팔옷을 걷어 올렸다. 왼쪽 팔 전체에 문신하고 있었다.

"무슨 일 하시나요?"

"나는 Tattoo artist."

태국에서는 문신이 보편적 문화라고 했다.

"아, 네, 그러면 비자는 무슨 비자를 가지고 있나요?"

"관광비자에요. 3개월에 한 번씩 태국에 갔다가 다시 와서 Tattoo 일을 해요."

그녀는 자신의 핸드폰을 열어 사진을 보여줬다. 태국 tattoo shop에서 일하는 자신의 모습을 담은 사진을 여러 장 보여주었다.

심한 근육통을 앓고 있는 젤라라를 다시 찾은 건 한 주 뒤 다른 산재노동자들을 만나러 병원에 들렀을 때였다. 그녀는 나를 반갑게 맞았다. 지루한 병원생활을 이야기하던 그녀는 나에게 한 가지 부탁했다. 태국대학에서 컴퓨터 디자인을 전공했다는 그녀는 책 읽기를 좋아한다고 말했고 모국어로 된 소설을 읽고 싶다고 했다.

이튿날 포천도서관을 찾아갔다. 마침 태국어로 번역된 도서가 있었다. 소설 '겨울연가'와 또 다른 책들을 빌려 그녀에게 전달했다. 책을 받은 그녀는 한나절 동안에 책 두 권을 읽었다. 소감을 물었더니 우는 시늉을 하며 아주 슬프지만, 감동적이었다고 말했다. 그러면서 묻지도 않은 말을 했다. 7년 동안 사귄 남자친구가 있었지만, 지금은 헤어졌다고. 서른 한 살인 그녀는 여기서 돈을 벌어 3~4년 뒤에 결혼하고 싶다는 말도 덧붙였다. 그런데 이런저런 이야기를 하던 그녀가 좀 생소한 말을 꺼냈다.

"나는 당신을 만난 뒤 착한 사람으로 살고 싶어졌어요."

번역기를 사용하다 보니 표현이 좀 어색했지만, 뜻은 분명히 전달되었다. 하지만 앞뒤 맥락이 없이, 밑도 끝도 없이 이 말을 불쑥 던지니 나는 그 의미를 알 듯 말 듯 했다. 언어의 장애로 더 이야기를 진전시키기가 어려워서 그 말을 하게 된 배경이 궁금했으나 더 대화를 이어나가기가 힘들었다. 그저 일반적인 이야기인 줄로 알고 넘어갔다.

며칠 뒤 병실에 그녀는 없었다. 대신 간호사가 책을 내게 전달해주었다. 갑작스레 퇴원하며 간호사에게 책을 맡긴 거다. 책 속에는 메모지가 들어있었다. 서툰 영어로 쓴 것을 다듬어 옮겨본다.

"Pastor(목사님), 죄송합니다. 나는 그동안 거짓말을 했어요. 저는 한국에서 7달째 마사지 일을 하고 있어요. I don't like massage working(나는 마사지 일을 좋아하지 않는다). 나의 할머니는 전신마비입니다. 어머니는 뼈 질환을 앓고 있고, 아버지는 나이가 많고, 오빠는 알코올중독. 나 혼자 돈을 벌어야 해요. 일곱 식구를 위해."

I don't like me

얼마 전 심한 근육통으로 입원했던 젤라라가 위장병으로 또 입원했다. 마사지업소에서 매일 저녁 7시부터 다음날 새벽 5시까지 노동을 하는 그녀가 받는 스트레스가 위장으로 몰린 모양이었다.

영양제 주삿바늘을 한쪽 팔뚝에 꽂고 있던 그녀는 나를 보자마자 소설 이야기를 꺼냈다. 지난번 입원했을 때 읽은 태국어 소설을 감명 깊게 봤다는 얘기를 또 했다. 슬프지만 감명 깊었다는 얘기를 눈물 흘리는 시늉을 하며 다시 했다. 날 만나자마자 그 소설 이야기를 제일 먼저 꺼내는 건 아마도 자신의 현실에서 벗어나고픈 무의식이 작동한 게 아닐까? 아니면 현실의 고통을 그 소설로 위무하려는 것인지도 모른다.

"마사지업소에서 마사지만 하는 게 아닌가 봐요?"

조심스럽게 물었다.

"Yes."

그녀는 덤덤하게 대답했다.

"성접촉도 있는가 보죠?"

"Sexual intercourse(성교)도 있어요."

그녀는 당당하게 말했다.

"Boss가 강요하지 않아요?"

"No."

"젤라라는 성 노동자?"

"Because of money(돈 때문에)."

"돈 벌어서 뭐하려고 해요?"

"For my family(내 가족을 위해서)."

태국의 고향 집에는 돈을 버는 사람이 하나도 없다는 말을 하며 스마트폰을 열어 가족사진을 보여주었다. 할머니는 전신마비, 엄마는 뼈 질환, 아버지는 고령, 오빠는 알코올중독. 그녀는 일곱 식구를 먹여 살려야 하는 무거운 짐을 지고 있었다. 서른한 살 그녀는 전장에 나와 있는 여전사 같았다. 4년제 대학에서 컴퓨터 디자인을 전공하고 Tattoo Artist로 일하다 한국까지 흘러온 여전사.

한동안 흐르던 침묵을 그녀의 말이 깼다.

"I don't like me(난 나를 좋아하지 않아)."

젤라라의 선택

다시 병원을 찾았을 때 그녀는 병상에 누워 영양제 주사를 맞고 있었다. 이런저런 이야기를 나누다 미등록노동자를 만난 얘기를 하게 되었다.

"어제는 미등록 이주노동자 두 사람을 만났어요. 그들은 작은 공장에서 일하고 있어요. 한 사람은 11년 되었고, 또 다른 사람은 5년 되었지요. 두 사람 모두 여행 비자로 입국했다가 그냥 눌러앉아 성실하게 노동하며 살고 있어요."

번역기를 이용해 태국어로 이야기하자 그녀는 좀 놀라는 눈치였다.

“불법체류자도 공장에 취업할 수 있어요?”

“네.”

힘을 주어 ‘그렇다’고 말하는 나를 빤히 쳐다보며 믿을 수 없다는 표정을 지었다.

“젤라라도 공장에 가고 싶어요?”

소위 불법체류자로서 마사지업소에서 일하고 있는 그녀는 즉답을 피했다.

“젤라라, 매일 야간노동을 힘들게 하잖아요. 휴일도 없이. 병원에 반복해서 입원하는 젤라라, 이제는 새로운 일을 하면 좋겠어요.”

“New Job(새 직업)?”

“공장에서 일하거나 Housemaid(가정부)로 일하는 게 가능할 거에요. 내가 알아봐 줄까?”

“…”

한동안 말 없는 그녀에게 내가 좀 도전적인 말을 던졌다.

“너의 가족은 네가 하는 일을 좋아하지 않을 거라고 생각해.”

그녀는 늘 자신의 가족을 위해 돈을 번다고 얘기했다. 노동 능력이 없는 일곱 식구를 책임져야 하는 처지를 늘 얘기해왔다. 마사지만이 아니라 성매매까지 매일 하는 일이 싫지만, 어쩔 수 없다는 말을 하곤 했다.

“너의 엄마도 너의 일을 절대 좋아하지 않을 거라고 나는 생각해.”

“…”

한참 생각에 잠겨 있던 그녀가 입을 열었다.

“공장이나 Housemaid 일을 하면 임금이 얼마나 되나요?”

“너는 영어나 한국어를 잘하지 못하기 때문에 Housemaid는 힘들 거야. 작은 공장에 들어가서 일하는 거는 얼마든지 가능하고."

"공장…."

"내가 한번 알아봐 줄까?"

"Yes."

너의 엄마라는 말이 마음을 움직였는지 Yes라는 대답을 선뜻 했다.

"OK!"

행여나 마음이 바뀔까 봐 OK라는 말로 그녀의 작심을 꾹 누르고 그녀와 작별했다.

그날부터 나는 미등록자를 고용하는 공장을 찾았다. 한 양말공장을 발견했다. 이틀 뒤 다시 그녀를 만났다.

"양말공장이 있어요. 아침 여덟 시부터 오후 6시까지 일해요. 일요일마다 쉬고. 토요일엔 거의 오전에만 일하고."

"월급은 얼마에요?"

"150만 원 정도 준대요. 일이 숙달되면 200만 원도 받을 수 있고."

"…"

"어때요?"

"…Money."

"Money가 어때서? 지금 젤라라 얼마나 벌어요?"

"200만 원 one week."

나의 머릿속이 갑자기 복잡해졌다. 말을 더 꺼내기가 힘들었다.

이 말을 하고 병실을 나와야 했다.

"That is your choice(그것은 당신의 선택입니다)."

비가 줄줄 새는 기숙사

봄비 내리는 저녁, 농장에 갔다. 기숙사엔 방금 일을 마친 게삽과 니르말이 들어와 있었다.

"게삽, 안녕!"

주방에서 식사 준비를 하던 게삽이 집 안으로 들어가는 나의 인사를 받으며 니르말이 있는 방을 눈짓으로 가리켰다.

"니르말은 방에 있어요."

니르말의 방으로 가려면 거실을 지나가야 했다. 내가 그 방으로 가려고 몇 걸음을 옮기자 양말 신은 발이 차가워졌다. 천정에서 떨어진 빗물이 움푹 들어간 한쪽 바닥에 고여 있었던 거다. 위를 쳐다보니 시커먼 곰팡이가 잔뜩 설은 천정에서 빗물이 뚝뚝 떨어졌다. 조명이 흐린 거실을 멋도 모르고 지나다가 물이 고인 곳을 밟은 거다.

"게삽, 이게 왜 이래요?"

"비 올 때마다 그래요."

"왜 고치지 않아요?"

"사장, 안 고쳐줘요. 얘기해도 안 고쳐요."

"그러면 계속 얘기해야지."

방에 있던 니르말이 방문을 열고 나와 말을 거들었다.

"작년부터 계속 얘기해도 안 해줘요. 사장, 시간 나면 고쳐준다고 하고 또 안 해요. 말만 하고 또 안 해요."

"사장, 가난해요?"

"아니요. 우리 사장 부자예요. 저기 있는 집도 커요."

게삽은 눈을 크게 뜨며 부자라는 말을 강조했다.

요즘 비닐하우스채소농장은 소작농이 아니다. 이주노동자 10여 명 이상을 고용한 농장은 웬만한 중소기업체 못지않다. 기다란 비닐하우스 100여 개를 갖고 채소를 사철 재배하는 농장주는 웬만한 중소기업체 사장 부럽지 않다.

비닐하우스농장 한 귀퉁이에 지은 임시 건물 기숙사는 농지법과 건축법을 위반한 게 대부분이다. 그래서 그런지 흔히 농장주들은 검은 비닐로 그 임시 건물을 덮어놓는다. 여름에는 실내가 찜질방이 될 거다. 이런 축사만도 못한 숙소 건물을 노동자들에게 제공하면서 농장주들은 숙소 사용료를 또 받는다.

농촌 이주노동자들이 돼지우리만도 못한 숙소에서 지내면서 장시간 노동에 저임금을 받고 키운 온갖 채소들과 돼지, 소, 닭, 오리 고기 등이

우리의 밥상에 오른다. 그들의 피땀이 어린 채소들이나 고기를 싼값에 사 먹는 도시노동자들에게 기업(자본)이 저임금을 줄 수 있는 환경은 농촌노동자들의 희생으로 만들어지는 거다.

저도 산재보상 받을 수 있어요?

조셉(가명)은 손가락이 잘렸다. 필리핀에서 1년 전에 온 그는 공장에서 매일 밤새워 일하다가 그만 왼손이 컨베이어벨트에 끼는 사고를 당했다. 그 사고로 손가락 한 마디를 잃었다. 그는 병원에서 수술받기 전 찍은 사진을 내게 보여주었다.

병원에 입원한 그는 크게 걱정했다. 한국어를 조금도 하지 못하는 그는 답답한 현실에 한숨만 내쉬었다. 치료비는 누가 무는 것인지, 병원에 입원해 있는 동안 임금은 어떻게 되는지, 치료 후유증은 없는지 등 근심이 태산처럼 쌓였다.

병실에서 만난 그는 유난히 큰 눈망울로 근심을 내게 쏟아놓았다. 그는 39세 가장이었다. 고향엔 아직 어린 아들과 딸이 있다. 대학을 나온 뒤 필리핀에서 공무원생활을 하다가 한국에 왔다. 월급이 너무 적어서 왔다고 했다. 나는 그를 안심시키며 산재보상에 관해 설명해줬다. 치료비와 휴업급여와 장해보상에 대해 자세히 말해줬다. 그래도 여전히 걱정하는 눈빛을 보이는 그를 쳐다보며 내가 물었다.

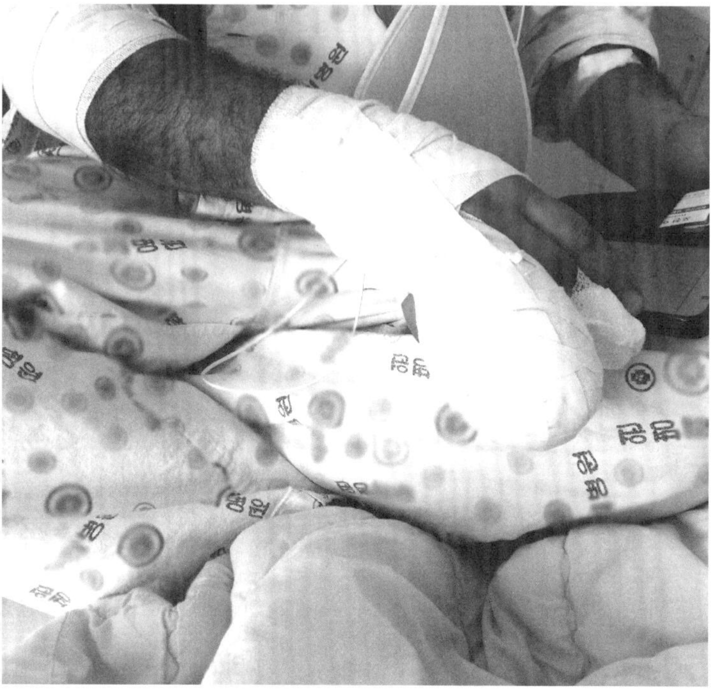

"조셉, 당신의 비자는 E9 취업비자죠?"

한국어를 전혀 읽거나 말하지 못하는 그에게 영어로 물었다.

"..."

선뜻 대답하지 않았다. 눈치가 이상해 다시 물었다.

"E9 비자 아닌가요?"

공장에서 일하는 이주노동자들은 보통 E9 비자(비전문 취업비자)를 갖고 있다. 알고 보니 그는 미등록자였다. 관광비자로 들어와 눌러앉은 노동자 소위 불법체류자였던 거다.

"미등록자라면 산재보험 혜택을 전혀 못 받을 터인데."

그때부터 그의 큰 근심이 나에게 전이되는 듯했다. 나는 안타깝다는 말을 거듭하며 그의 등을 두드려줬다. 그러면서도 당장 치료비가 걱정되어 물었다. 그러자 그는 사장이 치료비는 대주기로 했다는 말을 했다. 그나마 다행이라 생각했다.

센터로 돌아온 나는 조셉의 일이 마음에 계속 걸렸다. 혹시 그를 도울 방법이 있지 않을까 해서 아는 노무사에게 전화를 걸었다. 뜻밖의 이야기를 들었다. 소위 불법체류자도 산재법에 따라 산재보상보험 혜택을 받을 수 있다는 얘기였다. 치료비나 휴업급여, 장해보상을 여느 노동자와 똑같이 받을 수 있으며 치료받는 과정에서 신분이 드러나더라도 그 때문에 강제 출국을 당하지는 않는다는 사실도 확인했다. 미등록자라도 노동현장에서 일한 노동자라면, 기본적으로 받아야 할 혜택은 주겠다는 어떤 법정신을 여기서 읽을 수 있었다.

"조셉, 당신도 산재보상받을 수 있어요."

다음날 조셉을 만나 기쁜 소식을 전해주자 그는 놀라면서 기뻐했다. 그의 얼굴에서 웃음기를 처음 보았다.

두 달 있다가 얘기할 거예요

게삽과 니르말이 센터로 왔다. 그들은 이른 아침(6시)부터 저녁 6시까지 일을 했다. 둘은 일을 마치자마자 2㎞ 정도 떨어진 센터까지 걸어서 왔다. 휴일도 거의 없이 하루에 12시간씩 일하랴, 식사도 준비해 먹으랴

정신이 없는 그들은 오늘 센터에서 짧은 예배를 드리고 나서 장을 또 봐야 한다. 음식 재료가 다 떨어져 재료를 사다가 늦은 저녁을 해 먹어야 한다. 저녁을 먹은 뒤 곧바로 잠자리에 들지 않으면 다음 날 또 이어지는 중노동을 그들은 감당할 수 없다.

"우리는 노예 같아요. 일은 많고 임금은 아주 적어요. 휴일도 없어요. 한 달에 두 번 쉬는 것도 요즘엔 없어요. 사장 나빠요. 일만 시켜요. 일밖에 몰라요. 처음 근로계약과 달라요. 사장 허락 없이 직장 못 옮겨요."

게삽이 한 말이다. 얌전한 모범생인 그의 입에서 나온 말이 오늘따라 무겁게 느껴졌다. 네팔에서 한국에 온 지 5년이 넘어 한국말을 제법 하는 그와 1년 된 니르말에게서 밥 먹고 잠자는 시간을 빼면 오직 중노동밖에 없다. 하지만 임금은 한 달에 고작 160만 원. 최저임금으로 대략 계산해도 매달 그만한 돈을 착취당하고 있는 거다.

우리는 센터 작은 방에 가부좌를 틀고 앉았다. 우리 앞에는 그림 한 장이 놓여 있었다. 흰 종이 위에 그린 단순한 그림. 커다란 둥근 원 가운데 중심에 작은 원이 동그랗게 그려진 그림이다. 큰 원은 인간의 마음을 가리키고, 가운데 작은 원은 그 마음의 중심을 의미한다. 가운데 중심에는 Lord(Love)라는 글자가 쓰여 있다.

세 사람은 이 그림을 앞에 두고 복음서를 읽었다. 마가복음 7:14-22. 여기서 예수님은 인간 속에서 나오는 악을 구체적으로 열거하신다.

"음행, 도둑질, 살인, 간음, 탐욕, 악의, 사기, 방탕, 악한 시선, 모독, 교만, 어리석음."

악들을 언급하신 주님은 이런 말을 덧붙이셨다.

"이런 악한 것이 모두 속에서 나와서 사람을 더럽힌다."

우리는 이 악들을 하나하나 살펴보았다. 서로 이야기하며 살폈다. 그리고 이어서 함께 찬양했다.

'주님을 의지합니다. 주님을 의지합니다. 내 삶의 위로와 참 평안 주시는 주님을 의지합니다. 주님을 찬양합니다.~~ 주님을 사랑합니다.~~'

찬양에 이어 우리는 오늘의 말씀을 묵상했다. 말씀으로 자신을 비춰보았다. 내 마음속에서 쉼 없이 솟아나는 악들이 내 마음의 중심을 차지하고 있지 않은지 스스로 살폈다. 나의 악이 내 중심에 좌정하신 주님을 해치거나 밀어내는 꼴은 아닌지. 아니 이미 주님을 밀어내고 중심 자리를 차지하고 있는 악은 없는지 각자 자신의 마음을 들여다보았다.

마지막으로 돌아가며 기도했다.

"하나님 내 마음 중심에 오세요. 내 악이 주님을 내 마음 중심에서 밀어내지 않도록 도와주세요."

우리는 같은 마음을 모아 기도했다.

"두 달 있다가 사장한테 얘기할 거예요."

예배를 마친 뒤, 차를 타고 시장으로 가는 동안 게삽이 한 말이다.

"다른 농장에 가는 거 허락해 달라고 얘기할 거예요. 여기 휴일 없어요. 일은 너무 많고 월급 아주 적어요. 만약에 사장이 허락 안 하면, 불법체류자라도 될 거요. 그냥 공장에 가요. 매주 일요일 쉬는 곳에 가고 싶어요. 여기 농장, 처음 근로계약서와 달라요."

게삽에게 분명히 변화가 오고 있었다. 지난 몇 년 동안 얌전히 지내온 사람이 이제 달라지고 있었다. 우리 센터를 만난 뒤 변화된 모습이었다.

입이 무거운 그의 말이라 나는 이 말을 귀담아들었다. 고용주의 허락 없이는 직장을 옮길 수 없다는 법과 제도에 묶인 이주노동자가 만약 사장의 승인 없이 직장을 옮기면 즉시 불법체류자가 되고 마는 현실. 이 현실에 눌린 노동자 게삽의 절규를 무겁게 들었다.

덩삐의 390시간

덩삐는 미얀마에서 온 노동자다. 27세로 입국한 지 6개월째다. E9 취업비자를 갖고 들어와 비닐공장에서 일한다. 그런데 지난주 야간노동을 하다 손목을 다쳐 병원에 입원했다. 날카로운 기계 부품에 손목을 찔렸다. 한국어는 물론 영어를 거의 못하는 그를 병실에서 만났다. 번역기를 이용해 간신히 소통했다. 그가 받을 수 있는 산재보상에 관해 설명해주었다.

상당수 이주노동자는 누구나 받게 되어 있는 산재보상보험에 대해 잘 모른다. 그래서 가능하면 산재보험으로 처리하기를 꺼리는 기업주들은 적당히 치료나 해주고 말려는 경향이 있다. 누구나 소위 불법체류자라도 무조건 받을 수 있는 산재보상이 있다는 사실을 이주노동자에게 알려주는 일은 소중하다.

며칠 뒤 그를 또 만났다. 그는 병상에 앉아 페이스북으로 외부와 소통하고 있었다. 한국어를 거의 못하는 그에게 SNS는 유일한 소통 도구인 듯하다. 나는 그와 페이스북 친구를 맺었다. 키가 작지만 야무지게 생긴 그는 밝게 웃었다.

친구를 맺은 그와 이런저런 이야기를 나누다 그의 임금에 관해 묻게 되었다. 지난달 그는 단 하루도 쉬지 않고 노동을 했다. 일요일 하루도 쉬지 않고 밤샘노동만 했다. 저녁 7시부터 다음 날 아침 8시까지 매일 반복적인 일을 했다. 중간에 쉬는 시간도 없다. 빵 한 조각을 간식으로 먹고 계속 일했다.

그가 지난달 일한 시간은 모두 390시간이다. 살인적인 노동시간이다. 여기에는 하루 8시간을 초과한 노동시간이 들어있고, 야간노동시간이 들어있고 휴일노동 시간 등이 포함되어 있다. 올해 시간당 최저임금은 7,530원이다. 이렇게 계산하면 그의 한 달 임금은 400만 원이 넘는다. 그러나 실제 받은 돈은 220만 원이었다. 생산을 위한 노동을 하는 과정에서 그가 착취당한 것을 원천적으로 규명하지 않고, 그냥 단순히 최저임금을 기준으로 계산해도 이렇게 적나라하게 착취의 실상이 드러난다.

덩삐의 공장은 하청 공장이다. 한국사회의 착취구조는 3겹, 4겹의 구조로 치밀하게 짜여 있다. 피라미드 구조다. 하청 공장은 원청공장과의 사이에서 착취를 당한다. 중소기업은 대기업과의 사이에서 착취를 당한다. 비정규직은 정규직과의 차별을 당한다. 여자는 남자와의 관계 속에서 차별을 당한다. 이렇게 볼 때 덩삐는 우리 사회 가장 밑바닥에서 착취당하는 존재다. 재벌왕국 코리아에서 착취구조의 정점엔 재벌이 있다. 그러니까 재벌의 빨대가 덩삐 같은 노동자에게까지 꽂혀 있다고 말할 수 있다. 덩삐 같은 이주노동자는 100만 명이 넘는다. 비정규직 노동자는 천만 명에 육박하고. 우리 사회에서 이주노동자들은 착취의 출발점에 서 있다고 할 수 있다.

성경은 착취에 지대한 관심을 둔다. 성경은 처음부터 마지막까지 인간과 인간 사이의 관계 성격에 집중적 관심을 갖는다. 야훼 하나님은 고대 이집트에서 착취당하던 노예들에게 집중적인 눈길을 주셨다. 성서의 뿌리인 출애굽 사건은 그 점을 강조한다. 이 거룩한 전통은 하나님의 인류 구원사에 도도히 흘러 사도 야고보에게도 흘러갔다.

야고보서는 체불임금을 직접 언급함으로써 착취문제를 정면으로 다룬다. 야고보는 행함이 없는 믿음은 죽은 믿음이라고 단정하면서 착취문제를 다룬다. 착취문제에 직면해 그 문제를 풀지 않는 믿음은 죽은 것이라는 가르침이다. 살아 있는 믿음, 구원을 가져다주는 믿음은 착취문제를 외면하지 않고 정면으로 다뤄야 한다. 착취문제 해소를 위해 투신하는 믿음이야말로 '산 믿음'이다.

> "부자들은 들으십시오. 여러분에게 닥쳐올 비참한 일들을 생각하고, 울며 부르짖으십시오.
>
> 여러분의 재물은 썩었고, 여러분의 옷가지는 좀이 먹었습니다. 여러분의 금과 은은 녹이 슬었으니, 그 녹은 장차 여러분을 고발하는 증거가 될 것이요, 불과 같이 여러분의 살을 먹을 것입니다. 여러분은 마지막 날에도 재물을 쌓았습니다.
>
> 보십시오, 여러분이 여러분의 밭에서 곡식을 벤 일꾼들에게 주지 않고 가로챈 품삯이 소리를 지르고 있습니다.
>
> 그래서 일꾼들의 아우성이 만군 주의 귀에 들어갔습니다. 여러분은 이 땅 위에서 사치와 쾌락을 누렸고, 살육의 날에 마음을 살찌게 하였습니다.
>
> 여러분은 의인을 정죄하고 죽였지만, 그는 여러분에게 대항하지 않았습니다."
>
> **_ 야고보서 5:1–6**

손가락 잘리고 위천공까지

꾸인(가명, 30대)은 방글라데시에서 온 노동자다. 입국한 지 3년 된 그는 지독한 냄새와 먼지 그득한 가구공장에서 일한다. 그는 지난주 오후 작업시간에 화장실에 가다가 그만 사고를 당했다. 화장실 유리문에 손이 끼는 바람에 손가락 하나가 절단되고 말았다.

병원에서 만난 그에게 산재보상에 관해 이야기했다. 그러나 그는 그 혜택을 받기가 어렵다 판단하고 있었다. 자신의 실수로 사고가 났기 때문에 어려울 것이라 생각하고 있었다. 하지만 그렇지 않다고 말해줬다. 작업시간에 작업과 연관된 행동을 하다가 일어난 사고이기에 당연히 산재보험에 해당한다는 말을 건넸다. 고의로 일으킨 사고가 아니기에 당연히 해당한다고 했다.

며칠 뒤 다시 그를 찾았다. 산재보상 신청을 돕고자. 그러나 다시 만난 그는 전혀 다른 모습이었다. 내가 병실을 잘못 찾아온 게 아닌가 할 정도였다. 그는 배 전체를 덮다시피 한 하얀 붕대를 드러낸 채 병상에 누워있었다. 양쪽 팔에는 여러 개의 주삿바늘이 어지럽게 꽂혀 있었다. 수술을 받고 수술실에서 막 돌아온 모습이었다. 휑한 눈으로 나를 쳐다보는 모습이 애처로웠다.

지난주 손가락 수술을 받은 그가 또 받은 수술은 위천공 수술이었다. 바로 전날 그는 심한 구토증을 느꼈다. 마침 병원에서 급하게 여러 검사를 하고 진단을 받은 결과 위천공(위장 벽이 뚫린 것)이 발견되었다.

당황한 기색이 역력한 그의 눈을 한참 쳐다보았다. 방글라데시 말을 한마디도 못하는 나는 그와 눈을 맞추기만 했다. 그러다 휴대폰에 내장된 번역기를 이용해 방글라데시 말로 이렇게 내 마음을 표현했다.

“수고했어요.”

나는 주삿바늘을 팔 여기저기에 꽂고 있는 그의 곁에 있었다. 하지만 내 생각은 어느새 과거로 달려갔다. 지난 80년대 어느 봄날, 나는 신촌 세브란스 병실에 누워있었다. 연거푸 입원한 것이다. 그 얼마 전 20대 후반인 나는 오른쪽 갈비뼈 세 개를 절단하고 호스를 박아놓는 폐 수술을 받았었다. 쉬지 않고 생기는 늑막염증을 몸 밖으로 배출시키기 위해. 결핵성 늑막염이 악화하여 그런 수술까지 받게 된 것이다. 그 수술을 받은 몸으로 나는 여전히 서울 사당동 산동네에서 빈민선교를 했다. 그러다 결국 쓰러지고 말았다. 극심한 구토증을 느끼며. 결핵성 늑막염 치료를 위해 장기간 먹는 고단위 항생제와 결핵약의 부작용으로 그만 간에 이상이 생긴 것이다. 세브란스병원 응급실로 실려 갔다. 황달이 흑달로 넘어가는 급성 간 경변이 와서 위험한 상황이었다. 그러나 하나님의 도움으로 간신히 위기를 넘긴 나는 다시 산동네로 되돌아갔다.

폐 질환에다가 간 경변이 겹쳐 위기에 처했던 나의 모습이 꾸인의 모습과 겹쳐 보였다. 꾸인을 바라보다 기도를 해주고 싶다는 생각을 했다. 방글라데시에서 온 그는 그리스도인이 아니다. 그러나 그는 눈빛으로 흔쾌히 동의했다.

“하나님 아버지, 꾸인을 기억하소서.”

이마에 손을 대고 하는 기도를 마치자 그는 고맙다는 마음을 표현했다.

임금을 똑같이 주는 나라?

니르말과 게삽은 지난 토요일 휴일을 맞았다. 채소재배농장에서 일하는 그들이 모처럼 쉬는 날을 만났다. 하지만 여느 날보다 더 바쁜듯했다. 최근 한 달 이상 하루도 쉬지 못한 그들에게 휴일은 밀린 일을 해야 하는 날이다. 집 안 청소, 빨래, 시장보기, 이발 등 할 일이 많다.

그들이 틈을 내어 센터에 왔다. 예배를 위해서. 셋이서 드리는 예배. 우리는 찬양을 부른 뒤 비유 말씀을 읽었다. 예수님께서 들려주신 '포도원 품꾼들의 비유'(마20:1-16)를 읽고 생각을 주고받았다. 서툰 한국어와 영어를 섞어가며 얘기를 주고받았다. 그들은 한국어 읽기는 곧잘 한다. 그리고 문장의 의미도 조금 파악할 수 있다. 본문을 잘 이해하기 위해 우리는 영어 성경도 읽었다.

포도원 품꾼들의 비유는 포도원에서 일한 일꾼들에게 주인이 똑같은 임금을 지급한 이야기다. 이른 아침부터 일한 일꾼이나 점심때쯤 와서 일한 일꾼이나 오후 5시에 와서 일한 일꾼이나 똑같은 임금, 1데나리온씩을 받았다.

하늘나라에 대한 이 비유를 읽은 그들에게 나는 질문을 던졌다. 우선 소감을 물었다. 게삽이 먼저 입을 열었다.

"먼저 예수를 믿은 사람이나 나중에 믿은 사람이나 하늘나라에는 똑같이 들어간다는 것인가요?"

게삽은 얼마 전까지 힌두교 신자였다. 그는 최근 나를 만나 예수 그리스도를 마음에 모시는 결심을 했다. 뒤늦게 예수를 믿은 사람으로서 그 비유 속에서 그런 점을 가장 먼저 발견한 듯했다. 옆에 앉아 있던 니르말도 게삽의 말에 동의하는 눈빛을 보였다.

“여기서 하늘나라는 장차 죽은 다음에 들어갈 세상으로 생각하지 마세요. 하늘나라는 지금 여기에 임하는 나라에요. 그 나라는 사랑이신 하나님의 뜻이 이루어진 새로운 삶이나 사회를 가리켜요. 지금 여기서.”

내 말을 들은 그들은 잠시 머뭇거렸다. 그러다 침묵을 깬 건 니르말이었다.

“이른 아침부터 일한 사람이나 오후 늦게 와서 일한 사람이나 임금을 똑같이 받았어요. 이해하기가 어려워요. 지금 세상에 그런 거 없어요. 일 많이 하면 임금 많이 받고 일 조금 하면 임금 조금 받아요.”

게삽이 말을 이었다.

“만약 공장에서 임금을 똑같이 주면 어떨까요? 안 돼요! 게으른 사람들 어떻게 해요? 일 많이 한 노동자들 화가 나요.”

“그래요. 그런데 처음에 내가 얘기해줬지요? 1데나리온씩 주었다는 점이 중요하다고. 1데나리온은 옛날 이스라엘에서 보통 한 가정의 하루 최저생활비였어요. 이 점을 생각해야 해요.”

내 말이 끝나자마자 게삽이 말을 또 꺼냈다.

“그날 그 돈 안 받으면 가족들과 함께 굶어야 하는 거네요.”

“그렇지요. 굶으면 그 다음 날 일 하기도 힘들겠지요. 니르말, 혹시 기본소득이라는 거 알아요?”

“네, 알아요.”

네팔에서 대학을 나온 니르말은 기본소득을 알고 있었다.

“저는 이 비유가 기본소득 정신을 갖고 있다고 봐요. 기본소득(Basic income)제도는 누구나 살아가는 데 필요한 최소한도의 돈을 사회나 국가가 주는 거지요. 무조건 모두에게 최저생활비를 주는 거예요."

언어문제로 더 활발한 토론을 할 수 없어 아쉬웠다. 그렇지만 우리는 최선을 다해 생각을 주고받았다.

"이제는 좀 다른 측면도 생각해 봅시다. 가정을 생각해봐요. 네팔에도 있는 대가족을 생각해봐요. 거기서 힘이 센 젊은 사람은 일 많이 하지요. 그러나 힘이 약한 노인은 일을 조금만 해요."

니르말이 화답하듯 나의 말을 이었다.

"그렇지요. 일하지 못하는 노인이나 어린이는 그냥 먹지요. 가정에는 일 많이 하는 사람, 일 조금 하는 사람, 일하지 못하는 사람 있어요. 그러나 밥 똑같이 먹어요."

게삽도 말을 거들었다.

"밥 똑같이 먹어요. 옷 필요한대로 사요."

말씀 나눔을 마친 우리는 찬송을 부른 뒤 돌아가며 기도했다. 예수님을 마음 중심에 모시는 기도를 했다. 아버지 하나님의 마음을 품고 살기를 바라는 소원을 아뢰었다. 새로운 사회를 바라며 기도했다.

조셉을 강제 퇴원시킨 사장

"조셉, 어디 갔어요?"

"어젯밤에 데리고 갔어요."

"누가 데리고 가요?"

"사장이라고 하데요."

"그래요?"

"밤중에 갑자기 와서 조셉에게 옷을 갈아입으라고 하더니 데리고 가던데요. 의사는 입원해 더 치료받아야 한다고 하던데."

플라스틱 공장에서 야간작업을 하다 손가락 하나가 잘린 그가 누워 지내던 병원 침상에 조셉(가명, 필리핀, 39세)은 없었다. 플라스틱 공장에서 야간작업을 하다 손가락 하나가 잘린 그가 누워 지내던 병원 침상은 깨끗이 비어있었다. 그러나 같은 병실에 남아 있는 한국인 환자들이 간밤에 본 일을 그대로 전해주었다. 한국말을 전혀 못 하는 그는 엉겁결에 끌려간 것이다.

"오늘 아침에, 의사가 회진 돌면서 지나가는 말을 하더군요. 조셉이 입원 치료를 더 받아야 하는데 퇴원을 했다고."

조셉에게 메시지를 보냈다. 페이스북 메신저를 이용해 보냈다. 미등록자(소위 불법체류자)인 그는 무척 두려워하고 있었다. 겁을 잔뜩 먹고 있었다. 혹시 사장이 출입국관리소에 신고라도 할까 봐 전전긍긍하고 있었다. 우선 그를 안심시켰다. 사장이 신고할 가능성은 희박하다는 말을 해주었다. 미등록자를 고용했다는 약점을 가진 고용주가 자기가 고용한 미등록자를 신고할 확률은 희박하기 때문이다. 산재 신고를 하지 않는 사장이 오히려 법적으로 처벌받을 수 있다는 말도 해주었다.

그동안 조셉에게 산재보상에 대해 자세히 설명했다. 미등록자도 법에 따라 산재보험 혜택을 받을 수 있다는 얘기를 그가 병원에 입원한 초기부터 해주었다. 용기를 얻은 그는 사장에게 산재보험 신청을 요구해왔다. 그러나 사장은 그 요구를 계속 거절했다. 그러다 느닷없이 강제퇴원을 시킨 것이다.

사장은 그에게 보상비로 고작 200만 원을 주겠다는 제안을 했다. 손가락 하나가 잘린 장해는 산재보상 전례에 의하면 1,500만 원 정도 보상비가 나온다. 입원 치료가 끝나지도 않았는데 강제 퇴원시킨 행동은 결코 간과할 수 없는 인권침해 행위였다.

우리는 고민 끝에 보상 신청을 직접 하기로 했다. 의사의 소견서를 떼어 근로복지공단으로 가면 된다. 거기서 산재보험 신청을 직접 하는 거다. 고용주의 협조 없이도 노동자가 직접 할 수 있다.

의사의 소견서를 떼어 직접 보상 신청을 하려고 하자 사 측의 태도가 달라졌다. 결국, 사 측의 협조로 보상 신청을 하게 되었다.

알사의 눈물

군사교육이나 훈련을 전혀 받지 않은 사람들이 전쟁터에 전투병으로 나간다면 어떨까? 그들이 그 엄혹한 현장으로 내몰린다면?

오늘날 이주노동현장은 마치 그런 상황과도 같다. 그런 식으로 내몰리는 사람들을 흔히 본다. 사전 교육이나 연습 없이 곧바로 위험한 노동현장에 투입되는 노동자들. 그 피어린 노동현장은 과연 누구를 위한 자리인가?

알사(가명, 방글라데시, 29세)는 공장에서 일한 지 20일 만에 크게 다쳤다. 한국에 입국하자마자 그는 곧바로 작업장에 투입되었다. 플라스틱 공장에서 그는 포장작업을 했다. 사전에 안전교육이나 실습은 없었다. 기계를 이용해서 일하다 왼손이 기계에 빨려 들어가는 바람에 손바닥 살이 다 떨어져 나갔다. 그리고 손등뼈 3개가 부러졌다.

병실에서 만난 그는 아직도 마취 기운이 좀 남아 있는 상태였다. 몇 시간에 걸친 응급수술을 받고 병실로 조금 전 올라온 거다. 그와 눈인사만 하고 병실을 일단 나왔다. 그가 더 안정을 취하는 것이 좋을 듯해서다. 옆방에 입원한 인도 노동자를 먼저 만났다.

알사는 한국말을 곧잘 했다. 한국에 온 지 얼마 안 된 그가 한국어를 잘하는 걸 보면 오기 전에 얼마나 많은 준비를 했는지 짐작이 갔다.

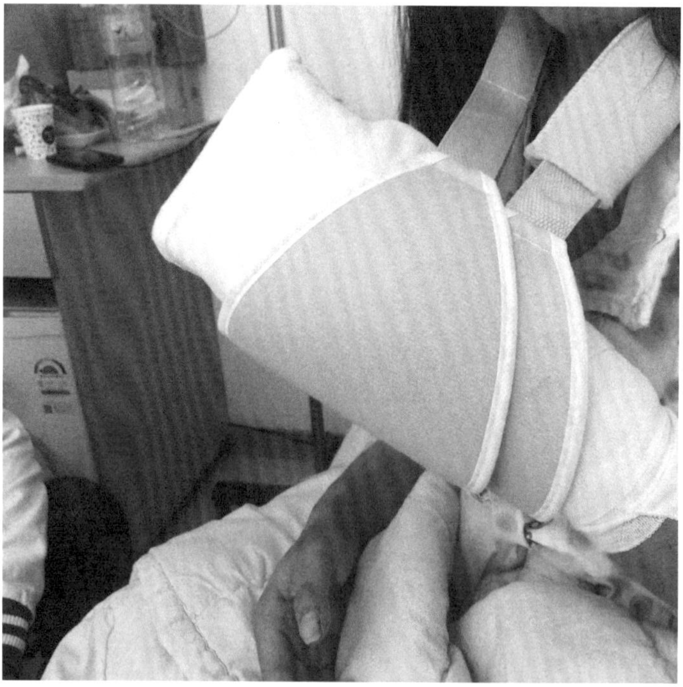

그에게 먼저 사고 경위를 물었다. 지난밤 그는 기계 앞에서 밤새워 야간작업을 했다. 매일 12시간씩 하는 야간노동이었다. 사고는 야간노동이 다 끝나갈 무렵 그러니까 새벽 5시쯤 나고 말았다. 기계에 손이 빨려 들어가면서 순식간에 손이 망가진 거다.

"My family is poor. My family is poor(내 가족은 가난해 내 가족은 불쌍해)."

침대에 누운 채 다친 과정을 설명하던 그의 눈에서 눈물이 흘렀다. 베개를 적셨다. 말을 하며 흐느껴 울 때 나도 눈물을 흘렸다. 나도 모르게 뜨거운 눈물이 흘러내렸다. 곁에 앉아 있던 나는 몸을 굽혀 그를 안아주었다.

그가 거듭해서 사용한 단어 'poor'를 나는 두 가지 의미로 받아들였다. 첫째는 '가난하다'는 것이고 둘째는 '불쌍하다'는 것이다. 알고 보니 그의 고향은 방글라데시 수도 다카에서 버스로 8시간을 들어가야 하는 오지였다. 거기엔 그를 의존하는 빈한한 가족 5식구가 살고 있다. 그런데 한국에 오자마자 졸지에 한 손을 심하게 다치고 말았다.

게삽의 분노

토요일 저녁, 네팔에서 온 노동자 게삽, 니르말과 함께 예배했다. 저녁으로 라면을 끓여 먹은 후 우리는 말씀의 떡도 나눠 먹었다(대화식으로 말씀을 나눔).

말씀 나눔을 위한 성경 본문은 갈라디아서 5장:16-25. 지난주에 이어 두 번째로 같은 본문을 갖고 나눔을 했다. 주제는 자신의 '내적 전쟁'이었고 서로 이야기했다. 요즈음 자신의 마음 안에서 가장 치열한 갈등을 일으키는 요소는 무엇인가? 그게 초점이었다.

본문 성경은 마음속에서 두 욕망(두 세력)이 서로 대적하며 싸우는 현상을 말한다. 즉 성령의 욕망과 육신의 욕망(evil natural desires)이 다투는 것이다.

> "The Spirit and your desires are enemies of each other. They are always fighting each other…."
>
> 성령과 당신의 욕망은 서로의 적입니다. 그들은 항상 서로 싸우고 있습니다.
>
> _ 갈 5:17

Angry(화)

이는 게삽이 꼽은 것이다. 그의 마음속에서 angry(화)가 쉼 없이 일어난다. 그리고 마치 용암처럼 계속 꿈틀거린다. 그는 요즘 자신의 마음에서 빈번하게 갈등을 일으키는 요소로 angry를 주목했다.

그는 자신의 angry를 일으키는 큰 요인으로 노동환경을 지목했다. 그의 노동환경은 열악하기 그지없다. 장시간-저임금노동을 매일 한다. 하루에 12시간씩 일한다. 점심에 휴식시간도 없다. 식사가 끝나자마자 일한다. 한 달에 두 번 쉬면 잘 쉬는 거다. 그가 비닐하우스 100개 동이 늘어선 농장에서 한 달 동안 일하는 노동시간은 336시간 이상이다. 그가 애초에 농장주와 맺은 근로계약서에는 한 달 근로시간이 226시간으로 되어 있다. 농장은 한겨울 두 달 정도는 일이 좀 적다. 그러나 온종일 일이 있든 없든 대기하고 있어야 한다. 엄연히 근무하는 것이다.

게삽의 한 달 월급은 160만 원이다. 일 년 내내 고정적이다. 시간당 임금을 계산해 보니 5천 원이 안 된다. 최저임금 7,500원에 한참 못 미친다. 그의 기숙사는 짐승 우리 같다. 농장 한 귀퉁이 임시 건물에서 살고 있어 비가 오면 빗물이 줄줄 샌다.

그는 이런 노동현장을 떠나고 싶어 한다. 누차 농장주에게 다른 일터로 옮기는 것을 요청했다. 아주 성실하게 5년 넘게 일하고 있는 그의 요청을 농장주는 계속 거절했다. 농장주의 허락 없이는 절대 직장을 옮길 수 없도록 못 박은 고용허가제 때문에 그는 옮기지 못한 채 죽으라고 일만 한다. 아니 강요당하고 있다.

그러나 다시 요구할 작정이다. 다른 직장으로 옮기기 위해. 끝내 거절하면 미등록자가 되더라도 다른 일터로 갈 마음을 다지고 있다.

게삽의 angry를 우리는 어떻게 보아야 하나? evil desire(사악한 욕망)로 봐야 하는가, holy desire(거룩한 욕망)로 봐야 하는가? 그것은 evil nature(사악한 본성)에서 나온 것인가, 성령이 주신 것인가?

야훼 하나님은 고대 이집트 파라오체제에서 착취당하던 히브리 노예들의 angry를 수용하셨다. 그리고 그들의 분노에 찬 고통 소리를 들으시고 행동하셨다. 그 노예들을 일으켜 파라오체제를 무너뜨리고 노예들을 해방했다. 야훼는 불의한 자의 분노는 짓밟지만 눌린 자의 분노는 접수하신다.

분노에 찬 히브리 노예들은 하나님의 뜻에 따라 파라오체제에 열 번이나 도전하며 항거하였고 결국 그 체제를 무너뜨렸다. 히브리 노예들은 자신들의 angry를 변혁과 해방을 위한 도구로 삼은 것이다. 이게 성경의 뿌리인 출애굽 사건이 가르치는 큰 가르침이다.

농약을 들고 사는 게삽

지난 토요일 저녁, 내가 그의 숙소를 찾아갔을 때 그는 하루 노동을 막 끝내고 들어와 있었다. 아침 6시부터 시작된 12시간 노동을 마치고 들어온 그의 얼굴엔 핏기가 없었다.

"날씨도 무더운데 수고 많았어요."

"일 너무 많아요."

"오늘은 무슨 일 했어요?"

"농약."

"아, 그래서 얼굴이 노랗구나."

한국에 들어와 농장에서 일한 지 6년째 되는 그는 한국말을 곧잘 한다. 누가 봐도 '범생이'인 그는 일을 소처럼 한다.

"농약 뿌릴 때 마스크 하지요?"

"그거 해도 소용없어요. 코에 다 들어와요. 바람 불면, 약 다 먹어요. 추울 때는 문을 꼭 닫은 비닐하우스 안에서 하니까 더 먹어요."

"그렇지. 마스크 써 봐야 소용없지."

"농약은 벌레 죽이는 약이죠?"

"벌레만 아니라 풀 죽이는 약도 많이 줘요."

"아, 제초제!"

"머리 아파요. 농약 주고 나면 머리 아파. 밥도 먹기 싫어요. 몸에 힘이 없어요."

그는 양손으로 머리를 감싸 쥐며 두통을 호소했다.

"paralysis(마비) 알아요?"

"알아요."

그는 오른손으로 자신의 왼쪽 팔뚝의 핏줄을 가리키며 핏속에 농약이 많이 들어가 있다고 말했다. 언젠가는 전신마비나 근무력증 같은 병을 얻게 될 것 같다며 두려워했다. 지난 6년 동안 큰 농장의 농약 주는 일을 도맡아 해온 그는 이제 이 일을 그만두고 싶다는 말도 덧붙였다.

"농약 작업은 가끔 하나요?"

"아니요. 계속해요. 겨울에도 해요. 요즘에는 더 많이 해요."

"그래요? 겨울에도? 이 농장에서 키우는 채소는 주로 열무인가요?"

"열무, 시금치, 쑥갓, 얼갈이."

"이 농장에 비닐하우스가 모두 몇 개죠?"

"100개."

"100개 비닐하우스 안에서 농약 주는 일을 혼자서 다 해요?"

"네."

'착취를 통한 이윤의 극대화'

이 원리로 돌아가는 게 자본주의사회다. 하지만 그 사회도 나름이다. 위험하고 더럽고 힘든 일을 하는 노동자에게 일반노동자보다 임금을 훨씬 더 많이 주는 사회가 있는가 하면 훨씬 더 낮은 임금을 주는 사회가 있다. 비정규직 노동자에게 정규직 노동자보다 훨씬 더 높은 임금을 주는 사회가 있는가 하면, 훨씬 더 낮은 임금을 주는 사회가 있다. 한국은 불행하게도 후자에 속한다. 자본주의 중에서도 악성이다. 돈이 왕 노릇 하는 사회 가운데서도 아주 저급한 곳이다.

우리 사회의 먹이사슬이나 그물은 피라미드 구조다. 농장주가 농업노동자들을 착취하고, 중소기업은 값싼 농산물을 기반으로 노동자들을 저임금으로 착취하고, 대기업은 중소기업을 다시 착취한다. 착취의 정점에 있는 재벌들은 대기업을 착취한다. 철저한 정글 사회다. 아니 정글만도 못하다. 짐승들은 위의 3분의 2 정도 차면 더 먹지 않지만, 여기 자본가들의 탐욕은 끝이 없다. 그들에게 수종 드는 관료들의 탐욕도 그렇다.

게삽이 농약으로 중독되어 가는 동안 야만적인 재벌왕국 한국은 더욱 악성 자본의 논리에 중독되어 간다. 그가 맹독 농약으로 서서히 죽어가는 동안 재벌왕국 백성들 삶의 질은 더욱 쇠퇴한다.

나는 돈과 탐욕이 아니라 생명이 왕 노릇 하는 사회-하나님 나라 건설을 위해 오늘도 기도하며 행동한다. 탐욕주의 사회를 허물고 생명 중심 사회를 세우기 바란다. 모든 가치와 이윤의 원천을 직접 창출하는 일꾼들이 제 몫을 누리며 사는 세상을 원한다. 소수의 부자를 위한, 부자에 의한, 부자의 나라 헬조선에서 부자를 위한 교회들이 번성하고 넘치지만, 그 기도를 버리지 않는 까닭은 게삽 같은 노동자들의 앓는 소리를 들었기 때문이다.

알사의 궁금증

“I miss you(난 당신이 그리워요).”

알사가 날 보자마자 이 말을 했다. 며칠 만에 병실에 들렀더니 병상에 누운 채 날 쳐다보며 이렇게 말했다. 좀 당황했다. 내가 그에게 그 정도 존재인가 싶어서.

그가 산재를 당한 지도 벌써 20일이 지났다. 공장에서 일하다 왼손을 크게 다친 알사. 손등의 뼈 서너 개가 부러지고 손바닥 살이 크게 훼손되는 사고를 당한 그가 응급실에 실려 와 수술을 받고 병실로 옮겨진 뒤 처음 만난 사람이 나였다. 나와 이야기를 나누던 그는 흐느껴 울기도 했었다. 그를 가만히 안아주었던 기억이 새롭다.

“I'm a Pastor(나는 목사입니다).”

이튿날 좀 진정된 그에게 나를 처음 소개했을 때, 그는 ‘Pastor(목사)’란 낱말을 처음 듣는다는 눈치를 보였다. 영어를 곧잘 하는 그였지만 이슬람 문화권에서만 줄곧 살아와서 그런지 목사라는 개념 자체를 모르는 듯했다. 이슬람 사원에 이슬람 사제가 있듯이 기독교회의 사제라고 설명해주자 그제야 그는 알았다는 표정을 지었다.

그는 이슬람교 신자지만 개신교 목사인 내가 그와 만나 교제하는 데 어떤 어려움도 없었다. 나는 그저 노동하다 어려움을 당한 그의 곁에 있을 뿐이다. 이주노동자들을 기계처럼 부리며 착취하는 한국사회의 어두운 면도 나는 솔직히 드러내며 교감한다. 그들을 일회용품 취급하고 착취하면서도 생색을 내는 우리 사회의 허위의식을 까 보이며 교감한다. 내가 그에게 주는 게 있다면 그도 나에게 주는 게 있다. 그가 내게 배우는 게 있고 내가 그에게 배우는 게 있다.

그런데 어제 알사는 나에게 궁금증 하나를 건넸다. 이런저런 이야기를 나누다 말고 진지한 표정으로 물었다.

"패스터(Pastor, 목사), 아무 수고비나 대가도 받지 않고 나를 돕는 이유가 뭔가요?"

이와 비슷한 질문을 10여 일 전에도 내게 한 적이 있었다. 그때는 빙그레 웃고 말았지만, 그날은 이렇게 대답을 해줬다. 그가 다른 사람을 돕는 사람이 되기를 바라며 말했다.

"I want you to help others in the future. I want you to help workers who suffer or are weak. That's all I want(나는 네가 앞으로 다른 사람을 돕기 바라요. 나는 네가 고통받거나 약한 노동자를 돕는 사람이 되기를 바라요. 그게 내가 원하는 전부입니다)."

이윤의 극대화는 디테일하게

이윤의 극대화를 위해 기업은 디테일하게 맹활약한다. 말이 좋아 이윤의 극대화지 실은 착취의 극대화를 위한 치밀한 작업이다.

우리 상담센터가 한 달 가까이 돌보고 있는 산재 노동자 알사(가명, 방글라데시 29세)의 회사는 최근 위조한 산재 신청 서류를 근로복지공단에 제출했다. 산재 노동자가 반드시 해야 하는 신청서 서명란에 회사

담당자가 대신 몰래 사인을 했다. 그리고 산재 사고 경위도 완전히 조작해서 기록했다. 철야노동을 깨어서 열심히 하다가 다친 사고임에도 불구하고, 졸다가 다친 것으로 꾸며 기록했다. 안전장치도 없는 기계 앞에서 함께 일한 동료 노동자가 증인으로 있지만, 거침없이 거짓 서류를 꾸민 거다.

알사는 산재보상 신청을 회사의 협조 없이 직접 할 수도 있었다. 그 신청은 본래 노동자가 하는 거다. 하지만 그는 가능하면 회사의 협조 아래 하기를 바랐다. 사고 난 지 한 달이 다 되도록 기다렸다. 그러나 뒤늦게 나타난 회사는 노동자에게 산재 신청서조차 아예 보여주지도 않고 몰래 허위문서를 만들어 공단에 제출했다.

상담센터가 입수한 허위문서를 직접 본 알사는 놀랐다. 한글로 어설프게 '알리'라고 사인한 서류를 두 눈으로 확인한 그는 머리를 양손으로 움켜쥐며 치를 떨었다. '졸음으로 인해'라는 구절이 들어있는 사고 경위 내용을 영어로 바꿔 설명해주자 아예 할 말을 잃었다.

그 기업체는 왜 허위문서를 만들기까지 하는가? 왜 노동자의 사인까지 위조하는가? 그것은 오직 더 많은 착취를 위해서다. 가령 산재보상비를 한 푼이라도 줄이기 위해서 그런 짓을 한다. 또한, 보상비가 줄어들수록 산재보험비 부담액이 줄기 때문이다. 알사의 회사는 작은 회사가 아니다. 전국 여기저기에 공장이 몇 개나 되는 단단한 회사다.

그런데도 착취를 위해서라면 아주 디테일하게 작업을 한다. 먼 이국땅에 와 최저임금도 안 되는 임금을 받고 매일 밤샘노동을 한 노동자, 산재로 손가락 세 개가 부러지고 손바닥이 심하게 훼손된 노동자의 피를 조금이라도 더 빨기 위해 그런 짓을 서슴지 않고 저지른다.

'착취를 디테일하게 하라.'

이는 재벌을 비롯한 모든 기업의 일반적인 경영원칙이다. 돈이 왕 노릇 하는 사회에서 그것은 보편적인 원칙이다. 알사가 일한 기업체만 특별히 그렇다고 생각하는 건 어리석다. 그 기업의 사장이나 직원들만 유별나게 그렇다고 여기면 오산이다. 순진한 거다. 아직 자본주의의 속성을 모르는 거다. 탐욕이 지배하는 세상의 참모습을 아직 똑바로 보지 못한 것. 돈이 주인 노릇 하는 세상, 그도 약탈적인 자본주의사회의 참맛을 아직 보지 못한 거다.

> "너희는 하나님과 재물을 아울러 섬길 수 없다."
>
> _ 마태 6:24

예수는 왜 이렇게 말씀하셨을까? 탐욕의 속성을 훤히 아시기에 그렇게 단정한 게 아닐까. 탐욕과 하나님을 겸하여 사랑하고 섬기는 재주나 능력을 갖춘 사람(사회)은 이 세상에 없다. 이건 'both and(둘 다)'의 문제가 아니라 'either or(둘 가운데 하나)'의 문제다.

우리는 양자택일해야 한다. 형제애와 생명의 극대화 쪽을 선택할 것인가, 착취와 죽임의 극대화 쪽을 선택할 것인가? 무엇을 선택하느냐에 따라 지옥과 천국이 결정된다.

재판까지 해야 하는 체불임금

산재로 병원에 입원한 만달라(가명, 방글라데시, 29세, E9 비자)가 체불임금을 받아달라는 요청을 했다. 이전에 다닌 회사에서 못 받은 임금을 포기하고 있던 그가 다시 용기를 냈다. 사실 한국어를 잘 못 할 뿐 아니라 한국사회에 대해 잘 알지도 못하는 이주노동자가 홀로 체불임금을 받아내는 일은 힘겨운 일이다.

그의 체불임금 문제를 접수한 우리 센터는 우선 고용노동부에 문의했다. 두 달 전 만달라가 이미 노동부에 신고했기 때문이다. 신고를 받은 노동부가 그동안 그 일을 어떻게 처리하였는지 물었다.

노동부 담당자는 먼저 체불임금이 460만 원이라고 확인해줬다. 그리고 피의자 조사를 마쳤다고 했다. 이제 기업주를 검찰에 송치할 예정이라는 말도 덧붙였다.

만달라와 나는 체불임금을 받기 위해 재판까지 할 결심을 했다. 힘이 들더라도 그리하지 않으면 우리 사회의 체불임금이 더욱 증가하는 데 일조하게 되는 꼴이 될 것이라는 판단에서였다. 임금을 떼어먹어도 노동자가 가만히 있으면 기업주들은 더욱 기가 살아 임금 떼어먹기를 상습적으로 하게 될 게 뻔하다. 특히 이주노동자들에게 더욱 그리할 것이다. 당하고도 가만히 있으면 기업주들은 노동자들을 '말하는 동물'로 더욱 취급한다.

체불임금을 받기 위한 민사재판을 하기 위해 우리는 노동부로부터 자료를 건네받았다. 그 자료를 갖고 만달라와 함께 법률구조공단으로 갔다. 그 공단의 도움을 받기 위해서다. 공단은 무료로 도와줬다. 앞으로 최소한 3달 이상 재판을 해야 한다.

치밀한 착취구조로 돌아가는 재벌왕국인 한국의 체불임금은 상상을 초월할 정도다. 2016년 노동부 통계를 보면, 무려 1조 4천억이나 된다. 지금은 이보다 훨씬 많아졌을 것이다. 이 금액은 일본의 약 10배다. 경제규모를 염두에 두고 그 금액을 비교해 볼 때 한국의 기업들이 노동자들을 얼마나 악착같이 착취하는지 알고도 남는다. 한국의 노동자들은 평소 장시간 노동-저임금구조 아래서 극심한 착취를 당하는 데, 게다가 더하여 막대한 임금을 떼어먹기까지 하니 그 착취의 강도가 자못 심각하다. 한국의 경제규모는 세계 10위권이지만 착취의 규모나 강도는 세계 최대라 해도 과언이 아니다.

일한 노동자에게 주지 않은 임금이 1조 원이 넘는 동안 한국의 대기업들이 쌓아놓은 돈(사내유보금)은 1,500조나 된다. 그에 반해 모든 가계의 부채는 1,500조가 되었다. 상위 10%가 독점한 자산이 나라 전체 자산의 60%인데 반해 하위 50%가 가진 자산은 고작 1.7%에 지나지 않는다. 또한, 해마다 상위 10%가 나라 총수익의 50%를 또 가로채 간다.

왜 우리 교회는 체불임금 문제에 개입하는가?
왜 목사인 나는 체불임금 문제에 끼어드는가?
이 질문에 대한 답은 여기에 있다.

_ 야고보서 5:1~5

알사, 서울 가는 길

오늘은 알사가 서울 가는 날이었다. 한 달쯤 전에 왼손을 크게 다치는 산재를 당해 병원서 치료 중인 그가 용기를 내어 가기로 작정했었다.

'문송면-원진 노동자 산재 사망 30주기 행사'에 알사는 꼭 참여하고 싶었다. 자신이 당한 산재 사고와 회사의 부당한 처사를 많은 사람 앞에서 증언하고 싶었다. 재벌왕국의 착취구조 맨 밑바닥에 있는 이주노동자의 현실을 고발하며 공론화하고 싶어 했다. 회사가 산재 신고를 하면서 문서를 허위로 만들어(노동자가 졸다가 사고를 당했다고) 보고한 짓을 증언자로서 드러내며 기업의 야만성을 폭로하려고 했다.

그러나 오늘 아침 갑작스러운 수술로 서울 가는 길이 막혔다. 회사와 마찬가지로 병원도 이주노동자를 투명인간 취급하는 관행 때문에 행사 일정의 차질을 빚었다. 병원은 어제저녁까지도 수술 일정을 알사에게 알려주지 않은 것이다. 어제라도 영어를 잘하는 그에게 알려줬으면, 나는 다른 산재 노동자를 그 행사의 증언자로 교섭하여 세웠을 것이다.

결국, 그를 대신해 내가 증언을 했다. 나는 백만 이주노동자들의 산재는 우연이 아니라 필연이라고 말했다. 내국 노동자들보다 발생률이 5배가 넘는 이주노동자들의 산재는 우연이 아니라 사회의 조직적인 타살이라고 진단했다. 산재를 일으킬 수밖에 없는 구조적인 악으로 나는 두 가지를 지목했다.

첫째 장시간 노동-저임금구조를 꼽았다.

하루에 11~13시간씩 주간이나 야간에 일하는 노동환경에서 산재 사고를 당하지 않으면 그게 이상한 거다.

둘째, 고용허가제를 꼽았다.

이는 사장의 허가 없이는 직장 이동이나 직업 선택을 노동자가 할 수조차 없게 하는 제도로서 산재의 주요 원인도 된다. 아무리 산재 다발 회사라도 노동자는 사장 허락 없이 다른 회사로 갈 수 없다. 좀 더 안전한 일터를 찾아 못 간다. 또한, 전권을 가진 고용주에게 노동조건 개선을 요구하기 힘들다. 한번 찍히면 숱한 불이익을 당하기 때문이다.

한 해에 산재로 사망하는 노동자가 2,400명이 넘는 나라, 이주노동자의 산재 발생률이 내국 노동자의 산재 발생률보다 5배가 되는 나라. 언제 '생명의 극대화라는 원리'가 보편적으로 통하는 나라가 될까? 이윤의 극대화가 아니라 생명의 극대화로 돌아가는 사회-하나님의 나라는 언제 오려나?

오늘 그런 사회를 지향하는 작은 행동이라도 없다면 그 사회는 오지 않을 것이다.

하얼빈서 왔어요

"공장에서 일하다 다쳤나요?"

"네."

여자 병실에 들어갈 땐 조심스럽다. 실례를 무릅쓰고 들어가 새로 입원한 산재 환자를 만났다. 이름은 분명 이국적인데 얼굴 모습은 영락없이 한국인이었다.

"어느 나라에서 오셨어요?"

"하얼빈."

"아, 교포시군요."

한국말은 서툴렀다. 체구가 작은 그녀는 30대 초반쯤 되어 보였다.

깁스한 왼손을 쳐다보며 물었다.

"무슨 일 하다 다쳤어요?"

이 물음에 대답을 잘하지 못했다. 그녀는 서툰 한국어로 표현하다 말고 답답한지 핸드폰을 집어 사진을 보여줬다.

"아, 프레스 기계!"

"네."

"뭐 만드는 공장이에요?"

"신발."

신발이란 발음을 어눌하게 하며 병상 밑에 벗어놓은 신발을 가리켰다.

"손을 얼마나 다쳤어요? 뼈는 괜찮아요?"

그녀는 대답 대신 다시 핸드폰을 집어 들었다. 그리고 다친 손의 모습을 직접 보여주었다. 수술받기 전에 찍은 사진. 붉은 피가 묻은 손가락들. 프레스에 짓눌려 상한 두 손가락. 뼈가 부러진 손가락들.

사진을 보며 내가 상한 얼굴을 보이자 그녀는 눈물을 보였다.

"그 공장에서 일한 지 얼마나 되었나요?"

"사 개월."

"처음 공장에 들어갔을 때 안전교육받은 적 있나요?"

그녀는 안전교육이란 단어를 이해하지 못했다. 내가 종이에 그 단어를 써 주자, 알았다는 시늉을 하며 안전교육은 받은 적이 없다고 말했다. 안전장치도 없었다. 손이 프레스 기계 안으로 들어가면 센서가 감지하여 자동으로 멈추는 장치도 없었다. 설령 있다 해도 회사들은 흔히 그런 센서가 작동하지 못하도록 한다. 생산량을 늘리기 위해서, 더 많은 이윤을 위해, 작업 속도를 더 빠르게 하기 위해서다.

이야기를 나누던 나는 어제 서울서 열린 산재 문제 토론회에서 만난 한 여성을 떠올렸다. 그녀는 삼성전자 산재 직업병 노동자, 한혜경 씨였다. 지금 나이가 40인 그녀는 20대에 삼성전자에서 근무하다 뇌종양이라는 병을 얻었다. 삼성전자를 비롯한 삼성 기업에서 일하다 얻은 직업병으로 사망한 노동자가 118명, 피해자가 320명이나 되지만, 삼성 측은 지금도 산재 인정을 하지 않는다. (투쟁을 통해 나중에 아주 힘겹게 근로복지공단, 법원에서 인정받은 이는 29명)

그런데 더 놀라운 사실은 그런 무서운 직업병을 일으키는 작업장에서 사전에 안전교육을 제대로 받은 적이 없다는 거다. 해로운 화학물질을 취급하지만, 미리 위험 물질이란 얘기를 해주지 않았고, 더구나 안전장치를 제거하거나 작동하지 않게 했다.

생명보다 이윤의 극대화!

이 원리는 작은 회사나 대기업이나 공통으로 고수하는 경영원리다.

프롬의 싸움

프롬은 오늘도 출근은 했으나 일은 하지 않았다. 4일째 그렇게 싸움을 하고 있다. 그는 다니던 회사 사장에게 직장을 옮길 수 있도록 허락해 달라는 요구를 계속하고 있다.

'고용주의 허락 없이는 직장을 절대 옮기지 못한다.'

여러분이 만약 이런 내용이 담긴 '고용허가제'에 묶여 산다면 어떻겠는가?

자본주의사회의 일반상식에도 미치지 못하는 이런 제도에 묶여 고통당하는 사람들이 있다. 상당수의 이주노동자가 그렇다.

그는 지난 3월 내가 처음 만난 산재 이주노동자다. 그는 한국에 입국해 처음 배치받은 공장에서 20일 만에 사고를 당했다. 이주노동자들은 일할 공장도 일방적으로 배치받는다. 근로계약서가 있지만 그건 형식일 뿐이다. 노사 간의 협의에 따른 대등한 계약이 아니다. 안전교육도 받지 못한 채 노동하다 손가락이 절단된 그의 치료는 며칠 전 5개월 만에 끝났다.

그는 직장을 옮기고 싶어 한다. 이유는 두 가지다. 하나는 두려움 때문이다. 손가락이 절단되는 사고를 당한 그 일터에 대한 두려움이 있다. 다른 하나는 좀 더 안전한 일터를 원한다. 산재 다발 공장을 피하고 싶은 거다. 나아가 같은 노동을 하더라도 임금이 더 높은 곳에 가고 싶어 한다. 최저임금도 안 주는 곳은 피하고 싶다.

고용허가제는 현대판 노예제도다. 고용주에게 전권을 주는 제도다. 국가가 기업주 편을 극단적으로 드는 제도다.

인도경제의 맨 밑바닥에 3억 불가촉천민이 있다면 한국경제의 밑바닥엔 100만 이주노동자가 있다. 재벌왕국 한국의 착취구조 맨 밑바닥에 이주노동자들이 있다.

그는 다음 날도 출근은 하나 일은 하지 않고, 정당한 요구를 계속할 것이다. 자유를 확보하기 위하여. 노동기본권 아니 그 이전에 인간의 기본권 확보를 위하여. 심하게 훼손된 하나님의 형상을 조금이라도 회복하기 위하여.

우리 사장님 좋은 사람이에요

"우리 사장님 좋은 사람이에요."

공장에서 일하다 왼손을 심하게 다친 이주노동자의 말이다. 하얼빈에서 온 동포 노동자가 정색하며 말했다. 공장에 들어간 지 4개월 만에 프레스에 짓이겨진 손가락들 수술을 받고 치료 중인 그녀가 산재에 관해 설명하는 나의 말을 듣다 말고 한 말이다.

산재보험이 있는지조차 모르던 그녀에게 그것에 관해 얘기해 주자 귀를 기울였다. 앞으로 산재를 신청할 때 주의하라는 말을 건네자 그는 더욱 관심을 가졌다. 신청서에 본인이 직접 사인을 하는 것은 물론 산재 사고 경위도 본인이 직접 쓰라는 말을 해줬다. 특히 사고 경위를 직접 써야 할 이유도 설명해줬다. 간혹 회사가 사고 경위를 거짓으로 꾸며 쓰는 경우가 있으니 회사에 신청서를 내맡기지 말라고 했다. 그런데 조언을 듣다 말고 그녀는 머리를 흔들며 말했다.

"우리 사장님 좋은 사람이에요."

그 말을 강조하는 노동자 앞에서 좀 무안했다. 내가 너무 지나쳤나 싶었다. 그래서 목소리를 조금 낮췄다.

"그래요. 다행이네요. 그러나 좋지 않은 사장들이 종종 있거든요. 예를 들어 졸다가 사고가 났다고 거짓으로 쓰는 사장들이 있어요."

그녀는 나의 말이 떨어지자마자 다시 머리를 좌우로 흔들었다.

"우리 사장님 안 그래요. 우리 사장님 좋아요."

노동자와 기업주, 고용주와 피고용자 사이가 좋으면 얼마나 좋을까? 기업주에 대해 이 노동자자 가진 마음처럼 기업주도 노동자에 대해 좋은 마음을 갖고 기업을 운영한다면 얼마나 좋을까?

'우리 사장님 좋아요'라는 말을 연거푸 하는 노동자에게 나는 이런 말을 해주고 싶었다.

좋은 사장이면 왜 안전교육 한번 안 했을까요?

좋은 사장이면 왜 안전장치를 설치하지 않았을까요?

좋은 사장이면 왜 안전장치가 작동하지 못하도록 했을까요?

이윤의 극대화를 위해 돌아가는 기업의 실상을 앞으로 손가락이 얼마나 더 깨지고 잘려야 제대로 볼 수 있을까요?

좋은 사장이면 왜 하루 12시간 노동을 강요할까요?

좋은 사장이면 왜 최저임금도 안 줄까요?

좋은 사장이면 왜 야근수당이나 특근 수당을 떼어먹을까요?

좋은 사장이라면 왜 '고용허가제'를 고수할까요?

왜 노예제 같은 그 제도를 다른 기업인들과 연대해 만들었을까요?

사장에게 상습적인 성희롱을 당하는 여성노동자가 직장을 옮기려 해도, 사장의 허락 없이는 직장을 옮길 수 없도록 한 그 제도를 왜 악착같이 고수할까요?

사하의 고소

사하가 고소했다. 얼마 전 우리 센터에 두 번이나 찾아와 상담한 그가 경찰서에 가서 자신을 폭행한 한국인 노동자(50대)를 고소했다. 고소하기 전 그는 한 달 이상 고민했다. 버스와 지하철로 두 시간 걸리는 이곳까지 찾아와 상담하고 고민하던 그가 결국 고소했다.

같은 공장에서 일하던 한국인 노동자(50대)는 사하에게 무거운 쇠망치를 던져 왼쪽 어깨에 심한 상처를 입혔다. 그는 한국말이 서툰 사하와 이야기를 주고받다 말실수를 한 이주노동자에게 폭력을 행사했다. 그 후 제대로 된 사과는 하지 않았다. 병원 치료만 적당히 받게 하고 그냥 넘어가려고 했다.

고소한 사하를 지원한 이들이 있다. 한국말을 잘하지 못하고 한국사회에 대해 잘 알지 못하는 그를 도운 사람들이다. 그가 사는 곳은 이곳에서 좀 떨어진 곳이기에 나는 그가 거주하는 지역에 살고 있는 페이스북 친구에게 도움을 청했다. 친구는 기꺼이 그를 도왔다.

웃음기 없는 탄의 얼굴

낮 최고 기온이 40도를 넘나드는 불볕더위에도 종일 비닐하우스 안에서 일하는 노동자들이 있다. 3년 전 네팔에서 온 노동자 탄(가명. E9 비자)은 남양주에 있는 채소재배농장에서 일하고 있다. 주로 파를 재배하는 그 농장 노동은 아침 8시 반에 시작해서 저녁 6시 반에 끝난다. 점심시간은 한 시간이다. 휴일은 한 달에 이틀뿐이다. 그가 받는 월급은 160만 원으로 정해져 있다.

그는 며칠 전에 발등을 심하게 다쳤다. 파를 자를 때 사용하는 칼에 찔린 거다. 일하던 도중 위에 있던 칼이 떨어지면서 오른발등을 찔렀다. 병원에 입원해 치료를 받고 있지만, 그는 걱정이다. 치료비를 자신이 부담해야 하기 때문이다. 그리고 치료받는 동안 임금도 받지 못할 거란 생각 때문이다.

한국에서 농어촌노동자는 산재보험 혜택을 받지 못한다. 그들은 법적으로 노동자로 인정받지 못하기 때문이다. 장시간-저임금노동을 하는 노동자지만 노동자로 인정받지 못해 사고를 당해도 산재보험 혜택을 받지 못한다. 농장주가 부담을 해주면 다행이지만 그렇지 않을 땐 피해가 크다.

우리 밥상에 오르는 각종 채소나 과일을 재배하는 전국 농장에 이주노동자들 수만 명이 들어가 일하고 있다. 어업 쪽도 이주노동자들이 많다. 한국의 농사나 어업은 이주노동자들 없이는 이제 불가능하다고 해도 과언이 아니다. 요즈음 농촌 지역의 농장들은 규모가 작지 않다. 내가 자주 들르는 농장(포천지역)만 해도 비닐하우스가 100동이다. 길이가 120m인 비닐하우스농장 100동에서 여러 가지 채소를 재배한다. 이런 규모의 농장들이 흔하다. 일 년 매출이 10억~20억 정도 되는 농장들이 흔한 것으로 알고 있다.

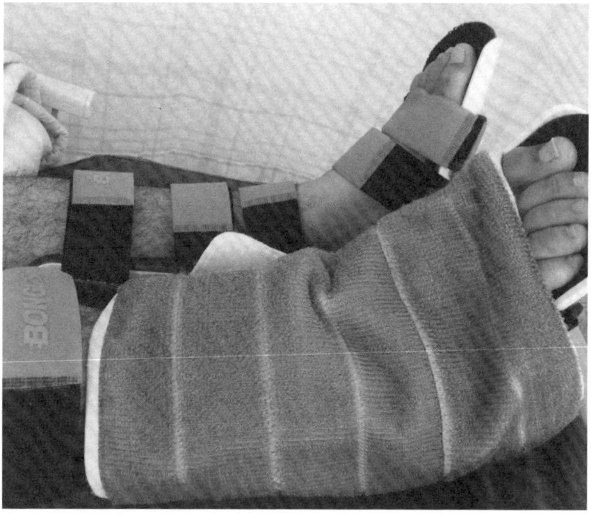

농어촌노동자들은 근로기준법의 적용을 받지 못한다. 그들은 노동자가 누려야 할 최소한도의 권리 기준을 정한 근로기준법의 적용마저 받지 못하는 존재로 전락한 거다. 근로기준법 자체가 그렇게 규정하여 전락시켰다. 근로기준법 63조는 농촌과 어업에서 일하는 노동자들을 근로기준법 적용 대상에서 제외하고 있다.

제63조(적용의 제외)

이 장과 제5장에서 정한 근로시간, 휴게와 휴일에 관한 규정은 다음 각 호의 어느 하나에 해당하는 근로자에 대하여는 적용하지 아니한다. 〈개정 2010.6.4.〉

1. 토지의 경작·개간, 식물의 재식(栽植)·재배·채취 사업, 그 밖의 농림 사업.
2. 동물의 사육, 수산 동식물의 채포(採捕)·양식 사업, 그 밖의 축산, 양잠, 수산 사업.

100만 명이 넘는 이주노동자들은 재벌왕국인 한국이 절실히 필요해서 받아들인 사람들이다. 더 정확히 말하면 한국의 '총자본'이 필요해서 받아들인 거다. 자본가들, 고용주들이 필요해서 받아들였다. 그러나 그들을 노동자 아니 인간으로 보고 대우할 준비는 전혀 안 된 상태에서 마구잡이로 받아들여 착취에만 열을 내고 있다.

푸른 풀밭과 노동자

노동자들과 함께 시편 23편을 읽었다.

> 야훼는 나의 목자, 아쉬울 것 없어라.
> 푸른 풀밭에 누워 놀게 하시고 물가로 이끌어 쉬게 하시니 지쳤던 이 몸에 생기가 넘친다.
> 그 이름 목자이시니 인도하시는 길, 언제나 곧은 길이요, 나 비록 음산한 죽음의 골짜기를 지날지라도 내 곁에 주님 계시오니 무서울 것 없어라.
> 막대기와 지팡이로 인도하시니 걱정할 것 없어라. 원수들 보라는 듯 상을 차려주시고, 기름 부어 내 머리에 발라주시니, 내 잔이 넘치옵니다.
> 한평생 은총과 복에 겨워 사는 이 몸, 영원히 주님 집에 거하리다.

이 시를 영문으로도 돌아가며 읽고 자유롭게 이야기했다.
한 노동자(39세)가 입을 열었다. 자신은 지금 어둠의 골짜기를 걷고 있다고 했다. 왜 그렇게 생각하느냐고 물었더니 그는 월급 얘기를 꺼냈다. 이틀 전 받은 월급이 150만 원이라고 했다. 연일 열대야가 지속되는 불볕더위를 견디며 그가 한 달 동안 땀 흘려 야근하고 받은 돈이다. 플라스틱 파이프를 만드는 공장에서 그는 매일 저녁 6시부터 다음 날 아침 7시까지 일한다. 중간에 휴식시간은 1시간. 주 5일(월-금) 노동을 한다.

다른 노동자(25세)가 말을 이었다. 자신은 지난달 하루도 쉬지 못하고 일했다고 했다. 그는 작업장에서 함께 일하던 동료가 그만두는 바람에 일요일에도 일했다. 쉬고 싶었지만, 사장이 시켜서 어쩔 수 없이 했다. 거절하면 여러 가지 불이익을 당할 거 같아 일했다. 지난달 그가 받은 월급은 200만 원. 일요일 일당을 10만 원으로 쳐서 40만 원(4번의 일요일)을 더해준 게 200만 원이다. 다른 공장으로 일터를 옮기고 싶어도 그는 못 옮긴다. 사장의 허락 없이는 절대 못 옮긴다. 고용허가제라는 제도 때문이다.

경기도 광주에 있는 공장에서 노동하는 노동자(31세)도 말을 꺼냈다. 블라인드를 만드는 공장에서 일하는 그는 아침 9시부터 보통 밤 10시나 12시까지 일한다. 새벽 2시, 3시까지 일하는 때도 종종 있다. 일요일엔 보통 쉰다. 그가 받는 월급은 240~250만 원 정도다.

이들에게 푸른 풀밭은 어디인가?
이들에게 푸른 풀밭은 무엇인가?
이들이 푸른 풀밭으로 가는 길은 무엇인가?
이들이 푸른 풀밭으로 가는 방법은 무엇일까?
이들의 원수는 누구인가?
그 원수를 물리칠 막대기는 무엇일까?

임금 몇 푼 더 받고 노동조건이 좀 개선되면 그들은 푸른 풀밭에서 사는 건가?

오로지 자본의 이윤 극대화라는 원리로 돌아가는 사회 자체가 사망의 골짜기 아닌가?

탐욕이 지배하는 사회 그 자체가 어두운 골짜기 아닌가?

인간마저 상품으로 전락시킨 사회가 음침한 골짜기 아닌가?

그런 사회에 길든 사람의 삶이 어두운 골짜기 아닌가?

어두운 골짜기 속에 깊이 몸담고 사는 사람이 내 영혼은 푸른 풀밭에 살고 있다고 여기며 기뻐하는 건 착각 아닌가? 자기기만 아닌가?

그 착각이나 자기기만을 심어주는 교회가 예수의 교회인가?

우리는 이런 물음들을 던지며 서로 얘기하는 시간은 미처 갖지 못했다. 지금 처한 어두운 골짜기 같은 생활 이야기들을 하면서 시간을 다 흘려보냈기 때문이다

일꾼 밥을 얻어먹으며

어제 모처럼 네팔 이주노동자들이 일하는 농장에 들렀다. 저녁 7시 가까이 되어 도착했다. 조금 전 일을 마친 그들은 몸을 씻고 있었다.

섭씨 40도에 육박하는 불볕더위가 계속되는 계절에도 그들은 여전했다. 폭양이 내리쬐는 한낮에도 쉬지 않고 일을 했다. 가마솥더위에 낮에

잠시라도 일손을 놓고 좀 쉬는가 하고 물었더니 대답은 '아니오'였다. 그들은 아침 6시 반부터 저녁 6시 반까지 노동했다. 요즘 같은 날에 점심 먹고 나서 좀 쉬지 않느냐고 재차 물었지만, 대답은 똑같았다. 오히려 숨이 턱턱 막히는 말을 덧붙였다. 평소같이 점심 먹자마자 쉴 새 없이 일을 계속한다고. 농장마다 좀 차이가 나지만 그들이 일하는 농장의 노동 강도는 가히 살인적이다. 길이가 100여 미터 되는 비닐하우스 100동이 있는 농장에서 온종일 땀을 쏟으며 그들은 여전히 그렇게 일을 하고 있었다.

농장 귀퉁이에 있는 기숙사에 들어갔다. 임시 건물에 검은 비닐을 덮어씌워 놓은 숙소 안으로 들어가자마자 마치 한증막에 들어온 것 같았다. 마침 한쪽 주방 가스레인지 위에서 무엇인가를 끓이고 있어 집안의 열기를 더했다.

친구들은 네팔 음식을 권했다. 이전에 한 번 먹어본 음식이다. 돼지고기를 기름에 튀긴 뒤 카레를 넣고 볶은 것(매우 짜다)을 밥과 함께 먹는 거다. 수프를 밥에 넣어가며 먹는다. 육수에다 콩으로 만든 발효식품과 카레를 넣고 끓였다. 반찬은 없다. 다행히 방에 벽걸이 에어컨이 있었다. 안 보이던 것이라 궁금해했더니 며칠 전 농장주가 설치해줬다는 말을 했다. 5년 만에 설치해준 것이다. 아무튼, 에어컨 덕분에 식사는 땀 흘리지 않고 먹을 수 있었다.

매일 중노동을 하는 그들은 그야말로 일꾼 밥을 먹는다. 큰 접시에 담은 밥이 산더미처럼 수북하다. 내 것은 그들보다 적게 담는다고 했지만 그래도 대접의 절반은 됐다.

식사하면서 나는 근처 농장 두 곳에서 일하는 이주노동자들 안부를 물었다. 두 곳엔 베트남, 캄보디아, 태국, 네팔, 파키스탄, 몽골 등에서 온 노동자들이 일하고 있다. 여자 노동자들도 있다. 그들도 역시 이 더위에 점심시간 외에 더 쉬는 시간 없이 일한다고 했다. 임시 건물에 검은 비닐을 덮어씌워 놓은 기숙사 두 곳 모두 에어컨은 없다는 말도 덧붙였다.

이주노동자들이 고용주에게 어떤 권리를 주장하기란 쉽지 않다. 고용주에게 밉보이면 불이익을 당할까 봐 적극적으로 자신의 권리를 주장하지 못한다. 비자를 연장한다든지, 취업 기간을 연장한다든지, 직장을 옮길 때 고용주의 권한이 법적으로 절대적이기 때문에 그렇다. 갑을관계도 이런 갑을관계가 없다. 큰 용기를 내어 무슨 요구를 하면 쉽게 뭉개진다. 협박을 당하는 경우도 많다. 경찰에 신고해 출국시켜버리겠다는 말은 흔히 듣는다. 이주노동자들은 현대판 노예라고 해도 과언이 아니다. 그러다 보니 그저 주인님의 선처나 바랄 뿐 한증막 같은 기숙사에 에어컨 하나 설치해 달라는 말을 못 한다.

취재 나온 JTBC

이틀간 뉴스룸 취재팀이 나와 농촌 이주노동자들 실태를 취재했다. 포천지역 비닐하우스농장. 기자들은 농촌 지역 이주노동자에 대한 나의 글을 보고 취재를 나왔다. 가마솥더위에 비닐하우스 안에서 한낮에도 일하는 이주노동자들의 모습을 카메라에 담았다. 짐승 우리만도 못한 기숙사도 찍었다. 나아가 '현대판 노예제'란 소리를 듣는 고용허가제 같은 제도의 문제점도 짚었다. 나는 취재에 협조했고 이 기회를 통해 100만 이주노동자 문제가 더욱 공론화되길 바랐다.

이런 문제들이 음습한 곳에서 빛으로 나오기 바랐다.

지난 2018년 8월 16일, JTBC 뉴스룸에 포천지역 농촌 이주노동자 실태가 방송과 함께 나의 짧은 인터뷰도 나갔다. 그런데 낯선 전화벨이 울렸다. 포천지역 시설채소연합회 임원이었다. 이주노동자들을 고용해 경영하는 비닐하우스농장들의 연합회 임원이었다. 그는 포천지역에 비닐하우스농장이 2~3백 개가 된다고 한다.

임원은 나를 만나 이야기 하고 싶다고 했다. 농장주들의 이야기도 들어달라는 부탁이었다. 나는 흔쾌히 만나 대화하고 싶었다. 그러나 개인적으로 만나 대화하는 것보다 더 좋은 방법을 찾아보자고 했다. 이번 기회에 '공개토론회'를 열자고 제안했다. 그 연합회와 이주노동자단체들이 함께 하는 공개토론회를 생각했다. 농촌 이주노동자 문제를 놓고 공개적으로 하는 토론회. 그 임원은 선뜻 동의했다.

이번 기회에 농어촌지역 이주노동자 문제를 더욱 공론화하고 여론화하기를 바란다. 그래서 음습한 곳에 있는 농어촌이주노동자 문제를 밝은 곳으로 더욱 끌어내기를 바란다. 밝은 곳에 드러내면 벌레들은 사라지고 축축한 것은 마르고 썩은 부분은 스러지고 곰팡이 같은 것도 제거될 것이다. 꿰매야 할 것은 꿰매고 고칠 것은 고치고 새로 만들 것은 만들게 될 것이다.

농업문제는 사회 구조적인 문제다. 재벌 중심으로 돌아가는 피라미드 착취구조의 맨 밑바닥에 농업이 놓여 있다. 소위 산업화 시기 이후 지난 수십 년 동안 농업은 일방적인 희생만 강요당했다. 도시를 키우기 위해 농촌을 정책적으로 희생시켰다. 그래야 재벌을 중심으로 자본이 노동자를 맘껏 착취할 수 있기 때문이다.

농촌 이주노동자들은 그런 피폐한 농업의 구조적인 질곡 속에서 일하고 있다. 그 구조 아래서 농업은 이제 피해자이면서 동시에 가해자가 되기도 한다. 농업은 피라미드 착취구조의 맨 밑바닥에서 착취를 당한다. 동시에 대형농장들은 이주노동자들을 옥죄는 역할을 하기도 한다. 농어촌지역에 이주노동자들이 대거 투입되면서 새롭게 생긴 현상이다.

공개토론회가 상생의 사회를 도모하는 기회가 되기를 바란다.

폭행당한 사하의 합의

사하의 가해자는 진심 어린 사과나 보상을 하지 않았다. 사건 이후 두어 달이 되도록 치료받는 일도 소극적으로 도왔고 보상도 시늉만 하고자 했다. 한국어가 서툴고 한국사회에 대해 잘 알지도 못하는 사하는 고소하기로 마음을 먹었다. 우리는 그의 생각을 존중해 그를 돕기로 했다.

불볕더위로 낮 기온이 40도까지 육박하던 날, 사하는 해당 경찰서로 갔다. 그날 그를 돕기 위해 동행한 사람은 광주 이주민센터 이 목사였다. 상대적으로 약자인 사하를 돕는 사람이 여럿이다. 곤지암에 사는 나의 친구도 도왔다. 경찰은 가해자와 피해자를 모두 불러 수사했다. 경찰은 합의를 권고했다. 하지만 적절한 합의는 이루어지지 않았다. 결국, 사건은 검찰로 넘어갔다.

사하는 가해자의 진정한 사과와 적절한 합의를 원했다. 어깨가 탈골된 그는 나중에 생길지도 모를 후유증을 걱정했다. 당장 몇 달간 일하지 못하면 수입이 없게 되니 그로 인한 생활의 어려움을 걱정했다. 고향에 있는 가족들의 생계도 염려했다. 산재보험 혜택을 받을지는 미지수였다.

광주 이주민센터와 우리 센터는 적절한 합의를 위해 가해자와 피해자 모두를 설득했다. 당사자들도 마찬가지였지만 우리는 극단적인 지경으로 가는 걸 원치 않았다. 조정하느라 두어 주간이 흘러갔다. 다행히 합의가 이루어졌다. 가해자가 물질적인 보상을 하며 서로 손을 맞잡고 화해했다.

폭력은 사람과 사람 사이의 화목을 깨트린다. 그 관계를 훼손한다. 관계에 균열을 일으킨다. 증오의 관계, 원수 관계를 만든다. 그 사이를 단절시키기도 한다. 그 폭력이 언어폭력이든 물리적 폭력이든 사회 구조적 폭력이든 모든 폭력은 인간관계에 해를 끼친다. 약자가 정당방위를 위해 사용하는 폭력은 관계의 악화를 막거나 화평을 도모하기도 하지만, 강자가 약자에게 가하는 폭력은 절대적으로 해롭다. 가정, 직장, 학교, 군대,

사회 등 어디서든. 절대적인 악이다.

폭력만이 아니라 모든 악행은 인간관계를 훼손하거나 파괴한다. 그 악행으로 그 관계를 상하게 하거나 파괴하기는 쉽다. 그러나 그 관계를 회복하거나 화목하게 하기는 참으로 어렵다.

프롬의 트라우마

"How are you(어떻게 지내)?"

"Where are you(어디야)?"

"Did you get a new job(새로운 일은 얻었어)?"

내가 핸드폰으로 보낸 여러 문자 가운데 일부다. 그는 3주 동안이나 잠적했다. 종종 만날 뿐 아니라 자주 문자를 주고받으며 안부를 묻고 생각을 나누던 그가 감감무소식이었다. 나만이 아니라 그의 지인들과도 연락 두절이었다.

"Kim Pastor. Sorry(김 목사님 죄송해요)."

오늘 오랜만에 그로부터 받은 문자다.

사장의 사인 없이는 직장을 옮길 수 없는 제도 때문에 프롬은 몹시 괴로워했다. 우여곡절 끝에 사장의 사인을 간신히 받아냈다. 그는 그 날부터 석 달 안에 새 직장을 얻어야 한다. 그렇지 않으면 강제 출국당한다.

오랜만에 연락이 닿은 그에게 물었다.

"그동안 어디서 지냈어요?"

"센터."

센터란 필리핀 이주노동자들이 함께 지내는 임시 숙소다.

"새로운 직장을 얻었어요?"

"아뇨."

"석 달 안에 새 직장을 얻어야 하는 거 알지요?"

"네, 그렇지 않으면 추방당하는 것도 알아요."

"사장 사인받은 지 한 달이 넘었는데 그동안 뭐 하고 지냈어요?"

"아무것도 안 했어요. 그냥 숙소에 처박혀 있어요."

"요즘 잠은 잘 자요?"

"잘 못 자요."

"왜 빨리 새 직장을 구하지 않나요?"

"공장이 무서워요."

"왜?"

"손가락 두 개를 자른 기계가 자꾸 생각나요. 기계 생각할 때마다 가슴이 뛰고 답답해요."

"새 회사에 들어가면 안전할지도 모르는데."

"또 손가락이 잘릴 거 같아요. 매일 밤 내일은 고용지원센터에 갈 생각을 해요. 그러나 아침 먹은 뒤 마음이 변해요."

영어로 주고받은 문자를 한국어로 옮긴 거다.

새 직장을 선택할 권리가 전혀 없는 그에게 어떤 위로도 줄 수 없는 현실이 안타까웠다. 안전할지도 모른다고 말했지만 사실 그건 전혀 근거가 없는 얘기다. 고용허가제에 매여 있는 이주노동자들은 직장 이동의 자유는 말할 것도 없고, 직장이나 직종을 선택할 권리도 전혀 없다. 고용지원센터에서 일방적으로 지정해주는 회사로 가야 한다. 적성이나 조건에 맞거나 말거나 가야 한다.

그와 얘기를 나눌수록 나의 가슴도 답답해졌다. 프롬의 불안과 두려움 그리고 답답함이 내게 몽땅 전이되는 듯했다.

내일 만나자는 말을 서둘러 일방적으로 했다. 만나 얘기해야 길이 보일 것 같았다.

최저임금도 못 받는 이주노동자들 많은데

이제까지 내가 만난 이주노동자들은 대개 장시간 노동을 했다. 그리고 임금은 아주 낮았다. 최저임금에도 훨씬 못 미치는 경우도 많았다.

현실이 그런데 이제 최저임금도 차등적용하자는 주장을 하는 정치세력들이 있다. 내국 노동자보다 적은 최저임금을 주자는 것이다. 주장을 넘어 법제화하려는 세력이 있다. 중소기업단체와 극우적인 수구정당이 손을 잡고 그런 운동을 한다. 그들은 이제 합법적으로 이주노동자들을 더욱 차별하며 저임금으로 더 착취하자는 거다. 지금도 고용허가제로 묶어놓고 맘껏 착취하는데 그보다 더하겠다는 거다.

이주노동자들 없이는 상당수 중소기업 경영이 어렵다. 특히 농어업이나 기피 업종은 불가능하다. 절실히 필요해서 백만이 넘는 이주노동자들을 받아들여 놓고는 임금을 악착같이 깎는 건 참 졸부답다. 최저임금마저 차별적으로 낮추려는 꼴이라니 천민자본주의 민낯이다.

이주노동자들 임금을 낮출수록 내국 노동자들 임금도 낮아진다. 연관성이 깊다. 자본가들이 궁극적으로 노리는 건 그거다. 이주노동자들 임금을 낮출수록 비정규직 노동자들 임금도 낮출 수 있다. 비정규직 임금을 낮출수록 정규직 임금도 낮출 수 있다.

프롬의 불안

프롬은 사장에게 직장을 옮기고 싶다는 뜻을 여러 차례 밝혔다. 이주노동자가 직장을 이동하려면 반드시 고용주의 허락을 받아야 하는 악법이 우리나라에 있다. 사장은 그를 전혀 이해하지 못했다. 치료가 끝났으니 직장으로 이제 복귀하라는 명령만 했다. 불안을 호소해도 들어주지 않았다. 이상한 놈이라는 말만 했다. 젊은 놈이 불안 때문에 일을 못 한다니 한심하다고 했다. 회사 사무실 직원들은 욕설도 해가면서 평소보다 그를 더 무시하며 비난했다.

회사 기숙사에서 나온 그는 친구 집에서 기거했다. 공장 기숙사에 머물면 더 불안했기 때문이다. 그러면서 아침마다 출근해 직장 이동에 필요한 사인을 계속 요구했다. 공장만 생각해도 가슴이 벌떡벌떡하지만, 불안과 공포를 무릎 쓰고 날마다 출근해 요청했다. 그러나 사장은 들어

주지 않고 외면했다.

나는 그와 회사에 함께 가기로 마음먹었다. 그를 도와 사장의 사인을 받고 싶었다. 사장을 설득해 보기로 했다. 불안이 손가락이나 손목 잘린 것보다 더 큰 문제가 될 수 있다는 말을 하려고 했다. 그의 불안은 직장 이동을 위한 충분한 사유가 된다는 말을 하고자 했다. 정신의학과의 진단을 받아 소견서를 제시할 수도 있었지만, 그 전에 먼저 이야기를 하고 싶었다.

불안한 그의 눈을 쳐다보며 얘기하던 나는 10여 년 전 일을 생각했다. 저절로 기억이 되살아났다고 해야 할 거다. 그때는 내가 아내와 사별한 직후였다. 사별 후 나는 여러 가지 후유증을 앓았다. 교회적으로, 경제적으로 육체적으로 여러 고통을 받는 가운데 설상가상으로 닥친 고통이 있었다. 전혀 예기치 않은 불안 장애였다.

불안은 간헐적으로 나를 덮쳤다. 밀물과 썰물처럼 내게 밀려왔다가 밀려가곤 했다. 불안이 파도처럼 밀려오면 나는 주체할 수가 없었다. 쓰나미 같은 불안에 속수무책이었다. 그것이 밀려오면 안절부절못했다. 불안을 이겨보려고 자리에서 벌떡 일어나기도 하고 TV를 크게 틀기도 하는 등 별짓을 다 해도 소용없었다. 거실에서 안방으로, 안방에서 서재로 이리저리 옮겨 다녀도 불안은 가시질 않았다. 가슴은 계속 두근거리고 벌떡거렸다.

불안증세는 갈수록 더했다. 한 달 두 달이 지나면서 더 심해졌다. 불안은 좁은 공간에서 나를 더 강하게 압박했다. 세면실에서 칫솔질을 끝까지 할 수 없었다. 그래서 칫솔질을 하다 말고 거실로 뛰쳐나와야 했고,

거실서도 불안을 감당할 수 없어 집 밖으로 나가야 했다. 불안은 운전도 할 수 없게 했다. 주행 중에 갑자기 엄습한 불안의 지수가 높아지면 금방 죽을 것만 같아 갓길에 정차해야만 했다.

병원에 가볼 경황이 없던 나는 우선 기도했다. 불안이 좀 가실 때 거실에서 주님과 마주 보고 앉았다. 이 불안증세의 원인이 무엇이냐고 주님께 여쭈었다. 아무 응답도 없었다. 기다렸다. 그러다 조용히 찬송을 불렀다. 찬양하다 울고, 울다가 찬송했다. 어느 날 성가를 부르는데 그림이 하나 떠올랐다. 몹시 불안에 떨며 울고 있는 어린아이, 엄마를 잃고 울고 있는 아이의 모습이었다.

성령을 의지하며 나는 다시 여쭈었다. 이 그림이 나와 무슨 관계가 있는지 물었다. 그러자 그 아이는 바로 '나' 자신이라는 깨달음이 왔다. 동시에 엄마는 떠나버린 아내를 의미한다고 했다.

이 깨달음을 얻자마자 나는 회개했다. 아내를 주님보다 더 의지한 죄를 고했다. 마음 중심에서 아내를 완전히 밀어내고 주님께서 좌정하시라는 간구를 했다. 아내의 손을 놓친 것, 아내를 잃어버린 일을 생각하며 불안에 떨지 말고 주님의 손을 든든히 붙잡게 해달라고 간청했다. 그리스도 안에서 하나님을 마음 지성소에 주님으로 모시지 않고 살아온 나를 직시하며 회개했다. 그런 나를 주님 앞에 드러내며 솔직하게 시인하고 긍휼을 구했다.

"주 예수여, 내 영혼의 지성소에 오셔서 나를 인도하소서."

이튿날부터 나의 불안증세는 시들어갔다. 강도는 약해지고 횟수도 줄었다. 갈수록 마음이 잔잔해졌다.

불안이 일으키는 증상(신경증이든 정신증이든)을 치료하는 방법은 두

가지가 있다고 본다. 주변 생활환경을 바꾸는 것과 내면을 바꾸는 것. 당시 상황에서 프롬에게 무엇보다 필요한 것은 직장을 바꾸는 것이라는 생각을 했다. 그의 불안증세를 일으키는 주요 원인은 노동환경이었기 때문이다.

200만 원 받고 사인해준 사장

기업체에서 노사관계는 기업주의 심성에 따라 천차만별이다. 오로지 이윤의 극대화 위해 수단과 방법을 가리지 않고 기업경영을 하는 아주 천박한 자본주의 풍토가 만연되어 있지만, 그 중에도 아주 악성 기업주가 있다.

악성 기업주는 기업의 규모와 상관이 없다. 세계적 기업이라는 삼성이나 이주노동자들을 고용한 중소기업이나 별 차이 없이 악질적인 경영수법을 쓴다. 삼성전자가 합법적인 노조를 파괴하기 위해 불법적인 일을 마구 저지른 짓이나 중소기업이 이주노동자의 약점을 이용해 돈을 뜯어내는 짓이나 본질은 같다. 그저 착취를 극대화하기 위함이다.

이주노동자에게 돈 200만 원을 받고 직장 이동을 허락하는 사인해준 사장이 있다. 우리나라에 들어와 일하는 이주노동자들은 상당수는 고용허가제라는 제도에 묶여 있다. 고용주의 허락 없이는 직장을 이동하지 못하는 거다. 이거 일종의 노예제도다. 기본권, 인권, 노동권을 매우 침해한다.

프롬은 사장에게 직장 이동을 위한 사인을 요청했다. 그러나 사장은 완강히 거절하며 돈을 요구했다. 명분은 그를 고용하느라 든 비용과 기숙사비였다. 그 공장에서 일한 지 20일 만에 사고가 나고 사고가 난 뒤로는 병원과 친구 집에서 지냈기 때문에 기숙사비 요구는 터무니없는 거였다. 그리고 고용하느라 든 비용을 청구하는 것은 명백한 불법이었다. 왜냐하면, 그것은 전적으로 고용주의 부담이기 때문이다.

한국말을 전혀 못 하고 한국사회 물정을 모르는 그는 멋도 모르고 사장에게 200만 원을 주고 사인을 받았다. 사고를 당한 그 공장에 대한 두려움과 빨리 다른 공장으로 옮기고 싶은 마음에 친구에게 빌린 돈을 건네주었다.

사장에게 돈을 준 뒤 한 달을 넘긴 그는 최근 사장을 노동부에 고소했다. 자신에게 돈을 요구한 사장의 행동이 원천적으로 불법이라는 사실을 뒤늦게 깨닫고 그 불법에 넘어간 자신의 어리석음도 깨달았다. 또한, 사장에게 돈을 주고 직장 이동 사인을 받은 것은 다른 이주노동자들에게 매우 좋지 않은 전례가 될 수 있다는 점을 생각했다.

노동문제에 대한 수사권을 가진 고용노동부가 앞으로 무슨 판단을 하고 어떤 행정 처리를 할지 지켜볼 것이다.

그를 지원하며 생각을 했다. 뒤늦게라도 깨닫고 노동부를 찾아간 그의 행동은 저 자신만이 아니라 그 사장도 이롭게 하는 행동이며 나아가 우리 사회를 건강하게 만드는 행위라고.

위험의 외주화와 빈톤의 산재 사고

빈톤(가명)은 캄보디아에서 취업비자를 갖고 3달 전에 입국했다. 산재를 당해 병원에 입원한 그는 아직도 얼굴에 여드름이 피어 있는 21세 청년이다.

그는 한국말을 전혀 못 했다. 말하기는 물론 듣기도 못했다. 영어도 못했다. 그는 입국하자마자 공장에 배치되었고 일 시작한 지 석 달 만에 한쪽 팔을 심하게 다쳤다. 팔꿈치에서 손목까시 칼로 벤 듯이 깊은 상치가 났다. 그는 공장에서 처음 3일간 실습을 한 뒤 하루 12시간씩 일하는 현장 작업에 들어갔다.

'한국말을 전혀 못 하는 노동자들을 위험한 작업장에 들여보내는 까닭은 무엇일까?' 빈톤을 보면서 이런 의문을 다시 가졌다.

산재를 당한 이주노동자들을 만나보면 한국말을 하거나 알아듣지 못하는 상태에서 위험한 작업장에 투입된 경우를 자주 본다. 이는 마치 훈련도 받지 않은 귀머거리가 위험한 전쟁터에 투입되는 것과 같다. 그런 상태에서 하루 보통 12시간 노동을 하니 산재 사고는 필연적이다. 게다가 밤샘 작업까지 하면 산재 발생률은 더 올라갈 수밖에 없다. 주로 기피 업종에서 안전장치도 없는 기계를 다루다 보면 산재 사고율은 더더욱 올라간다. 결국, 이주노동자들은 내국 노동자들 산재율보다 5~6배 높은 산재를 당하게 된다.

중소기업이 한국말을 전혀 못 하는 노동자를 위험한 작업 현장에 마구 들여보내는 것과 대기업이 '위험의 외주화'를 하는 것은 공통점이 있다. 그것은 다름 아니라 자본의 이윤 극대화이다. 위험의 외주화는 대기업이 즐겨 사용하는 것으로서 이윤-착취의 극대화를 위한 것이다. 대기업은 위험 부담이나 책임을 하청 회사나 협력업체에 전가해, 이윤을 극대화한다. 다시 말해 손실은 가능하면 밖으로 밀어내는 것이다. 중소기업이 한국말을 전혀 못 하는 노동자를 마구 채용하는 까닭은 사고 시 산재로 처리해주는 비용이 노동력을 이용해 얻는 이윤보다 훨씬 적기 때문이다. 다시 말해 그 노동자의 노동력을 이용해 얻는 이윤이 산재 시 노동자를 산재보험으로 처리하는 비용보다 훨씬 많기 때문이다.

> "이웃을 네 몸처럼 사랑하라."
>
> _ 예수

드라마 스태프들과 이주노동자들

드라마 스태프들과 이주노동자들. 이 두 범주의 공통점은 무엇일까? 장시간 노동-저임금이 공통점이다.

이들의 노동시간은 얼마나 되나? 스태프들은 하루 평균 17시간 일한다. 한 주로 보면 평균 80시간 이상 일한다. 이주노동자들도 스태프들과 비슷하다. 그들도 야간, 철야노동이 흔하고 보통 하루 11시간, 한 주 70시간 이상 일한다.

이렇게 장시간 일하고 받는 임금은 스태프들이나 이주노동자나 모두 최저임금 이하 수준인 경우가 많다.

내가 아는 이주노동자 몽쁘(미얀마, 24세, 취업비자 소지자)는 지난달 한 달 내내 일했다. 단 하루도 쉬지 못했다. 그는 밤샘노동만 했다. 저녁 7시부터 그 다음 날 아침 8시까지, 토요일, 일요일도 마찬가지였다. 그렇게 노동하고 받은 월급은 220만 원이다.

이게 가장 땀 흘려 일하는 노동자들의 현실이다. 모든 가치와 이윤의 원천을 창출하는 노동자들의 실상이다.

한국의 드라마나 중소기업은 이 노동자들 없이는 만들어지지 않고 경영되지 않는다. 농어촌이주노동자들의 노동조건은 더욱 열악하다. 그런데 한국농업이나 어업도 이주노동자들 없이는 돌아가지 않는다. 국민 밥상에 온갖 채소나 과일, 생선이 올라갈 수 없다.

탐욕-자본을 우상으로 떠받드는 사회가 얼마나 지속 가능할까? 그 자본을 위해 대다수 인간이 수단화되는 사회를 우리는 언제까지 수용할 것인가?

육체 비하 주의 사회를 얼마나 더 지속시켜야 하나? 다수가 땀 흘려 맺은 열매를 일하지 않는 소수가 가로채 독식하는 사회를 얼마나 더 내버려 둘 것인가?

예수는 육체노동을 천대하는 세상과 불화했다. 그는 태생부터 육체노동자의 삶의 자리인 외양간에서 태어났다. 그리고 목수 노동을 했다. 그는 말씀-로고스가 육신이 되신 구원자이시다. 성육신 하신 그는 일하지 않고 배불리 먹는 자들과는 상극이다.

"이거 한 번 싹 뒤엎어야 해요."

한 스태프 노동자가 한 말이다.

어이없는 분노

공장에서 산재를 당한 노동자가 산재보상을 신청하는 건 지극히 당연하고 자연스럽다. 그건 법이 보장하는 것이다. 노동자가 일하다 다치면 산재보험으로 치료를 받고 휴업급여도 받고 장해보상도 받는 게 노동자는 물론 기업주에게도 좋다. 그래서 산재보험제도를 만들어 놓은 거다.

이주노동자들은 한국말도 잘 못 하고 한국사회의 법도 잘 모르는 경우가 많다. 그래서 산재 사고가 나면 회사나 산재지정병원이 이주노동자의 산재보험 신청을 도와주곤 한다.

민뚜(21세)는 캄보디아 이주노동자다. 취업비자를 갖고 입국해 공장에 들어간 지 3개월 만에 산재 사고를 당했다. 안전교육도 제대로 받은 적 없고 안전장치도 제대로 갖춰지지 않은 기계 앞에서 일하다 그만 왼손을 크게 다쳤다. 그런데 사고 난 지 한 주가 지나고 두 주가 가까워지도록 회사는 산재보험에 대해 한마디도 해 주지 않았다. 노동자가 산재보험신청을 해 달라고 회사에 이미 부탁을 했는데도 산재보험을 해주지 않으려는 조짐을 보였다.

우리 센터와 상담을 한 그는 산재보상 신청을 원했다. 그는 회사와 상관없이 신청하기로 마음먹었다. 이 정도 결심하기에도 이주노동자들에게는 큰 용기가 필요하다. 고용주에게 전권을 부여하는 '고용허가제'에 묶인 이주노동자들은 기업주에게 밉보여 불이익을 당할까 봐 회사 측의 눈치를 많이 본다. 둘 사이는 극단적인 갑을관계이기 때문이다. 그래서 회사 측이 산재보험 신청을 꺼리면 포기하는 경우가 흔하다.

산재 지정병원에 입원한 민뚜는 지난주 산재보상을 신청하고자 병원 원무과에 갔다. 산재지정병원에서는 산재보험신청 업무를 대행한다. 우리 센터의 도움을 받으며 그가 산재 신청을 하려고 하자 원무과의 연락을 받은 회사 직원이 늑달 같이 전화를 했다. 한국말을 하지 못하는 민뚜 대신 내가 전화를 받았다. 분노어린 목소리가 들렸다.

'당신은 누구냐?'

'우리 회사가 알아서 할 텐데 왜 그러느냐?'

'민뚜가 신청을 진짜 원하느냐?' 등.

화가 잔뜩 나 있는 목소리로 시비를 걸었다.

나는 단호하게 말했다. '사고가 난 지 두 주가 되도록 산재보험에 대해 아무 말도 없기에 노동자가 법에 따라 신청하는 거다. 노동자 본인이 하겠다 하는데 무슨 문제가 있느냐? 본래 산재보상 신청은 노동자가 하는 거다.'

그러자 그 직원은 몹시 당황하며 병원으로 당장 오겠다는 말을 했다. 병원으로 와서 산재보험을 처리하겠다는 약속을 하기에 나는 그걸 믿고 기다렸다. 민뚜도 기다렸다. 그러나 그 날 그 직원은 나타나지 않았다. 그리고 3일 뒤 민뚜를 찾아와 겁을 주고 협박을 했다. 불이익을 당할 걸 두려워한 민뚜는 결국 산재보험 신청을 포기하고 말았다. 노동자 본인이 겁을 먹고 포기하니 우리 센터도 물러설 수밖에 없었다.

그러나 산재보험신청은 사고 이후 3년 이내에 언제라도 할 수 있기에 앞으로 언젠가는 민뚜로 하여금 산재보험을 신청하도록 도울 것이다.

오로지 이윤-착취의 극대화만을 노리는 자본가들은 노동자가 깨어나는 걸 몹시 싫어한다. 노동자의 주체적인 행동에 대해 분노한다. 참 어이없는 분노다. 돈이 주인 노릇 하는 사회에서 자본가들은 노동자가 노예로 살기를 열망한다. 노예근성을 갖고 노예교육을 받아 노예도덕으로까지 무장한 노동자가 노예같이 굴종하며 살기를 갈망한다. 그렇지 않으면 분노한다. 분노하다 폭력을 행사하기도 한다. 기업국가에서는 공권력을 동원해 폭력을 행사하기 일쑤다. 쌍용차 노조 파괴사건은 전형적인 사례다. 국가(행정, 입법, 사법부 등)가 나서서 노조를 무참히 짓밟고 30명을 죽인 그 폭력사건은 지금도 진행 중이다.

예수는 누구인가?
노예로 살기를 거부하다 죽임을 당한 사람.
온전한 자유인으로 살다 죽임을 당한 사람.
그래서 야훼 하나님과 하나가 된 사람.
히브리 노예들의 해방을 견인하신 야훼와 연합하신 분이다.

좀 쉬고 싶은 날이었는데

가을 하늘이 높았다. 늦은 아침 아니 아점을 11시에 들었다. 밥 챙겨 먹기 귀찮아 냉장고에서 식빵을 꺼냈다. 오미자즙에 빵을 찍어 먹었다. 즙이 너무 달아 곁들여 먹으려고 달걀을 프라이팬에 넣고 지졌다. 마침 며칠 전 선물 받은 들기름이 있어 그걸 넣어 요리하니 고소했다. 바싹 익힌 달걀을 얹은 빵을 먹다가 채소 생각을 했다. 먹다 남은 양배추를 씻고 토마토를 썰어 달걀과 함께 빵을 먹으니 한결 나았다.

모처럼 하루를 푹 쉬고 싶었다. 특별한 외부 일정은 없었다. 산재 당한 이주노동자를 만나는 일도 오늘은 접고 편히 보내고 싶었다. 손가락이 잘리고 발목이 부러지는 등 사고를 당한 노동자들을 매일 만나다시피 하니 지치는 듯했고 나도 모르게 마음이 무거워지고 우울해졌다.

쇼팽의 음악을 틀었다. 함께 살며 밥도 늘 같이 먹는 사람이 있다면 무슨 음악을 함께 들을까요, 하고 물었겠지만 그럴 일은 없었다. 피아노 선율이 마음을 어루만졌다. 수면 방해가 심해 커피를 즐기지 않는 내가 커피도 타 마셨다. 한 모금을 마시고 냄새를 맡기만 해도 좋았다. 향이 좋았다. 오늘따라 멀리 보이는 수락산 꼭대기가 더 높게 보였다.

저녁나절 아들 내외를 만날 약속이 있었다. 아들 내외는 10여 년 동안 호주와 대만에서 이주노동을 하다 얼마 전 귀국했다. 그들이 한국에 돌아와 새로운 일을 계획하고 있어 만나고 싶었다.

– Hello. Pastor. today 2 pm(안녕하세요. 목사님. 오늘 오후 2시).

한국말을 하나도 못하는 이주노동자 M이 보낸 문자였다. 깜박 잊고 있던 약속을 문자는 알려주었다. 이거저거 하다 보면 중요한 일정을 놓칠 때가 종종 있다.

그날은 그와 함께 노동부에 조사받으러 가야 하는 날이었다. 직장 이동을 허락하는 사인을 해주면서 돈 200만 원을 받은 사장을 M은 이미 고소했다.

우리는 결국 의정부 노동지청으로 갔다. 근로감독관 앞에서 네 사람이 앉아 조사를 받았다. 두 사람씩 나누어 앉았다. M과 내가 한쪽에, 사장과 회사 직원이 다른 한쪽에. 나는 필요성을 느끼지 않아 목사 신분을 밝히지 않았다. 한국말을 못하는 M을 돕는 사람이라며 자리에 앉았다.

200만 원 받은 문제를 놓고 근로감독관 앞에서 공방이 오갔다. M이 한국말을 못하기에 나와 회사 측 두 사람, 2:1 언쟁이었다. 다툼이었다. 날카로운 주장이 오가는 와중에 사장이 벌떡 일어났다.

"저런 놈들 때문에 기업 해 먹기 힘들어. 우리가 얼마나 잘 해줬는데 감히 고소해. 개자식."

사장의 욕설과 험담은 계속 이어졌다. 근로감독관은 제재하지도 않았다. 오히려 양쪽 말을 모두 듣는 척하면서 사장 쪽으로 점점 기울었다. 돈 받고 사인해준 것에 대한 처벌 조항이 없어 처벌하기 어렵다는 말을 되풀이했다. 사장이 무고죄로 고소할 수도 있다는 말도 거듭했다.

똥물을 뒤집어쓴 기분이었다. M이 한국말을 전혀 못 하는 줄 아는 사장이 내뱉는 상소리를 듣는 마음이 그랬다. 나 들으라고 하는 그 소리. 게다가 근로감독관의 처신이 나를 더 참담하게 했다.

돌아가고 싶어요

"돌아가고 싶어요."

게스만(가명, 방글라데시, 39세)이 나를 두 번째 만났을 때 한 말이다. 씁쓸한 표정을 지으며 고향으로 돌아가도 싶다고 했다. 병실에서 처음 만났을 때와는 다른 표정이었다. 처음 만났을 때 그는 사장이 좋다는 말을 거듭했다. '우리 사장 좋은 사람'이라고.

3달 전 입국한 그는 유리공장에서 일했다. 많은 이주노동자는 노동부가 일방적으로 배정해준 공장에서 일한다. 그는 보통 아침 8시부터 저녁 9시 반까지 일했다. 점심시간은 1시간이고 저녁 식사 시간은 30분이다. 지난 추석 이전까지 그는 한 달 동안 단 하루도 쉬지 못하고 일했다. 임금은 최저임금 수준이다. 사장이 최저임금을 주면서 살인적인 노동을 시켜도 그는 사장에 대한 호감을 버리지 않았다.

아들 둘, 딸 하나를 둔 가장인 그는 한국에 오려고 7년을 기다렸다. 입국한 지 3개월밖에 안 되었지만, 한국말을 제법 했다. 여기 오기 전에 한국어를 꽤 익힌 거다. 취업비자를 받아 여기 오려면 한국어 시험을 봐야 하는데 계속 떨어지다 7년 만에 붙었다고 했다. 7년간 한국행을 준비하면서 코리안 드림을 키운 게 틀림없다.

그의 코리안 드림은 한 달 동안 단 하루도 휴일을 주지 않고 살인적인 노동을 시켜도 손상되지 않았다. 그러나 입원한 지 7일 만에 깨지기 시작했다. 공장으로 빨리 돌아와 일하라는 사장의 말을 들을 때 깨지기 시작했다.

사고는 여럿이 유리를 자르는 작업을 할 때 일어났다. 함께 일하던 이주노동자, 한국말을 전혀 못 하는 노동자가 실수하는 바람에 날아온 큰 유리 조각이 팔에 큰 상처를 냈다. 기업주들은 한국말 하나도 못하는 노동자들도 마구 고용한다.

뼈가 보일 정도로 살이 움푹 파였다. 큰 칼로 벤 듯 깊이 파였다. 아마도 최하 세 주 이상 입원과 통원치료가 필요해 보였다. 그러나 한 주 만에 사장은 회사로 복귀하라는 요구를 했다. 재촉하며 강요했다. 이제 겨우 상처를 싸매고 안정을 찾으려고 하는 시점에 사장은 그런 강요를 했다. 이제 산재보상을 신청하고 더 치료를 받아야 하는데 무리한 요구를 해댔다. 철저한 갑을관계에서 갑이 말이다.

우리 센터는 의사와 사장을 만날 계획을 세웠다. 의사의 진단을 보고 나서 사장을 만날 생각이었다. 그리고 산재보험 처리를 하고 게스만이 제

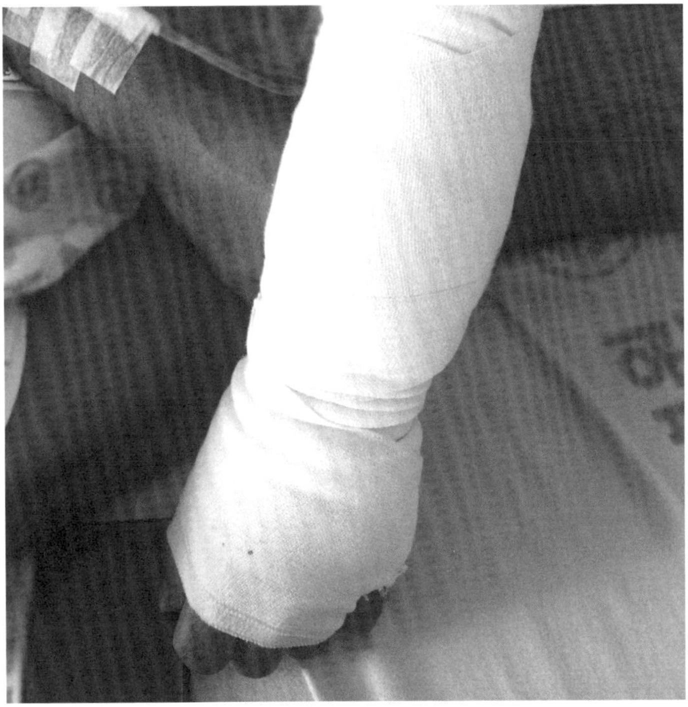

대로 치료를 받도록 도울 계획이었다. 그러나 세 번째 병실을 찾아갔을 때 게스만은 병실에 없었다. 덩그러니 그의 자리는 비어있었다. 사장이 입원 9일 만에, 산재보험 신청도 가로막고 강제로 퇴원시켜 버린 것이다.

오로지 이윤–착취의 극대화를 위해 기업가들이 날뛰고 있다. 대, 중, 소 할 거 없이 마구 뛴다. 피에 굶주린 뱀파이어처럼 날뛴다. 탐욕을 섬기는 광신도들이 한 방울이라도 더 흡혈하려고 몸부림을 친다. 한국의 제조업 밑바닥에서 이주노동자들을 흡혈한 피는 착취구조의 정점인 재벌에까지 간다. 재벌 앞에 기업들을 한 줄로 세운 경제구조, 수직적인 경제구조는 엄격한 주종관계 시스템이다. 원청–제1 하청–제2 하청–제3 하청–제4 하청–제5 하청, 이렇게 줄줄이 이어진다. 그 긴 줄 끄트머리에 100만이 넘는 이주노동자들이 일하는 3D 업체들이 있다.

'이윤–착취의 극대화'라는 원리로 돌아가는 사회는 이웃사랑을 원천적으로 가로막는다.

코리안 드림도 여러 가지

코리안 드림도 다양하다. 동남아시아를 비롯한 20여 나라에서 오는 이주노동자들은 한국에 오면서 갖가지 꿈을 갖고 온다. 등록노동자든 미등록노동자든 꿈은 푸르고 푸르다.

필리핀에서 온 프롬은 한국에서 돈을 벌어 건축사업을 하고 싶었다. 고등학교를 졸업하자마자 한국에 온 허버트는 두 동생 대학 등록금을 벌기 위해 왔다. 자신은 대학 진학을 포기하고 왔다.

태국에서 온 여성노동자 J는 병든 부모의 병원비를 대고 어린 동생들 뒷바라지하기 위해 왔다. 영자라는 한국 이름을 가진 여성노동자는 결혼한 뒤 한국으로 왔다. 5살 먹은 딸을 두고 왔다. 돈을 벌어 돌아가면 작은 가게를 열어 가족과 함께 사는 게 꿈이다.

미얀마에서 온 조수아는 건물주가 되고 싶어 한다. 여기서 10년 동안 돈을 벌어 돌아가면 주택 건물을 지을 작정이다. 월세를 받아 가며 살고 싶어 한다.

네팔에서 한국에 오기 위해 한글 공부를 3년간 했다는 꼬르말은 결혼을 위한 자금을 마련하고 있다. 또 다른 네팔 노동자는 고향에 돌아가면 젖소농장을 하고 싶다고 말한다. 돼지농장이나 닭 농장을 하고 싶다는 네팔 노동자들도 있다.

방글라데시 노동자 자하는 한국에서 10년간 돈을 벌 생각이다. 귀국하면 그는 작은 섬유공장을 운영할 생각이다. 그의 친구는 방글라데시로 돌아가면 약국을 운영하고 싶어 한다.

캄보디아에서 온 지가 8년 된 여성노동자 응헝은 그동안 번 돈으로 고향에 땅을 사놓았다. 과수원을 하기 위해서다. 그 꿈을 안고 그녀는 오늘도 채소재배농장에서 부지런히 일한다. 비닐하우스 안에서 하루 12시간씩 일한다. 그의 친구 소카는 이혼한 뒤 한국에 왔다. 두고 온 딸이 열다섯 살이다. 그녀는 한국에서 한국 남자와 재혼해 살고 싶어 한다. 딸도 데리고 와 함께 살고 싶다고 말한다. 캄보디아에서 온 부부 노동자도 있다. 채소재배농장에서 함께 일하는 그들은 작년에 아기도 낳았다. 캄보디아에서 출산한 뒤 다시 들어와 일한다. 아기는 친정에 맡기고 왔다. 앞으로 몇 년 더 돈을 벌어 돌아가면 집을 짓고 단란하게 살고 싶기에 오늘도 하루 12시간씩 일한다.

베트남 다낭에서 대학을 나온 뒤 안정된 직장에서 생활하던 래치민은 돈만 벌러 오지 않았다. 새로운 경험과 모험을 하고 싶어 한국에 왔다. 베트남 직장에서 받는 적지 않은 연봉을 포기하고 왔다.

코리아에 살고 있는 이주노동자가 대략 150만 정도다. 그들의 꿈은 그 숫자만큼이나 다양하다.

나이 지긋한 여선교회 성도들의 방문

석교교회(서울 서대문구) 교우들이 우리 센터를 방문했다. 담임목사님(황광민)과 여선교회 회원들이 찾아왔다.

석교교회는 오랜 역사를 지닌 교회다. 100년이 넘은 교회다. 우리가 만난 안나여선교회 회원들은 연령이 70대이다.

우리는 함께 말씀을 나누고 마음을 모아 기도했다. 그리고 성도들은 이주노동자들의 실상과 그들을 돕는 센터의 활동에 관한 이야기를 모두 귀담아들었다. '나는 교회밖에 모르고 살았다'며 이주노동자들에 관한 이야기를 관심 깊게 듣고 질문하는 분도 있었다.

선교비 후원도 하고 돌아가는 성도들을 배웅하면서 생각했다. 안나 같은 경건한 여선교회 성도들의 기도가 꼭 열매를 맺게 되리라는 생각.

기원도 했다. 이주노동자들을 단지 기업 이윤을 얻기 위해 일시적으로 이용하는 수단이 아니라 존귀한 인간으로 대우하는 우리 사회가 되기를 바랐다. 단지 돈을 벌기 위해 온 사람들이 아니라, 우리와 벗이 되기 위해 온 사람들로 여기고 깊이 소통하기를 염원했다.

래리는 왜 한국에 왔어요?

래리는 베트남 청년이다. 2년 전 E7 비자를 갖고 왔다. 이는 비전문직 비자인 E9 비자와 달리 전문직 비자다. 그는 기계, 엔지니어 기술 계통의 전문직 비자를 갖고 있다. 그는 다낭에 있는 대학에서 5년 과정의 공부를 했다.

지난 2년 동안 일한 작은 회사가 문을 닫는 바람에, 그는 지금 새로운 직장을 구하고 있다. E7 비자를 갖고 있지만, 그동안 생산직에서 일했다. 지난주부터 제조업 분야에서 새 직장을 구하지만 여의치가 않다. E9 비자를 가진 사람은 고용지원센터에서 일터를 소개받지만, E7 비자 소지자는 개인적으로 일자리를 구해야 한다.

작년에 당한 산재 때문에 나와 인연을 맺은지라 혼자 직장을 구하다 힘들어 우리 센터를 찾아왔다.

센터에 들어오자마자, 그는 책상 위에 놓인 성경에 관심을 가졌다. 한글 성경과 영어 성경에 눈길을 주며 유심히 살펴보았다. 베트남에서는 교회에 가본 적이 없다고 했다.

마태복음 5장을 펴줬다. 그러자 읽어내려갔다. 한글로 말씀을 곧잘 읽었다.

"너희는 세상의 소금이다."

"너희는 세상의 빛이다."

그는 이 말씀을 아주 흥미 있게 읽었다. 놀라워하기도 했다. 베트남 유교문화 속에서 자란 그에게 예수님의 말씀이 신선했던 모양이다.

"래리는 왜 한국에 왔어요?"

이런저런 얘기를 나누며 이곳저곳 일자리를 함께 알아보다가 내가 던진 질문이다.

"다른 나라, 다른 세상을 보고 경험하고 싶었어요."

그는 베트남서 보통 노동자의 다섯 배 정도 월급을 받았다고 했다. 이주노동자들이 모두 돈만 벌려고 오는 건 아니다.

제 2 장

검정

손가락 하나 1,300만 원

필리핀에서 온 이주노동자 프롬이 1,300만 원을 받았다. 지난봄 공장에서 일하다 손가락 하나가 잘린 그는 6개월 동안 치료를 받았다. 지루한 치료를 잘 견딘 그가 장해보상비로 받은 게 1,300만 원이다.

중지 손가락 첫마디를 잃은 27살 청년이 받은 마음의 상처는 컸다. 돈을 벌어 제 나라로 돌아가면 건축계통의 일을 하고 싶다는 그에게 우울증이 오기도 했다. 한국에 대한 좋은 인상을 받고 입국한 그를 슬프게 한 건 사장과 회사 직원들의 태도였다. 반말은 일상적이고 툭하면 욕설을 내뱉는 직원들은 그를 실망하게 했다. 더구나 사장이 산재보험 처리마저 꺼리고 방해하는 꼴을 볼 때 그의 실망감은 자못 컸다. 산재보험 혜택은 손가락 하나가 잘린 그가 마땅히 받을 것인데, 그조차 피하려는 회사를 본 그의 한국에 대한 인상은 바뀌었다. 한국 사람들은 돈만 아는 야만적인 동물들로 보였다.

우리 센터의 도움을 받은 그는 여러 난관을 이기며 치료를 잘 마쳤다. 산재보험 처리도 되었다. 근로복지공단이 주는 휴업급여와 장해보상비까지 받았다.

그가 손가락 하나 값으로 1,300만 원 받는 모습을 보면서 씁쓸한 마음을 금할 수 없었다. 돈이 왕 노릇 하는 이 사회에서 자본-기업이 가진 생리가 다시 떠올랐기 때문이다. 그 영악한 생리 말이다. 이윤-착취의 극대화를 위해 평소 안전교육을 소홀히 하고, 안전장치도 제대로 설치하지 않고, 사고 나면 보험으로 적당히 처리해 버리고 마는 습성. 그의 회사는 한국말도 못 하는 사람을 곧바로 위험한 작업장에 들여보내고, 사고가 막상 났을 때 산재보험 처리마저 피하려는 꼴까지 보였다.

우리나라는 세계에서 산재율이 가장 높은 나라다. 해마다 2,000명 이상의 노동자가 산재로 죽고 그 몇 배의 노동자는 다쳐 장애를 갖고 살게 된다. 100만이 넘는 이주노동자들의 산재율은 내국 노동자의 산재율보다 6배가 높다. 이런 통계보다 더 심각한 사실은 우리나라 산재는 우연이 아니라 필연이라는 거다. 재벌을 중심으로 돌아가는 재벌왕국 한국에서 높은 산재율은 필연적이다. 오로지 이윤-착취의 극대화를 위해 치밀하게 돌아가는 사회구조에서 높은 산재율은 필연적으로 일어날 수밖에 없다.

해마다 나라 전체 기업 이익의 90%를 10% 재벌 대기업이 독식하는 현실에서 소위 3D 기업체의 높은 산재율, 원시적 산재 사고는 일상적인 필연이다. 위험의 외주화 때문에 하청 업체에서 산재는 빈번할 수밖에 없다. 그런가 하면 심각한 산재 사고는 삼성 같은 대기업에서도 일어난다. 삼성전자 같은 곳에도 제대로 된 안전교육이나 안전시설이 없다. 이윤의 극대화 위해 그런 거 짐짓 하지 않는다. 게다가 백혈병, 뇌종양 등 온갖 심각한 직업병을 수백 명이 얻어도 산재로 인정하지 않으려는 술수까지 부렸다.

'생명의 극대화'라는 원리로 돌아가는 사회는 언제나 오려나?

오늘 오로지 이윤-착취의 극대화를 위해 돌아가는 사회와 불화하며 싸우지 않는 한 그 날은 절대 오지 않을 거다. 이윤의 극대화라는 원리에 길든 나의 마음을 잘라내고 새 마음을 품지 않는 한 그 날은 오지 않을 것이다. 혹시 온다 해도 맞이하거나 수용하기가 어려울 거다.

산재 당한 미얀마 스님

미얀마 젊은 스님이 취업비자를 갖고 입국한 지 14일 만에 산재를 당했다. 그는 입국하자마자 포천지역의 한 공장으로 배치되었다. 노동부는 이주노동자의 적성이나 요구 등은 전혀 고려하지 않고 아무 공장에나 보낸다. 물론 이주노동자를 신청한 사업장으로 보낸다.

24세 스님이 배치받은 공장은 전등을 만드는 곳이다. 이주노동자들이 일하는 작은 공장. 그는 입국한 이튿날부터 작업장에 들어가 일했다. 안전교육이나 실습 같은 거 거의 없었다. 곧바로 실전에 투입된 거다.

일 시작한 지 14일 만에 사고를 당했다. 하루에 12시간씩 일하다 다쳤다. 한 주간씩 주야 맞교대 중노동을 하다 다쳤다. 왼손의 중지 손가락이 무거운 물건에 눌려 심하게 상했다. 무거운 물건이 떨어지면서 손가락을 짓이겼다.

7살 어린 나이에 절에 들어가 24살까지 수행을 하던 스님 노동자. 병원에 입원한 그를 만나 이런저런 이야기를 나눴다. 기본적으로 산재보험에 관해 설명도 해주었다. 산재보상 처리마저 꺼리는 회사가 종종 있으니 조심하라는 말도 했다.

어릴 적부터 절에서 수행만 하다 재벌왕국에 노동자로 온 청년 스님. 그가 앞으로 이곳 생활을 어떻게 헤쳐나갈지 궁금하다. 돈이 왕 노릇 하는 자본주의 국가 중에서도 악성 자본주의 국가 한국에서 노동하면서 앞으로 무엇을 느끼고 무슨 생각을 할지 궁금하다. 이주노동자로 살면서 무슨 깨달음을 얻을지 자못 궁금하다.

그의 쾌유를 빌었다. 그리고 기도를 부탁했다. 자유로운 기도. 병상에 앉아 두 손을 모으고 눈을 감은 채 기도하는 그의 얼굴이 진지했다. 거무스레한 얼굴에서 진지함이 묻어났다. 붕대를 감은 손을 모으고 합장을 한 모습.

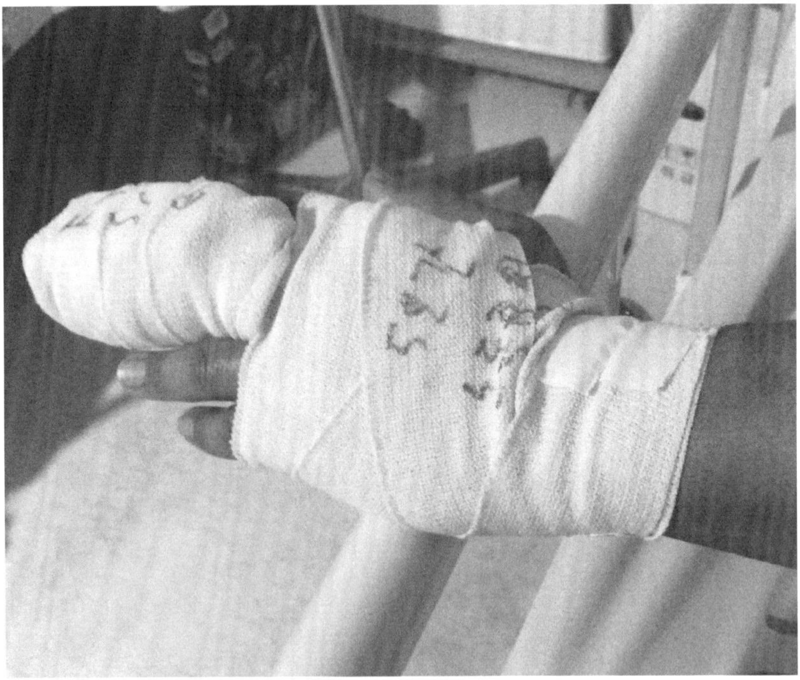

미얀마어를 전혀 알아듣지 못하는 나는 그의 기도 내용을 모른다. 그러나 그의 얼굴빛에서 괴로움을 느꼈다. 악성 자본주의가 할퀸 자리에서 생긴 새 번뇌. 잘린 손가락이 말해주는 천민자본주의의 지독한 독성이 빚은 고통. 오직 이윤-착취의 극대화를 위해 생명을 마구 갉아먹는 탐욕사회가 강요하는 번뇌.

사장 차, 네 개예요

오늘은 빵을 피하고 싶었다. 아점으로 빵 대신 밥을 먹고 싶었다. 밥도 고추장을 넣고 비빈 비빔밥. 오후엔 우리 센터에서 1:1 성경공부가 있는 날이다. 식사하고 센터로 가려고 서둘렀다. 먼저 멸치와 다시마만 넣은 된장국을 끓였다. 그리고 냉장고를 열어 반찬을 꺼냈다. 비빔밥에 넣을만한 반찬들을 찾았다. 얼갈이김치, 시금치나물, 감자볶음, 가지나물, 우엉볶음 등이 있었다. 달걀 후라이까지 부쳐 비빔밥을 비볐다. 맛나게 먹고 있는데 문자 메시지 수신음이 울렸다.

– Pastor. I am sorry. I can not go out. (목사님 죄송해요. 나갈 수 없어요)
I am very tired. because of night working. (나 무척 피곤해요. 야간근무로 인해.)

이번 주 내내 공장에서 야간노동을 한 C가 보낸 문자였다. 필리핀에서 대학을 졸업한 뒤 직장생활을 하다가 입국한 그가 매주 성경공부를 한다. 그는 오늘 성경공부를 하기로 약속했었다. 서른아홉 살인 그는 밤샘노동을 몹시 힘들어한다. 요즘 들어 등 쪽이 아프다는 말을 자주 했다. 지난주에도 충혈된 눈으로 등이 아프다는 말을 했다. 플라스틱 파이프를 만드는 그의 공장은 하루 24시간 가동한다. C는 격주로 밤샘노동을 한다. 저녁 6시 반부터 다음 날 아침 7시 반까지 일한다. 중간에 쉬는 시간은 한 시간. 밤샘노동은 월요일부터 금요일까지다.

'very tired.' 이 말이 연상시키는 다른 말이 있었다. 지난주 C가 한 말이었다.

"사장 차, 네 개예요."

'very tired.'란 문장이 '사장 차, 네 대에요'라는 말을 호출한 거다. 호출받은 그 말은 혼자가 아니었다. 다른 말들을 줄줄이 데리고 왔다. 한국말을 거의 못하는 그와 내가 영어로 나눈 말들을 우리말로 옮겨본다.

"현대 에쿠스, 벤츠, BMW, 포드."

"그래요? 네 대나?"

"사장 매일 골프 치러 가요."

"회사 일은 누가 해요?"

"공장장."

"사장을 언제 볼 수 있어요?"

"사장은 아침에만 볼 수 있어요."

"그 공장에 이주노동자 몇 명이죠?"

"아홉 명."

"한국 사람은?"

"네 명."

"작은 회사인데."

"사장 부자예요. 필리핀에도 자주 가요."

"왜?"

"골프 치러."

"지난달에 사장이 월급 올려줬나요? 얼마 전에 월급 올려 달라는 얘기를 했다고 했지요?"

"예. 조금 올려줬어요."

"얼마 받았죠?"

"175만 원."

"최저임금이라는 거 알지요?"

"네. 알아요."

"너의 임금은 최저임금보다 훨씬 적어요."

계속 이어지던 말들은 잠시 쉬었다가 다시 이어졌다.

"사장은 골프, 차, 여자 좋아해요."

"사장에 대해 어떻게 잘 알지?"

"사장이 영어 잘해요. 사장이 얘기해줘서 알아요."

"…"

"작년에는 사장 형이 회사 경영했어요."

"왜?"

"사장이 룸살롱 다니며 여자들하고 놀다가 회사가 어려워졌대요."

"사장 나이가 얼마나 되죠?"

"30대예요."

줄줄이 이어지는 말들을 나는 잘라버렸다. 그리고 다음 주 성경공부 시간에는 이 주제를 갖고 대화를 나누기로 마음먹었다.

'너의 사장은 불로소득자 아닌가?'

회사 밖에서는 공장장님 좋아요

"우리 공장장님, 회사 밖에서는 좋아요. 그러나 회사 안에서는 아주 안 좋아. 무서워요. 욕도 많이 해요."

방글라데시 노동자들이 모였다. 같은 공장에서 일하는 젊은 노동자들이다. 취업비자를 갖고 들어온 지 3, 4년이 넘은 그들은 한국말을 제법 한다.

다른 노동자가 말을 이었다.

"일 끝나고 밖에 나갔을 때, 공장장 좋아요. 식당에서 밥 먹을 때 잘 웃어요. 욕 안 해요. 좋은 사람이(Nice guy)야. 나쁜 사람(Bad guy) 아냐."

또 다른 노동자들이 맞장구쳤다.

"그래요. 우리 공장장, 회사 안에 하구, 회사 밖에 하구 아주 달라요."

"얼마 전에 불법체류노동자, 아웃(out)시켰어요. 두 달 월급 안 줬어요. 작년에 손가락 잘린 친구, 산재보험도 안 줬어요. 나빠."

"컨테이너 기숙사비 15만 원씩 받아요. 그리고 이번 해부터는 30분씩

일 더 시켜요. 기숙사 돈 더 받는 거예요. 오버타임 워킹으로."

노동자들 이야기를 듣던 나는 한 사람을 떠올렸다. 이름은 아돌프 아이히만. 그는 나치 체제의 핵심 인물로서 유대인, 장애인, 사회적 약자 등 수백만을 죽이는 데 앞장섰던 사람이자 냉혈인간의 표본이다. 저승사자이자 사탄의 화신 같다.

그러나 직장 근무시간이 끝나고 일상생활로 돌아갔을 때, 그는 아주 평범한 동네 아저씨가 되었다. 평범을 넘어 꽤 친절하고 다정다감했다. 인정이 많았고 눈물도 흘릴 줄 알았다. 가족이나 동네 이웃에게 그랬다.

인간은 개인적으로는 얼마든지 도덕적일 수 있다. 그러나 사회적으로는 아주 비도덕적이기 십상이다. 개인적으로는 온혈인간이라도 사회적으로는 지독한 냉혈인간이 되는 경향을 인간은 갖고 있다. 개인적으로는 선한 인간이 어느 집단이나 조직에 들어가면, 사악한 인간으로 변모하는 사람들이 있다.

자본주의사회에서 더욱 그렇다. 오로지 이윤, 착취 극대화라는 원리로 돌아가는 자본주의 체제에 들어가면, 인간은 흔히 냉혈인간이 된다. 정도의 차이야 있지만. 그가 개인적으로 아무리 선해도, 그 구조 속에 딱 들어가는 순간 피도 눈물도 없는 인간이 된다. 특히 자본 편에 서는 자리에 들어가면 더욱 그렇다.

소위 불법체류노동자가 산 밥

미등록노동자가 밥을 샀다. 평소 이주노동자들과 라면이나 해장국, 순댓국 등을 주로 먹지만 오늘은 생선구이 정식으로 즐거운 식사를 함께했다.

필리핀에서 온 조셉은 미등록노동자다. 관광비자로 들어왔다가 눌러앉았다. 그를 처음 만난 건 병실에서였다. 손가락이 하나 잘려 입원한 그를 처음 만났을 때, 그는 얼굴이 많이 상해 있었다. 공장에서 일하다 사고를 당했지만, 미등록자라서 산재보상조차 받을 수 없다는 생각에서였다. 게다가 사장은 병원비를 줄이려고 빨리 퇴원하길 바라는 눈치를 보였다.

그를 처음 만났을 때, 그는 불법체류자라는 말을 하지 않았다. 신분이 드러나면, 강제 출국당할지도 모른다는 두려움 때문이었다. 미등록자라는 사실을 전혀 모른 나는 그가 산재보험 혜택을 받도록 조언하며 추진했다.

며칠 뒤, 내게 불법체류자라는 사실을 털어놓는 그를 본 나는 허탈했다. 안타까웠다. 두 아이의 아빠인 그가 손가락 잘린 모습으로 그냥 고향에 돌아갈 걸 생각하니 맘이 아팠다.

이튿날 다른 산재 노동자의 일로 어느 노무사와 얘기를 나누다 귀가 번쩍 뜨이는 말을 들었다. 불법체류자도 산재법에 따라 산재보상을 받을 수 있다는 말. 희소식이 아닐 수 없었다.

당장 그에게 그 사실을 알려주었다. 그리고 산재보험 신청을 서둘렀다. 하지만 사장이 노골적으로 훼방했다. 그는 조셉을 강제 퇴원시켰다. 그리고 협박했다. 산재 신청하면 출입국관리소에 신고해 강제 출국시키겠다는 협박을 했다. 한국사회 물정을 모르는 조셉은 잔뜩 겁을 먹고 산재 신청을 포기했다.

한 달 동안 우리 센터는 그를 안심시키며 설득했다. 결국, 그는 산재보험으로 통원치료까지 잘 받았다. 그리고 장해보상비 750만 원도 받았다. 그는 한국사회에 감사했다.

우리 산재법은 불법체류자라도 산재보험 혜택을 준다. 불법체류라는 사실보다는 노동하다가 사고를 당한 사실에 더 주목하는 법정신이 있는 거로 보인다. 그리고 산재보상을 받은 불법체류자를 강제 출국시키지 않는다. 사고를 당한 사람의 약점을 잡아 강제 출국시킬 정도로 모질게 하지는 않는 거다.

그나저나 불법체류노동자를 선호하는 기업주가 많은 것도 엄연한 현실이다. 이주노동자 없이는 중소기업들이 돌아가지 않을 정도라고 할만한 현실 속에서 미등록노동자들을 선호하는 기업주들이 흔하다. 더 싼 임금을 주고 마구 부릴 수 있다는 영악한 계산 때문이다.

앞으로 그의 계획을 물어보지는 못했다. 제 나라로 돌아갈지 계속 여기서 노동을 할지 그건 그의 선택이다.

글로벌자본주의 시대에 자본은 국경을 자유롭게 넘나들며 이윤, 착취의 극대화를 추구한다. 자본엔 국적이 없다는 말이 나올 정도다. 이 시대에 이주노동자들도 자유롭게 여기저기 다니며 노동을 하는 건 어떨까?

체불임금 1,500만 원 받고자

오늘은 노동부 고양지청에 갔다. 방글라데시 노동자 히무(30세, E9 취업비자)를 앞세우고. 우리 센터 지원을 받으며 싸워 체불임금 400만 원을 얼마 전 받아낸 친구를 보고 용기를 내서 찾아왔다.

그는 포기하고 있던 1,000만 원이 넘는 체불임금을 받고자 우리 센터 문을 두드렸다. 그동안 사장에게 누차 요구했지만 허사였다. 신고하려면 하라는 소리만 들었다.

우리는 그 사장을 노동부에 고발했다. 체불임금에 대해 진정을 했다.

수사권을 가진 근로감독관은 히무와 사장을 오늘 같은 시간에 불렀다. 그러나 사장은 나타나지 않았다. 회사는 잘 돌아가고 사장은 호화로운 생활을 하지만 꿈적도 하지 않는다. 재산을 타인 이름으로 모두 돌려놓은 자가 배짱이 두둑하다. 뭘 믿고 그러는 걸까?

우리나라 체불임금이 산더미 같다. 노동부 통계에 의하면, 2018년 1월부터 7월까지만도 9,990억이나 된다. 해마다 쌓인 누적액을 보면 수백조나 된다.

자본은 생산과정에부터 노동자들을 원천적으로 착취한다. 그러고도 임금마저 산더미처럼 주지 않으므로 또 착취한다. 체납하는 기업주들 얘기 들어보면 사연도 많고 핑계도 많다. 하지만 묻고 싶다. 왜 노동자를 뒷순위로 밀어놓는가? 노동력을 팔아야만 먹고 사는 노동자들을 왜 늘 뒷순위로 밀어놓는가? 모든 가치와 이윤의 원천을 창출하는 노동자를 왜 끄트머리로 밀어놓는가? 부도가 났을 때도 사장과 임원들은 챙길 거 다 챙기면서 왜 노동자 임금은 떼어먹는가?

히무의 자료와 진술을 다 보고 들은 근로감독관은 체불임금(퇴직금 포함)이 최하 1,500만 원은 되겠다고 했다. 그동안 기본적으로 기업주 편에 서서 일해 온 이 나라 노동부. 이번에 노동부의 처신을 지켜보고자 한다.

손 무덤

서울 가는 전철을 탔다. 필리핀 이주노동자 프롬과 함께. 차창 밖으로 도봉산이 보였다. 산은 어느새 붉은색, 노란색, 녹색이 어우러진 옷으로 옷을 갈아입고 있었다. 흰 구름 한 점 떠 있는 높은 하늘 아래 갈회색 바위들이 여기저기 솟아 있어 산의 위용을 북돋웠다.

자연은 철 따라 옷을 갈아입으며 순리대로 살고 있는데, 유난히 자연스럽지 못한 곳이 있다는 생각을 새삼 했다. 옆자리에 앉은 프롬의 손을 보며 그런 생각을 또 했다. 인간들이 모여 사는 사회는 왜 이리 자연스럽지 못한 것일까. 왜 이리 순리를 거스르는 걸까.

손가락 하나가 잘린 그는 오늘 인조 손가락을 맞추러 서울로 가는 거다. 나는 인조 손가락 만드는 게 궁금해서 동행했다.

우리 센터의 지원을 받아 산재보상을 신청하게 된 그는 반년이나 걸리는 지루한 치료를 잘 받았다. 치료가 다 끝나 이제 인조 손가락을 맞추러 가는 중이다.

옆자리에 앉은 29살 청년의 잘린 손가락을 바라보다 '손 무덤'이라는 걸 생각했다. 우리나라에 온 이주노동자들이 해마다 잘리는 손가락이 몇 가마니가 될 거라는 말이 있다. 해마다 그걸 모아 묻는다면 손 무덤이 여기저기 생길 거다. 그만큼 산재가 많다. 일본에 귀 무덤, 코 무덤이 있다면 여기엔 손 무덤이 있는 거다. 코 무덤, 귀 무덤은 탐욕적인 침략전쟁(임진왜란)을 일으킨 일본이 조선인들의 코나 귀를 베어가는 바람에 생긴 거지만, 손 무덤은 오늘 탐욕적인 자본이 이윤-착취의 극대화를 위해 자른 손가락들이 묻힌 거다.

"Pastor. Yongsan station(목사님 영산역)!"

그가 자리에서 벌떡 일어나며 소리쳤다. 상념에 잠겨 넋을 놓고 있던 나를 보며. 하마터면 하차 역을 그냥 지나칠 뻔했다.

JTBC 뉴스 방송 이후

방송 이후 변화가 있었다. 시청률 높은 JTBC 뉴스의 영향력은 컸다. 그 영향력을 여러 경로를 통해 실감하였다. 음지에 묻혀있던 농촌 이주노동자들의 실태가 양지로 나와 공론화되는 데 그 방송은 이바지했다.

직접적인 영향도 있었다. 방송이 나간 직후 관계기관은 문제가 된 농장의 기숙사를 바로잡거나 폐쇄하라는 명령을 내렸다. 짐승 우리만도 못한 기숙사에서 기거하던 노동자들은 다른 농장으로 일터를 옮기게 되었다. 그동안 농장주는 고용허가제에 기대어 노동자들의 직장 이동 요청을 들어주지 않았었다. 움막 같은 기숙사에서 살 수 없을 뿐 아니라 장시간 노동과 저임금에 너무 힘겨워 일터 이동 사인을 농장주에게 줄기차게 요구했지만, 농장주는 응하지 않았었다. 그러나 이번에 방송이 나간 뒤 농장주는 직장 이동을 허락하는 사인을 했다. 그래서 한 노동자는 이미 다른 지역 농장으로 일터를 옮겼고, 다른 한 노동자는 조만간 옮길 채비를 하고 있다. 이미 옮긴 노동자가 일하는 새 농장은 노동조건과 환경이 한결 낫다.

노동자가 직장을 이동하는 데 고용주의 허락을 받아야 한다? 참으로 이상하지 않은가. 고용주와 노동자 사이에 국가가 법이란 이름으로 개입해서 고용주에게 전권을 주는 이 제도, 이상하지 않은가. 보통의 자본주의마저 거부하는 제도다.

21세기에 이런 제도를 채택하고 있다니. 지금이 노예제 시대도 아니고, 봉건주의 시대도 아닌데. 그들은 노예도 농노도 아닌데, 일터를 옮기고 싶을 때 고용주의 사인을 받아야 하니 얼마나 어처구니없는가. 그러나 그건 엄연한 우리 사회의 노동 현실이다. 백만이 넘는 이주노동자의 상당수가 그런 멍에를 메고 산다. 현대판 노예제라 할만한 그 고용허가제에 따라 이주노동자들은 노예적인 삶을 강요당하고 있다. 노동권은 고사하고 인권이나 기본권마저 짓밟히며 살고 있다.

방송에나 나가야 마지못해 바로잡는 현실은 바람직하지 않다. 부분적인 땜질이나 하는 개선은 의미가 미미하다. 평소 고치고 바꾸고 변혁하는 우리 사회가 되기를 바란다. 이런 방송이 거듭되어 근본적인 변혁이 있으면 좋겠다.

목사님, 이가 아파 죽겠어요

토요일 오후. 치통으로 죽겠다는 문자 메시지가 왔다. 필리핀서 온 노동자 C였다. 문제는 토요일 오후인 데다 그가 불법체류자라는데 있었다.

나는 '함께 아시아'를 생각했다. 이주노동자들을 위한 치과 진료봉사단체. 거긴 특히 불법체류자와 난민들을 환영한다. 작은 진료가 아니라 큰 치료까지 하는 단체. 틀니까지 해주는 본격적 치과 봉사 단체다. 의사, 간호사, 치공사, 활동가 등이 꾸린 단체로서 매주 토요일 오후 수고한다.

우리는 서둘러 동대문에 있는 '함께 아시아'로 갔다. 한국말을 하나도 못하는 그와 동행했다. 진단한 의사는 놀랐다. 발치 할 게 8개 충치 치료할 게 네댓 개나 되었다. 게다가 윗어금니는 하나도 없었다. 그는 앞으로 여러 차례 동대문으로 가야 한다. 틀니까지 하려면.

'함께 아시아'에 감사한다. 오늘 첫 치료를 마치고 나오면서 C(39세)는 '땡큐'를 연발했다.

노예처럼 끌려나간 펑

펑(가명)은 네팔에서 온 23세 청년 노동자다. 그는 5개월 전 취업비자를 갖고 입국했다. 공장에서 일하다 그만 오른손 중지 손가락 한 마디를 잘렸다. 그가 사고를 당한 시간은 아침 7시경. 기계 앞에서 일하다 기계에 의해 손가락이 절단되었다. 안전장치는 없었다.

그는 아침에 출근해 산재를 당한 게 아니다. 밤새도록 노동을 한 그는 아침 퇴근하기 조금 전 다쳤다. 한국말을 못하는 데다가 수습노동자인 그는 지난 5개월 동안 밤샘노동을 강요당했다. 저녁 8시 반부터 다음 날 아침 8시 반까지 일했다. 휴일은 한주에 단 하루.

병원에 입원한 지 두 주가 지나도 회사는 산재 신고를 하지 않았다. 한국 실정을 잘 모르는 펑은 산재 신고가 무엇인지 산재보상이 있는지조차 모르고 있었다. 우리 상담센터의 도움을 받은 그는 산재보상을 신청하려고 회사 측에 협조를 요청했다. 그러나 회사는 꺼렸다. 할 수 없이 펑은 입원한 지 3주째 되어 법에 따라 산재보험 신청을 하고자 했다.

산재보상을 신청하기로 한 날, 나는 그를 도우러 병원에 갔다. 그러나 그의 병실엔 웬 낯선 남자가 보였다. 펑에게 짐을 싸라고 재촉하는 모습이었다. 펑은 마지못해 짐을 쌌다. 아무 소리도 못 하고 지시에 따를 뿐이었다. 낯선 남자는 나중에 알고 보니 회사의 부장이었다. 그는 서둘러 펑을 끌고 나갔다. 갑작스럽게 벌어진 광경을 본 나는 그 직원을 막아서거나 펑을 붙잡을 처지가 아니었다.

한국말을 전혀 못 하는 펑과 나는 그날 저녁 번역기를 이용해 메시지를 주고받았다. 그는 회사 측에 눌려 있었다. 사장에게 한번 찍히면 온갖 불이익을 당하기에 겁먹고 있었다. 나를 오히려 피하려는 기색이 역력했다.

고용허가제로 인해 전권을 가진 사장의 힘은 막강하다. 이주노동자들은 입국한 지 3년 되면 고용 연장을 해야 하는데, 그때 사장의 사인을 받아야 한다. 만약 직장을 옮기려 한다면, 그때도 고용주의 사인을 받아야 한다. 그리고 입국한 지 4년 10개월이 되면 고국으로 돌아가야 하는데, 만약 재입국 취업을 하고 싶다면, 그때도 사장의 사인을 받아야 한다. 이렇게 고용주에게 전권이 있기에 이주노동자들은 노예적인 삶을 살 수밖에 없다. 그 멍에를 벗으려면 불법체류자가 되거나 온갖 불이익을 감수해야 한다.

펑은 그날 자신을 강제로 끌고 나가는 회사 측의 폭력 앞에서 속수무책이었다. 고용주의 위세에 눌려 산재보상도 포기해야 했다. 더 필요한 입원 치료도 포기해야 했고 통원치료나 받아야 했다.

날 미워하는 사람 늘어나네

가을에서 겨울로 넘어가는 계절이다. 날씨도 을씨년스러운데 마음마저 스산하다.

날 미워하는 사람 늘어나네. 하나하나. 산재보상이 있는지도 모르는 이주노동자에게 그걸 알려주니, 산재 신고 꺼리는 사장이 날 미워한다. 다친 노동자 부추겨 산재보상 신청하니. 잘린 손가락이 두 개인데 그중 하나만 다쳤다고 거짓 신고한 걸 밝히니, 그 사장님도 날 증오한다. 회사와 은밀히 손잡고 허위서류 만들어 올리는 산재지정병원 원무과 직원들도 날 꺼린다. 서류를 확인하니 아주 못마땅하게 여긴다.

움막 같은 농촌 이주노동자 숙소를 네팔, 태국 노동자들과 함께 문제 삼으니, 농장주가 씩씩거린다. 여기저기 기업형 채소재배농장 다니며 노동자들을 만나니, 농장주연합회가 날 한번 보자고 한다. 노동자 편만 들지 말라고 한다. 뼈 빠지게 일하고도 임금 못 받은 방글라데시 노동자와 함께 회사를 찾아가니, 너는 뭐냐고 눈을 부라린다.

불법체류노동자들도 무조건 도와주며 어울리니 눈 흘기는 사람들도 있다. 공장에서 한국말 못하는 이주노동자를 무시하며 폭행한 관리직원을 고소하는 이주노동자를 도우니, 사 측이 가짜 목사라고 소문낸다. 필리핀 노동자에게 직장 이동 허락 사인 해주면서 200만 원 받은 고용주를 노동부에 고소하니 펄펄 뛰며 날 미워한다. 근로감독관 앞에서 사장이 날 째려보며 벌떡 일어나 얼굴 붉힌다. 저런 배후 세력 때문에 기업 해먹기 힘들다고.

이상한 목사 직접 만나면 가만두지 않겠다고 위협하는 사람 하나둘 생긴다. 날 미워하는 사람들 하나하나 뜯어보니 모두 '갑'들이다. '을'이 아니다. 물 건너온 노동자들에 비하면, 돈푼깨나 있고 힘깨나 쓰는 자들이다. 바다 건너온 노동자들과 벗이 되고, 피부색이 거무스레한 노동자들 편에 서다 보니 날 미워하는 사람이 하나하나 늘어난다.

나 어떡하지?

모두에게 존경받는 꿈은 버려야지. 누구에게나 칭찬 듣고픈 마음도 모조리 버려야지. 그런 착각 빨리 버려야 평안하겠지.

새로 사귄 미얀마 노동자들

토요일 오후 다시 농장을 찾았다. 지난주 처음 만난 미얀마 노동자 조수아(26세)가 일하는 곳이다. 우리 센터에서 그리 멀지 않은 곳에 농장이 있다.

비닐하우스 안에는 상추가 자라고 있었다. 비닐하우스가 쭉 늘어선 농장 끝에 그의 숙소가 있다. 조립식 임시 건물 위에 위장을 위해 검은 비닐을 덮어놓았다. 오늘은 격주로 쉬는 토요일이라 조수아가 숙소에서 쉬고 있었다. 농장에서 함께 일하는 미얀마 노동자 떼넝(33세)도 함께 있었다. 나이는 떼넝이 더 많았지만, 덩치는 조수아가 더 컸다. 얼굴이 큰 조수아는 머리를 길렀으나 떼넝은 얼굴이 작고 머리도 짧았다.

그들은 나를 반갑게 맞이했다. 길고 좁은 쪽방에 무릎을 맞대고 앉아 이야기를 주고받았다. 취업비자로 한국에 온 지 각각 2년, 10개월 된 두 사람은 한국말이 아직 서툴렀다. 영어도 모른다. 그래서 의사소통이 어

려웠지만 번역기를 이용하기도 하며 얘기를 나눴다. 손짓 발짓도 하며. 눈빛으로도 교감하고.

이야기를 나누다 가져간 빵을 그들에게 건넸다. 라면 상자 하나 분량이었다. 나의 친구가 보내준 빵을 건네자 그들은 환하게 웃으며 받았다. 빵을 받은 그들과 나는 음식 이야기를 나누게 되었다. 한국 음식, 미얀마 음식에 관해 얘기했다. 그들은 한국 음식 중에 돼지고기 김치찌개를 좋아한다고 했다. 음식 이야기를 나누다 말고 그들은 내게 미얀마 음식을 한 번 맛보라고 권했다. 늦은 오후 그들은 조금 전 식사를 했다며 내게 독상을 차려주었다.

내게 차려준 음식은 쌀밥에 두 가지 반찬이었다. 쌀은 우리 쌀이 아니라 미얀마 쌀이었다. 찰기가 없이 부슬부슬한 쌀. 반찬은 우리 돼지고기 제육볶음 비슷한 것과 큰 새우 볶음이었다. 두 가지 모두 기름에 볶아 기름기가 많았다. 양파와 청양고추를 넣고 볶아 매콤했다. 향신료는 카레 냄새가 나는 후춧가루 비슷한 걸 그리 진하지 않게 넣었다.

처음 먹어보는 미얀마 음식이 입맛에 맞을 리는 없었다. 하지만 그들의 마음이 담긴 음식이라 많이 먹었다. 나는 빵을 주고 그들은 미얀마 음식을 주었다. 마음을 주고 마음을 받는 의미가 있기에, 미얀마 음식을 짐짓 맛있게 먹었다. 느끼했지만 꼭꼭 씹어 삼켰다.

우리는 2주 뒤에 또 만나기로 약속했다.

노동을 강요당한 알리

알리와 함께 근로복지공단에 갔다. 한국말을 거의 못하는 그와 간 이유는 진단을 받기 위해서였다. 공단에 소속된 의사가 산재 당한 손을 보고 치료 연장 여부를 판정한다. 알리가 치료받는 병원 담당 의사가 치료가 더 필요하다는 진단을 이미 내렸지만, 공단에서 또 확인하는 거다.

공단 의사는 앞으로 최소 한 달 이상 치료가 더 필요하다는 판정을 내렸다. 다음 달까지 치료를 받으면 알리는 6개월 동안 치료를 받게 된다. 취업비자를 갖고 봄에 방글라데시에서 온 그는 지난 6월 산재를 당했다. 안전장치도 없는 기계를 다루며 밤샘노동을 하다 그만 왼손을 다쳤다. 손바닥이 움푹 패는 상처를 입으면서 손 등 뼈 3개가 부러졌다.

산재 사고를 당한 날부터 우리 센터와 함께한 알리. 그가 한 달 전부터 고통을 호소하는 게 있다. 몸을 다친 것보다 더 마음 고통이 심하다. 회사가 치료 중인 그에게 일을 강요하기 때문이다. 이제 일을 하라고 윽박지르며 다그친다. 은근히 압력을 넣으며 협박도 한다. 매일 통원치료를 받으며 공장의 컨테이너 기숙사에 머무르고 있는 그에게 반장을 비롯한 여러 관리직원이 그렇게 하는 거다. 병원 주치의나 복지공단이 치료가 더 필요하다는 진단을 내렸음에도 불구하고 노동을 강요한다. 바쁘다며 압박을 한다. 이 기업은 알리의 산재 신고를 꺼리다 마지못해 협조했다. 그리하면서 본인이 졸다가 사고가 난 것이라고 거짓 서류를 만들어 보고하기도 했었다.

'고용허가제'에 의해 고용주에게 노예처럼 매여 사는 이주노동자로서 그의 심리적 고통이 크다. 혹시 사장에게 찍히지 않을까, 회사에서 왕따

당하지 않을까, 폭행당하지 않을까, 해고되지 않을까, 비자 연장 못 받지 않을까, 강제 추방당하지 않을까 등 불안하기 짝이 없다. 회사의 요구대로 치료를 포기하고 일을 하려고 한 적도 있으나 그도 못할 짓이었다. 한 손이 완전히 병신 되는 게 두렵기 때문이다.

알리의 회사는 잘 나간다는 소리를 듣는 중소기업이다. 포천만이 아니라 전국 여기저기에 회사가 더 있다. 그런 기업의 이면 생리를 들여다보니, 이윤-착취의 극대화를 위해 생명을 마구 갉아먹는 거다. 노동권은 고사하고 인간의 기본권, 인권마저 무시하고 오로지 착취에만 몰두한다. 기업의 이런 행태는 폭력이다. 언어폭력부터 시작해 제도나 법적 폭력까지. 폭력을 기초로 삼은 기업의 경영이 시퍼렇게 작동하고 있는 거다.

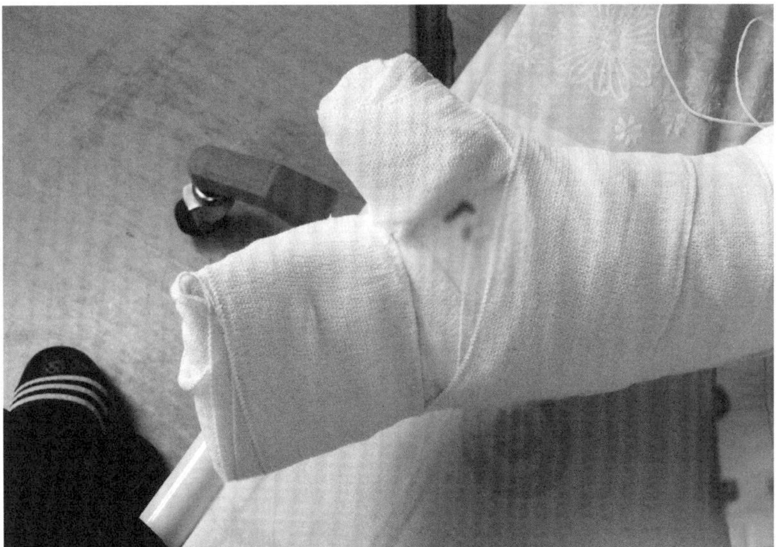

꾸란의 노동시간

23세 청년 노동자 꾸란을 만난 건 병실에서다. 그는 오른손 중지 손가락 한 마디를 잘렸다. 며칠 전 식품공장에서 일하다 밤샘노동을 마무리하는 시간에 그만 사고를 당했다.

그는 5개월 전에 입국했다. 네팔서 취업비자를 갖고 들어왔다. 오자마자 노동부는 그를 식품회사로 보냈다. 이주노동자들은 대개 직장을 일방적으로 배정받는다. 자기 적성이나 요구 등은 아예 무시당한다.

그는 실습이나 수습 기간도 없이 곧바로 위험한 작업 현장에 투입되었다. 그도 밤샘노동만 하는 일. 공장 마당에 있는 컨테이너에 기거하면서 지난 5달 동안 철야노동만 했다. 매일 저녁 8시 반부터 다음 날 아침 8시 반까지. 중간에 휴식시간은 한 시간이다. 휴일은 일요일 단 하루뿐. 가히 살인적인 노동이다.

그가 받은 임금 명세서를 보니 최저임금(시간당 7,500원)도 안 되었다.

요즈음 우리 사회에서 주 52시간 노동문제로 옥신각신하고 있다. 노동계에서는 그걸 관철하려고 하고, 기업 쪽에서는 여러 꼼수를 부린다. 정부는 기업 편을 드는 상황이다.

저녁이 있는 삶. 이를 위해서는 8시간 낮에 일하고, 8시간 자고, 8시간 휴식과 놀이가 있어야 하리라. 요즘 우리 사회에선 주 52시간 노동제를 실현하자는 운동이 일어나고 있지만, 꾸란은 딴 세상에 살고 있다. 저녁이 있는 삶은 고사하고 아침이나 점심도 없는 삶을 살고 있는 것. 그저 가축처럼 일하고 있을 뿐이다. 아니 가축만도 못하다. 날마다 철야노동하고 곧바로 곯아떨어져 자고, 일어나 밥 한술 뜨고 다시 철야노동하고.

그러다 손가락 싹둑 잘리고.

꾸란의 노동으로 맺은 열매는 누가 가져갔을까?

그가 손가락 잘리면서 창출한 가치나 이윤은 도대체 누가 가져가는가?

여러 가지 고상한 논리와 궤변이 많으나, 세상의 모든 가치와 이윤의 원천을 창출하는 건 노동자다. 그건 흔들리지 않는 진실이다.

재벌왕국 한국에서 10% 대기업이 나라 전체 기업들 이익의 90%를 가로채 독식한다. 그리고 인구 가운데 10%가 나라 전체 소득의 50% 정도를 가로채 가져간다. 피라미드 착취경제구조 아래서 꾸란과 같은 이주노동자들이 맺은 열매를 가로채 가되, 독차지하는 자들은 따로 있는 거다. 이주노동자들과 노동조건이나 환경이 오십보백보인 천만 비정규직 노동자들도 죽지 않고 연명할 정도의 최소한도의 생계비만 받고 땀 흘려 맺은 열매를 빼앗기는 건 마찬가지다.

"네 이웃을 네 몸처럼 사랑하라."

이 하늘의 계명을 받은 우리. 사람이 되려면 이 말씀대로 행하라는 가르침을 받은 노동자들, 성실한 노동으로 맺은 열매를 빼앗기지 않기 위해 싸우는 게 이웃사랑의 첫걸음 아닐까?

대조적인 두 농장

"한국, 좋아요."

한동안 이야기를 나누던 떼닝(33세, 미얀마)이 말했다. 그와 함께 일하고 있는 조수아(26세, 미얀마)도 동의하는 표정을 지었다. 채소를 기르는 비닐하우스농장에서 일하는 그들(취업비자로 입국)은 한국에 대한 좋은 이미지를 갖고 있었다.

비록 고용허가제로 고용주에게 묶여 있지만, 그들은 한국이 좋다고 했다. 농장 한쪽에 있는 손바닥만 한 불법 임시 건물에서 지내며 농업노동자로 살고 있지만, 노동의 기회를 제공해준 한국에 감사했다. 농장주도 좋다고 했다. 그들은 몇 년간 부지런히 일해 번 돈을 모아 고국으로 돌아가 사업을 할 꿈에 부풀어있었다.

그들은 아침 8시부터 오후 5시까지 일했다. 점심시간은 1시간이다. 휴일은 격주로 토요일에 쉬었다. 월급은 160만 원이다. 그들이 농사짓는 비닐하우스는 모두 30개다. 길이가 100m 안팎이다. 농장주는 그들이 다치지 않도록 조심하라고 늘 말한다. 외부인을 경계하지도 않는다. 내가 그 농장을 낮에 방문했을 때, 농장주는 토요일(휴일)에 오시라고 친절하게 말했다.

이 농장을 보면서 아주 대조적인 한 농장을 떠올렸다. 네팔 노동자들이 일하던 농장. 역시 채소를 재배하는 거기는 비닐하우스가 모두 100개다(길이 100~120m). 그 농장에서 일하는 노동자는 3명. 물론 그들도 모두 취업비자를 갖고 입국했다. 하루에 12시간 이상 일하는 그들은 그야말로 눈코 뜰 새가 없다. 농장주는 그들을 늘 채찍질하듯 일을 독촉한다. 때로는 욕도 한다.

점심시간은 달랑 30분. 일과가 끝난 뒤에도 농장주는 그들을 늘 관리하고 감시한다. 외부인을 경계한다. 짐승 우리만도 못한 숙소에서 저녁을 해 먹은 노동자들이 일찍 취침하기를 농장주는 바랐다. 새벽에 일찍 일어나 6시부터 일을 하도록. 휴일도 가물에 콩 나듯 준다. 두어 달에 한 번 정도. 월급은 비슷하다. 160~170만 원. 농장주는 골병이 든 그들이 직장을 옮기고 싶어 몇 년간 아무리 요청해도 사인을 해주지 않았다. 고용허가제에 따라 이주노동자는 고용주의 사인을 받아야 일터를 옮길 수 있다. 날 만날 때마다 그들은 고통을 호소했다.

대조적인 두 농장을 보며 기업을 생각했다. 자본주의사회에서 가장 큰 비중을 차지하는 공동체인 기업. 개인만이 아니라 사회의 성격이나 질을 좌우하는 결정적인 요소인 기업. 비록 자본이 지배하는 자본주의사회지만 그 안에서 기업도 나름이다. 그 안에서 자본(고용주)과 노동자가 맺는 관계의 성격도 나름이다.

노조마저 허용하지 않고 노비처럼 노동자들을 마구 부리는 기업이 있는가 하면, 노동자가 경영에 참여하는 기업도 있다. 노동자들이 노비처럼 일하는 기업이 있는가 하면, 노동자들이 자유를 누리는 기업도 있다. 노동부마저 돈으로 매수하고 공권력이나 깡패를 동원해 노조를 짓밟으며 착취하는 기업이 있는가 하면, 노동자가 사장을 뽑는 기업(주식회사)이 있다.

한겨레신문사나 경향신문사는 종업원(노동자, 직원)들이 사장을 선출한다. 세계적으로 유명한 오케스트라(주식회사)들 가운데는 노동자들(단원과 직원들)이 사장을 뽑는 데가 많다. 독일 같은 나라에서 대기업(300인 이상 주식회사)은 법에 따라 반드시 노사공동결정제도로 운영된다.

회사 이사회의 절반을 노동자가 뽑은 사람들이 차지하는 거다. 기업을 노-사가 공동으로 경영하고 책임도 함께 지는 것.

어떤 농장, 기업, 사회를 만들 것인가?

그건 오늘 나, 우리의 선택에 달려 있다.

봐서는 안 되는 걸 봤다

봐서는 안 되는 걸 본 느낌이 든다. 아직도 생생하게. 여러 시간이 지났지만 지금도 심장이 벌떡거린다. 불규칙하게.

태국에서 온 노동자. 32세, 두 아이 엄마 쁘앗(가명). 한국에 온 지 딱 한 달 되었다. 한국말 전혀 못 한다.

공장에서 일하다 손가락이 잘렸다. 왼손가락 다섯 개가 모두 절단됐다. 기계에 의해 엄지부터 새끼손가락까지. 순식간에 싹둑 잘렸다. 병원에서 그 모습을 보지 말았어야 했는데 보고 말았다. 지금 후회하고 있다.

이윤-착취의 극대화를 위한 자본의 행패는 언제까지 갈 건가.

한국말을 전혀 못 하는 사람을 곧바로 위험한 작업장에 들여보내는 자본가 만행을 우리는 언제까지 허용할 건가.

안전장치도 없는 작업장에, 안전교육이나 실습 기간도 없이 노동자를 마구 투입하는 자본의 행패를 우리는 어느 날까지 수용할 건가.

인간을 사람이 아니라 물건으로 취급하는 탐욕주의 사회. 이런 사회를 우리는 어느 때까지 관용할 건가.

안식일 - 안식년 - 희년 그리고 주일

일요일. 기독교도들은 주일이라 하는 날. 주일의 뿌리는 안식일에 있다.

제법 쌀쌀한 오늘 오후, 나는 다시 포천 가산리 농장을 찾아갔다. 비닐하우스가 늘어선 한 채소농장에서 베트남 젊은 노동자들이 부지런히 일하고 있었다. 이들과 네 번째 만남이다.

탄(30대) 씨는 나를 반갑게 맞았다. 한국말을 전혀 못 하는 그와 소통은 번역기를 이용해 간신히 이뤄졌다. 친구가 보내준 빵을 건네며 잠시 얘기를 나눴다.

그들은 한 달에 토요일 단 하루만 쉰다고 했다. 농촌 이주노동자들 대다수는 한 달에 토요일 두 번 쉬면 다행이라 생각한다. 그리고 겨울엔 하루 10시간, 다른 때는 12시간씩 중노동을 한다. 월급은 남자가 160만 원, 여자는 150만 원 정도다. 숙소는 역시 그들도 대다수 다른 농촌 이주노동자들처럼 움막 같은 곳에서 지낸다.

이제 우리나라 채소, 과실 등 농사는 이주노동자들 없이는 불가능하다. 중소기업도 이주노동자 없이 운영할 수 없기는 마찬가지다.

안식일의 뿌리는 출애굽이라는 역사적 사건에 있다. 즉 고대 이집트 사회 히브리 노예들의 해방사건이 그 뿌리다. 휴일은 고사하고 밤낮없이 노예주를 위해 가축처럼 일만 하던 노예들의 휴식권, 건강권, 여가 생활권 나아가 예배권을 확보하려는 게 출애굽 운동의 동기이자 안식일 바탕 정신이다. 한주에 최소한 하루라도 휴일을 확보하려는 게 안식일 근본정신.

누군가 한주에 하루도 쉬지 못하고 착취당하는 중노동을 할 때, 누군가는 그만큼 놀면서 배를 불리게 되어 있다. 계급사회의 구조가 그렇게 돌아간다. 다수가 땀 흘려 맺은 열매를 소수가 착취해 놀면서 배불리 먹고사는 우리 사회구조가 아주 잘 말해주지 않는가.

안식일은 안식년으로 발전했고, 그건 다시 희년으로 나아갔다. 50년마다 시행하라는 희년의 법은 무조건 노예나 종은 풀어 주고 땅은 본래의 주인에게 돌려주고, 빚은 모두 탕감하는 등 대대적인 사회변혁을 명령한다. 사회적 리셋 운동이다.

예수는 '주님 은혜의 해' 즉 희년의 정신을 실현하러 왔다고 선언하셨다. 지구촌 전체에서 그 정신이 실현되는 날을 위해 오신 거다. 지속적인 변혁을 통해 궁극적으로는 자유롭고 평등한 형제애공동체 사회-하나님나라를 건설하는 게 예수의 뜻이다.

노동권은 고사하고 인간의 기본권이나 인권마저 포기하도록 강요당한 백만 이주노동자들 그리고 천만 비정규직 노동자들(이들의 상당수는 여성)을 맨 밑바닥에 깔아놓고 굴러가는 헬조선, 1:99 사회 코리아.

이 현실에서 안식일-주일, 편히 쉬면서 곱게 차려입은 사람들이 하는 예배는 어떤 의미가 있는가?

웅장한 건물에서 오케스트라까지 동원한 화려한 예배는 또 어떤가?

주일에 모여 하는 예배엔 무엇을 담아야 하나?

설교, 기도, 찬양에 무엇을 담아야 하나?

소위 불법체류노동자를 선호하는 기업들

손가락 다섯 개가 모두 잘리는 산재를 당한 태국 여성. 한국어나 영어를 전혀 못 하는 그와 이야기를 나누다 보니, 그는 소위 여행 비자로 입국했다가 취업한 불법체류노동자였다.

산재 당한 이주노동자들을 늘 만나다 보니, 미등록노동자들을 병상에서 만날 때가 종종 있다. 경험으로 볼 때 열 명 중 세 명 정도는 된다. 정부 공식 통계도 이를 뒷받침한다. 공식 통계를 보면, 우리나라에 있는 미등록자가 약 40만이다.

미등록노동자를 선호하는 중소기업들이 많다. 싼 임금으로 마구 부릴 수 있다고 생각하기 때문이다. 기업의 이윤 극대화 위해 싼 임금을 주거나 임금체불하는 등 착취할 게 많기에 불법체류자를 선호하는 거다. 이 맥락에서 볼 때 미등록노동자가 늘어나는 큰 요인은 자본에 있다고 본다. 무엇보다 이윤-착취의 극대화를 위해 물불을 가리지 않는 생리를 가진 자본이 불법체류노동자를 유인하고 양산하는 주요 요인이다.

미등록자들이 일하는 곳은 주로 기피 업종이나 농장이다. 노동조건이 열악해 내국 노동자들이 잘 가지 않는 곳이다. 이 때문에 내국인의 고용을 해치는 건 미미하다.

손가락 다섯 개가 잘린 태국 노동자. 두 아이의 엄마이기도 한 그의 쾌유를 빈다. 아울러 비록 미등록자라도 받을 수 있는 산재보험 혜택을 꼭 받기를 바란다. 소위 불법체류자가 산재를 당하면, 산재 신고는 물론 산재보험 신청마저 꺼리거나 방해하는 회사가 대부분이다. 산재보상 신청하면 강제 출국 되도록 신고하겠다고 협박하는 기업도 흔하다. 그의 회사는 그렇지 않기를 바란다.

나, 불법 사람 될래요

"사장이 사인 안 해 주면, 나, 불법 사람 될래요."

전화기 너머에서 들려오는 목소리가 단호했다. 네팔에서 취업비자를 갖고 들어와 채소재배농장에서 일하고 있는 노동자 게삽이었다.

그는 요즘 일터를 더욱 옮기고 싶어 한다. 얼마 전 근처 농장에서 일하던 친구가 다른 농장으로 옮기는 모습을 본 뒤 더욱 그렇다. 친구는 농장주와 몇 달간 싸워 더 나은 농장-축산업으로 옮겨갔다. 그도 친구처럼 축산농장으로 가고 싶어 한다. 축산 일을 배워 네팔로 돌아가 축산업을 하고 싶은 거다.

지금 일하는 채소농장에서 6년 동안 뼈 빠지게 일한 게삽. 그는 하루 12시간씩 휴일도 거의 없이 일했다. 한 달에 하루 쉬면 잘 쉬는 거다. 월급은 170만 원. 산재보험 혜택은 없다. 숙소는 농장 한쪽 비닐하우스 임시 건물. 무엇보다 그는 축산 일을 배우고 싶지만, 날마다 밭일만 하는 게 괴롭다.

작년부터 그는 사장에게 직장 이동을 위한 사인을 누차 요구했다. 그러나 번번이 거부당했다. 입국해 처음 이 농장에 온 것도 노동부의 일방적인 명령에 따랐던 것인데, 직장 이동도 고용주의 사인을 받아야 하니 노예나 다름없다는 생각을 그는 한다.

얼마 전 친구가 축산업 쪽으로 옮기는 과정을 보면서 그는 작심했다. 사장에게 한 번 더 요구해도 사인을 해 주지 않으면, 그냥 다른 축산농장으로 가버리겠다고 결심했다. 그냥 가면, 그날부터 소위 불법체류자가 되는 거지만 그걸 감수하겠다는 각오를 굳게 했다.

이주노동자들의 노동은 자아실현과는 거리가 아주 멀다. 동이 서에서 먼 것보다 더 멀다. 그들의 근로계약은 대등한 계약이 결코 아니다. 대등은커녕 철저한 갑을관계 계약이요, 노예 계약이다.

그런 계약이 불법체류노동자를 만드는 큰 요인이다.

바람 들어가면 안 돼요

"일 잘 하고 있는 애들, 괜히 바람 들어가면 안 돼요."

채소재배농장 농장주 말이다. 어제 늦은 오후 땅거미가 질 무렵, 미얀마 이주노동자들을 만나러 농장에 갔다. 지난번 음식을 대접한 미얀마 노동자들. 이른 아침부터 시작된 노동을 막 끝마치는 시간이었다. 일을 마친 뒤 만나려고 마감 시간에 맞추어 갔다.

농장주에게 인사를 건넸다. 그리고 신분을 밝혔다. 그러자 외부인을 경계하는 첫 마디가 그의 입에서 나왔다. 외부에서 오는 사람들 반갑지 않다고 하며, 바람 들어갈까 염려스럽다고 말했다.

이주노동자들을 고용하고 있는 농장주들을 만날 때, 공통으로 느끼는 게 있다. 그들 대부분은 노동자들을 노비로 여긴다. 노비로 취급한다. 농노로 알고 농노로 취급한다.

자본주의사회에서 노동자는 노동력을 파는 사람이다. 인격이나 몸까지 판 건 아니다. 이 사회에서 근로계약은 노동력을 사고파는 계약이다. 그러나 대개의 농장주는 인신을 샀다는 의식을 뼛속 깊이 가진 듯하다. 그들의 의식은 아직도 조선조에 머물러 있다. 그렇지 않다면 일과 후에 노동자가 누굴 만나든 무슨 행동을 하든 일일이 시시콜콜 간섭하지 않을 거다.

우리 사회 직장인의 80%가 겪는다는 갑질. 그 바탕엔 임금 받고 일하는 노동자에 대한 그릇된 인식이 짙게 깔렸다. 고용주들이 노동력만을 산 게 아니라 몸까지 산 것으로 여기는 거다. 그리고 그 몸–인신을 물건으로 취급한다. 그러니 온갖 추악한 갑질을 다 한다. 언어폭력, 물리적 폭력, 구조적 폭력 등 갖가지 폭력도 마구 휘두르고. 총자본이 마침내 국가까지 사유화하여 노동자들을 심히 억압, 착취하는 지경까지 간 거다.

종교들은 어떤가?

종교들은 뭐하나?

종교들은 인간을 자유롭게 하는 일을 하나?

안타깝게도 그렇지 못하다.

대개는 소수 가진 자들의 지배, 착취 이데올로기를 종교적으로 포장해 대변하느라 바쁘다. 자본의 이윤, 착취 극대화 위해 봉사한다. 동시에 노예도덕을 다수 대중의 가슴에 심느라 분주하다.

그러나 부활한 예수는 오늘도 여전히 갈릴리로 가신다. 그곳은 세상 모든 가치와 이윤의 원천을 창출하지만, 억압, 착취, 수탈당해 가난해진 사람들이 사는 곳이다.

부활한 예수의 영은 그들을 노비나 물건이 아니라, 사람으로 알고 만나러 가신다. 그들을 사람으로 세우는 일을 하신다.

기본권을 꼭 찾겠다는 마누힘

오늘 근로복지공단에 갔다. 마누힘(가명, 30세)을 따라서 갔다. 방글라데시에서 취업비자를 갖고 들어온 그는 그동안 공장에서 일했다. 그러다 지난 6월 그만 산재 사고를 당했다. 벨트에 왼손이 끼는 바람에 손가락 하나가 절단됐다. 매일 아침 8시부터 저녁 9시까지 중노동에 시달리다 손가락을 잃고 말았다.

그는 병원에 입원했을 때 우리 센터를 만났다. 한국말을 잘하지 못할 뿐 아니라 한국의 법도 잘 모르는 그는 센터의 도움을 받아 산재보상 신청을 하고자 했다. 그러나 방해가 있었다.

방해는 다름 아니라 그의 회사. 회사는 산재 신고를 꺼렸다. 그러면서 치료비를 다 대주고 휴업급여도 주고 장해보상비도 주겠다며 마누힘을 설득했다. 고용허가제에 따라 고용주에게 전적으로 매여 있는 이주노동자들 가운데 하나였던 마누힘은 회사의 유혹과 위세에 눌려 산재를 포기하고 말았다.

회사는 퇴원한 마누힘을 홀대했다. 퇴원도 한 달 정도 일찍 시켰을 뿐 아니라 휴업급여만 주고 말았다. 장해보상비는 아예 한 푼도 주지 않았다. 게다가 밤샘노동을 하도록 강요했다.

밤샘노동을 견딜 수 없던 마누힘은 회사 측과 싸워 직장을 옮기는 사인을 간신히 받아냈다.

회사를 나온 마누힘은 오늘 산재보상 신청을 했다. 근로기준법이 보장하는 최소한도의 권리를 빼앗기지 않으려는 몸짓이다. 최소한도의 기본권을 꼭 찾아 누리겠다는 의지다. 자신만이 아니라 백만 이주노동자 나아가 이 땅의 숱한 노동자들을 위해서 산재보상 신청을 이제라도 했다. 이런 행동 하나하나가 쌓여 큰 흐름이 된다고 믿기 때문이다. 이런 행동을 포기할수록 자본의 이윤, 착취 극대화를 위한 폭력이나 간계는 커지기 때문이다.

마누힘에게 박수를 보낸다. 예수 이름으로 박수를 보낸다. 왜냐하면, 야훼 하나님은 히브리 노예의 신이기 때문이다. 동시에 히브리를 위한 신이기 때문이다. 나아가 히브리의 해방을 추동하고 견인하는 신이기 때문이다. 히브리-하비루는 본래 노예를 비롯한 기층민을 가리킨다. 그건 본래 혈연 집단이 아니다. 고대 근동지방 여기저기서 억압받고 착취당하고 차별당하고 소외된 사람들을 일컫는 말이다.

성육신하신 예수는 아예 태생부터가 외양간 출신이다. 목수 노동자로 사셨다. 그러다 당대 하비루들이 모여 사는 갈릴리에서 하나님의 나라-새 사회운동을 하셨다.

다섯 손가락 잘린 쁘앗의 고민

쁘앗을 다시 만났다. 그녀는 본래 여행 비자로 입국했다. 공장서 노동하다 손가락 다섯 개를 모두 잘리는 사고를 당했다. 입사한 지 한 달 만이었다. 회사는 역시 산재 신고는 물론 산재보상도 원치 않는다. 적당히

치료해주고 보상비 몇 푼 주어 끝내려고 한다. 지금 회사가 제시한 보상비는 산재보상으로 줄 거로 예상되는 장해보상비의 5분의 1도 안 된다.

산재보험 혜택을 받으려면 노동자 본인이 신청해야 한다. 이 보험은 치료비, 휴업급여, 장해보상비를 준다. 하지만 그녀는 망설이고 있다. 두려움 때문이다. 이걸 신청하면 자신의 신분이 드러나 강제 추방당할지도 모른다는 두려움 때문이다. 회사가 원치 않는 산재보험을 신청하면 회사 쪽에서 자신을 출입국관리소에 신고할까 봐 또 심히 염려한다.

두려움에 눌린 쁘앗. 누차 상황 설명을 해주어도 두려움과 불안에 여전히 사로잡혀 있다. 한국어, 영어를 전혀 못 해 번역기로 간신히 의사소통하는 쁘아. 한국 물정에 어두운 그녀. 두 아이의 엄마인 쁘앗.

죽음과 죽임

죽음은 자연스럽다. 죽임은 부자연스럽다. 자연사는 어찌 보면 축복이다. 그러나 죽임은 저주다.

성서는 처음부터 죽임에 주목한다. 강자 가인에게 억울한 죽임을 당한 약자 아벨에게 비상한 관심을 둔다. 그의 한 맺힌 소리를 생생히 들려준다.

성서의 중심 뿌리인 출애굽 사건은 초점을 온통 히브리 노예들에게 맞춘다. 고대 이집트 제국에 눌리고 착취당하다 죽어간 하비러 노예들의 울부짖음에 귀를 기울인다. 그리고 그들의 해방을 부추기고 도모한 야훼의 행동을 부각한다.

여러 선지자의 목소리는 한결같이 착취, 억압당하다 죽임당한 약자들의 한 맺힌 소리, 억울한 죽임을 당한 사회적 약자들을 대변하는 소리다.

십자가에 처형당한 예수는 죽임당한 사람이다. 아무 죄가 없는데 죽임을 당했다. 아니 의로운 분이 죽임을 당했다. 로마제국과 이스라엘 지배 권력자들(신정체제)에게 미움을 받아 33세에 잡혀 죽임을 당했다. 십자가형은 종교적 형벌이 아니다. 당시 종교적 형벌은 돌로 죽이는 거다.

태생부터 외양간 출신에다가 서른 살까지 목수 노동을 한 예수는 자신을 사회적 약자들과 동일화하였다(마태 25장 양과 염소 비유). 그러면서 헌 집을 헐듯 늙은 사회를 허물고 하나님의 나라-새 세상을 세우기 위한 활동을 작은 자들과 더불어 하셨다.

부활한 예수는 갈릴리로 가셨다. 그곳은 억눌리고 착취당해 가난하고 병든 사람들이 모여 살던 곳이다. 세상 모든 가치와 이윤의 원천을 창출하나 빼앗겨 병들고 가난해진 사람들이 모여 사는 곳. 자연사보다 사회적 타살이 많은 곳. 그곳이 메시아 예수가 현존하는 자리다.

이 겨울, 청년 노동자가 또 죽임을 당했다. 석탄발전소에서 일하던 그를 죽인 건 컨베이어벨트가 아니라 착취구조다. 그는 기업 살인을 당했다. 오로지 이윤, 착취 극대화를 꾀하는 자본이 지배하는 헬조선이 그를 죽였다. 해마다 2,400명 이상을 산재로 죽이는 정글 사회구조는 하루도 멈추지 않는다. 죽임당한 이들의 소리는 하루하루 쌓인다. 차곡차곡. 날로 커지고 있다.

그 소리가 이집트 파라오체제를 무너뜨렸듯이 탐욕지배구조가 허물어지길 바란다. 돈이 왕 노릇 하는 사회가 무너지길 빈다. 수령주의 왕조체제와 더불어 무너지길 빈다. 모든 죽임의 근원인 탐욕적인 시스템이 분

쇄되길 갈망한다. 천만 비정규직 노동자와 백만 이주노동자들을 노예처럼 부리며, 매년 2,400명이 넘는 노동자들의 피를 먹어야 굴러가는 헬조선이 허물어지고, 새로운 세상이 세워지기를 바란다.

탐욕주의 구조를 허무는 일은 우선 지금 사지로 내몰린 사람들의 몫이다. 오늘의 갈릴리 사람들 외에 어느 누가 그 일에 앞장서랴.

국회가 기업 살인법을 거부하는 까닭

중대재해를 일으키는 기업을 강력히 처벌하자는 기업 살인법. 그 입법을 국회가 거부하는 까닭은 뭘까?

대다수 국회의원이 자본 편에 서서 일하는 머슴이기 때문이다. 다수가 땀 흘려 맺은 열매를 소수가 가로채 독식하는 헬조선에서 입법부는 행정부나 사법부와 마찬가지로 소수 부자를 위해 일한다. 노골적으로 일하기도 하고 음흉하게 일하기도 한다. 노골적으로 자본 편에 서는 의원들보다 음흉한 의원들이 더 미울 때가 많다. 겉으로는 중산층, 서민을 위한다고 떠들면서 속으로는 소수 가진 자 편에 서서 성실히 일하는 자들. 소수, 부자-자본-재벌을 위한 계급의식이 투철한 자들.

노동자들을 얼마든지 죽이더라도(한국에서 매년 산재로 죽임을 당하는 노동자가 2,000명이 넘는다), 오로지 이윤, 착취 극대화를 꾀하는 자본. 그 자본을 입법부까지 나서서 적극적으로 지원한 결과는 뭔가?

그동안 입법, 행정, 사법부 등 국가가 적극적으로 나서서 자본을 위해 일한 결과는 1:99 사회다. 반노예 같은 천만 비정규직을 양산하고 백만 이주노동자들도 끌어들여 착취를 고도화했다. 그 결과 세계 최대 자살률을 기록하며 세습자본주의 사회를 만들었다.

국민 대다수가 노동력을 팔아먹고 사는 노동자인데 왜 대다수 국회의원은 자본 편인가? 자유로운 보통선거가 시행되고 있는데, 왜 그런 위인들을 떼로 뽑아놓는가?

탐욕주의에 취해 해롱대고 있는 기독교회나 종교들 때문인가. 재벌왕국이 주문한 맞춤교육을 하는 교육 때문인가. 기업들의 광고비로 운영되는 주류 언론 때문인가. 이유야 어떻든, 누가 이 야만적인 판을 뒤집을까? 지금 사지로 몰리는 노동자들 외에 누가 뒤집을까.

임금 노예-노동자들 가운데서도 밑바닥에 있는 암하레쯔(땅의 사람들) 아니면 누가 그 일에 앞장설까. 세상 모든 가치와 이윤의 원천을 창출하나 빼앗겨 가난한 사람들(암하레쯔)이 아니면 누가 그 일을 감당하랴?

외양간에서 태어나 평생 목수로 살았던 예수 같은 암하레쯔 아니면 누가 그 좁은 길을 갈까. 선한 부자가 할까. 착한 CEO가 해줄까. 먹물들이 할까. 수령 같은 사이비 영웅이 할까. 신령한 사람이 할까. 깨달은 각자가 할까.

노동자라고 해서 다 노동자가 아니다. '노동자성'이 있어야 노동자다. 노동자성은 십자가형(crucifixion)이 기다리고 있더라도 좁은 생명 길을 예수처럼 뚜벅뚜벅 가는 의지다. 자본주의 치마폭에 휩싸여 해롱거리는 교회나 종교를 보고 실망하지 말라. 기대도 하지 말라. 의지도 하지 말라. 거기엔 가래침을 뱉어라. 그건 예수가 이미 단정한 대로 '강도의 소굴'

일 뿐이다.

국회 의원석을 노동자성을 가진 사람들이 대거 차지하는 날을 위해, 생명의 극대화를 위해, 오늘도 변함없이 암하레쯔들 속에서 일하시는 부활한 예수의 영과 동행하자.

"나는 길이요 진리요 생명이다."

이윤, 착취의 극대화가 아니라 생명의 극대화라는 원리로 돌아가는 사회가 우리 모두가 참사람으로 사는 길이다.

잔드라가 힘들어하는 것

잔드라는 오늘도 새 직장을 찾아 나섰다. 자기 집도 아닌 친구 집을 나섰다. 엄밀히 말해 친구 집도 아니다. 친구의 기숙사다. 방글라데시 친구 노동자가 일하는 회사의 기숙사. 기숙사라고 하기도 어려운, 회사 한쪽에 있는 불법 임시 건물 컨테이너 숙소다.

그는 친구 컨테이너에 머물며 눈칫밥을 먹고 새 직장을 구하는 중이다. 여기 포천 오기 전에 그는 경기도 광주에서 친구 노동자 집에 머물며 일할 회사를 한동안 찾았다. 손가락이 잘리는 사고를 당한 회사(포천 지역)를 나온 뒤 그는 이렇게 구직을 위해 두 달 동안 여기저기 전전하고 있다.

취업비자를 갖고 들어온 이주노동자 대부분은 직장 선택의 자유가 없다. 상당수 이주노동자는 직장 이동의 자유나 직장 선택의 자유가 없다. 그들은 처음 입국 때부터 노동부가 일방적으로 지정해준 회사에 가야 한다. 본인의 적성이나 취향이나 의사 등은 완전히 무시된다. 회사를 옮길 때도 지정해준 곳에 무조건 가야 한다. 지정해준 곳이 마음에 들지 않으면 다시 신청할 수는 있다. 그러나 고용을 원하는 여러 회사 가운데 어느 하나를 선택할 자유는 전혀 없다.

고용주의 허락을 받아야 직장을 옮길 수 있는 이주노동자들. 어렵게 고용주의 사인을 받아 다른 곳으로 옮길 때도 노동부-고용지원센터가 일방적으로 지정해준 회사에 가야 한다.

또한, 직장 이동할 때 그들은 3개월 안에 구직 결정을 해야 한다. 이전 직장을 나와 새 직장을 구하는 동안 휴업급여는 없다. 게다가 더 난처한 일은 구직하는 동안 거처할 곳이 없다는 점이다. 직장 이동 사인을 고용주로부터 받는 날 노동자는 숙소를 나와야 한다. 이국땅에 온 이주노동자들은 구직하는 동안 거처할 곳이 마땅치 않다.

잔드라가 만약 3개월 이내에 새 직장을 얻지 못하면 불법체류자가 되거나 강제 출국당한다. 그래서 그는 날이 갈수록 초조하다. 만기가 다가오면 그는 노동조건이 형편없는 회사에라도 들어가야 한다.

방글라데시에서 대학을 나온 잔드라(30세, 가명). 그는 한국사회가 노동의 기회를 준 것에 대해 감사한다. 그러나 직장 선택의 자유가 전혀 없는 점은 힘들어한다. 손가락이 절단됐을 때 산재 신고나 산재보상마저 꺼렸던 회사에 대해서는 치를 떨고, 직장 이동을 위해 고용주의 허락을 받아야 하는 법에 대해서 분노한다.

이 글을 쓰고 있는 동안 그가 전화했다.

"어떻게 됐어요?"

오늘 노동부가 지정해준 회사를 찾아간 그에게 결과를 물었다.

"안 됐어요. 월급은 이전 회사보다 백만 원이나 적어요. 기숙사비도 따로 내래요. 매달."

짙은 안개와 미세먼지가 뒤섞인 하늘만큼이나 답답한 날이다.

오늘의 마구간

성탄 주일이다. 오후 이주노동자들이 일하고 있는 농장을 찾았다. 포천 지역 여러 농장 가운데 캄보디아 여성노동자들이 일하는 곳에 갔다. 수십 개가 늘어선 비닐하우스 가운데 하나로 들어갔다. 그 안에서 두툼한 옷들을 입고 채소 수확작업을 하고 있었다.

친구가 보내준 빵을 건네며 잠시 이야기했다. 일 년 중 해가 가장 짧은 요즘 그들은 아침 7시부터 오후 5시까지 일한다. 하루 12시간 꼬박 일하는 다른 때에 비해 노동시간이 좀 줄어든 거다. 휴일은 한 달에 단 한 번 토요일 쉰다. 취업비자로 들어온 그들의 월급은 150만 원 정도. 숙소는 농장 옆 임시 건물.

이주노동자들 없이는 이 나라 농사를 지을 수 없다. 각종 채소는 물론 과일 재배가 어렵다. 불가능한 건 중소기업도 마찬가지다. 이주노동자들 없이는 이 나라 중소기업도 경영할 수 없다는 말을 기업인들 스스로 할 정도다.

백만이 넘는 이주노동자들 없이 농사든 중소기업이든 경영이 어렵다는 말은 다시 말해 한국인들은 그들 덕에 먹고산다는 말이다.

한국은 착취공장형 재벌왕국이다. 10% 재벌 대기업들이 나라 전체 기업 이익의 90%를 독식한다. 이 왕국에서 10% 인간들은 나라 전체 부의 65%를 차지하고 있는데, 해마다 소득의 절반을 또 가로채 가져간다.

이 탐욕의 왕국, 맨 밑바닥에 깔린 게 백만 이주노동자다. 그들은 마치 인도의 불가촉천민 같다. 직장 이동하려면 고용주의 허락을 받아야 하는 등 야만적 제도로 묶여 있는 게 불가촉천민, 노예 아니고 뭔가. 차별의 제도화로 인해 묶여 있는 현대판 노예.

노예나 다름없는 사람들이 우리 사회에 또 있다. 무려 천만 명이나 된다. 비정규직 노동자들이다. 최근 충남 석탄화력발전소에서 컨베이어벨트에 사지가 찢겨 죽임을 당한 청년 김용균의 근로계약은 노예 계약이었다. 노동현장이 죽임당할 현장임을 뻔히 알아도 계약하도록 강요하는 구조 아래 놓인 노동자가 비정규직 하청노동자들이다.

성육신하신 예수. 사람이 되신 하나님의 아들이 태어난 곳은 마구간이다. 세상의 가장 밑바닥에서 나신 거다. 하나님의 현존 자리는 바로 그 밑바닥이다. 거기는 하나님을 만나는 현장이다. 인간이 하나님과 교제하고 연합할 수 있는 자리다. 돈푼깨나 있는 자들이 설치는 교회나 성당이나 절은 강도의 소굴이다.

백만 이주노동자와 천만 비정규직 노동자들이 오늘의 마구간이다.

오늘 빨간 날인 거 알아요?

"김 Pastor(목사)님, 오늘 일해요. 그래서 못 가요."

방글라데시 노동자 하메이(가명, 27세)의 전화였다. 성탄절에 식사하는 자리에 오기로 약속한 그가 오늘 공장에서 일하고 있었다.

"오늘 빨간 날인 거 알아요?"

"네, 알아요."

한국에 온 지 2년 정도 되어 한국말을 제법 하는 그는 빨간 날이라는 표현도 알고 있었다. 성탄절이 공식적인 공휴일인 줄 알지만, 그는 아침 8시부터 일을 하고 있었다.

"오늘 사장한테 말하고 쉬지 그랬어요?"

"김 Pastor(목사)님, 나 쉴 수 없어요. 월급이 너무 적어요. 일 힘든데 월급은 조금이야."

임금이 최저임금도 안 되기에 그런 말을 하는 거다. 빨간 날도 울며 겨자 먹기로 일을 할 수밖에 없다는 얘기다. 그에게 다른 질문을 던졌다.

"빨간 날 일 하면 임금 더 받아야 하는 거 알아요?"

"네, 알아요."

"150% 받아야 하는 거 알아요?"

"네."

"회사에서 그렇게 계산해 줘요?"

"아니요."

"그래요?"

"그런 거 없어요."

"그럼 오늘 사장한테 말해요."

"알았어요. 근데 김 Pastor(목사)님. 나 사장한테 말 못해요. 사장이 싫어하면 어떻게 해요. 내년 봄에 다른 회사로 가려고 하는데 그때 사장이 사인 안 해주면 어떡해요. 지금은 사장에게 잘 보여야 해요."

대개의 이주노동자는 직장을 옮기려면 고용허가제에 따라 고용주의 허락을 받아야 한다. 휴일근무수당 같은 걸 요구했다가 사장의 미움을 받아 직장 이동 허가 사인을 못 받을까 봐 그는 지레 겁을 먹고 있는 거다.

"하늘에는 영광, 땅에는 평화!"

이 말씀과 거리가 먼 시대다.

농장서 만난 이주노동자 부부

12월 30일. 한해 마지막 주일이다. 오후, 포천지역 비닐하우스농장을 또 찾아갔다. 줄지어 있는 농장들 가운데 하나에 들렀다. 체감 온도 영하 20도 가까이 떨어지는 날씨에도 불구하고, 두꺼운 옷을 입고 이주노동자들이 분주하게 일하고 있었다.

비닐하우스 안에서 쑥갓을 한창 수확하고 있는 이주노동자들을 만났다. 베트남에서 온 여자 노동자들이었다. 일하느라 정신이 없어 긴 얘기를 할 수 없었다. 가져간 빵을 건네고 짧은 대화를 하고 나오는데, 젊은 남자가 손가락에 붕대를 감고 밖에 서 있었다.

알고 보니, 그는 공장에서 일하다가 다친 베트남 이주노동자였다. 그는 나를 농장 한 귀퉁이에 있는 기숙사로 친절하게 안내했다. 검은 비닐로 위장해 놓은 침침한 임시 건물로 우리는 들어갔다. 식탁에 앉아 이야기를 나눴다.

그는 농장에서 좀 떨어진 공장에서 일하는 노동자 하누(가명, 32세)였다. 산재를 당해 일을 못 하는 그는 자기 부인이 일하고 있는 농장에 들른 것이다. 부부는 한국에 7년 전 취업비자를 갖고 들어왔다. 비자 만기가 되어 본국으로 돌아갔다가 다시 들어왔다. 그들은 외아들을 두고 와서 맞벌이하고 있었다.

"그동안 돈 많이 벌었어요?"

내 물음에 그는 해맑게 웃기만 했다. 그러다 입을 열었다. 토요일, 일요일에도 쉬지 않고 하루 12시간씩 일해, 한 달에 230만 원 정도 월급을 받는다고 말했다. 부인의 월급은 170만 원.

"그동안 여기서 살면서, 한국에 대해 좋은 점은 뭐에요?"

"일해서 좋아요."

"베트남에는 일없어요?"

"일 있지만, 월급 적어요. 여기서 일하는 거 똑같이 해도, 월급 30만 원 정도밖에 안 돼요."

"앞으로 베트남 돌아가면, 뭐 할 거예요?"

"아직 몰라요."

그의 얼굴은 밝았다. 잇몸이 다 드러나게 웃는 그의 눈빛은 빛났다.

우리는 전화번호를 주고받았다. 그리고 친구를 맺었다. 나는 산재보험에 관해 설명한 뒤, 그의 손가락 쾌유를 빌어주었다. 이국땅에까지 와서 땀 흘려 일하는 부부의 앞날을 축복했다.

산재지정병원이 왜 그러지?

강자들이 손잡고 약자를 괴롭히거나 착취하는 걸 볼 때 참 절망적이다. 단지 보는 정도가 아니라 체험적으로 겪을 때 분노하지 않을 수 없다. 분노를 넘어 그 가진 자들이 불쌍하다는 생각이 들기도 한다. 약자의 등골을 빼먹는 그들이 측은하다. 사회적 약자인 이주노동자들 편에 서서 일하다 보니 그런 경우를 자주 겪게 된다.

새해를 맞았다. 산재지정병원에 들렀다. 손가락 다섯 개가 잘린 여성 이주노동자를 병실에서 상담하고 있었다. 그녀 회사는 산재 처리할 의사가 전혀 없었다. 하지만 나는 산재 신고는 물론 산재보상 신청도 하도록 도왔다. 기본적으로 일하다 다친 노동자는 누구나 법적으로 다 받게 되어 있는 그 신청을 한국말을 전혀 못 하는 그녀가 하도록 도왔다.

그런데 그 병원 원무과 책임자가 병실로 올라와 나를 제지했다. 목사님이 병실에서 산재 문제 상담을 하면 안 된다며 그랬다. 그와 한동안 승강이를 벌였다. 논쟁도 했다. 수수료 1원 한 푼도 받지 않고 산재 노동자를 돕는 것은 선교활동이라며 맞섰다. 하지만 그는 병원 규칙을 내세웠다.

산재를 당한 이주노동자의 절반도 산재 신고조차 되지 않는 게 현실이다. 소위 불법체류자는 거의 신고 되지 않는다. 아예 산재 신고조차 되지 않으니 산재보상을 받지도 못하는 거다. 그러나 그동안 나는 만나는 산재 노동자마다, 불법체류자들까지 대부분 산재보상을 받도록 도왔다. 그러다 보니 고용주들과 산재지정병원 원무과가 나를 경계하고 싫어했다.

산재지정병원은 산재보험 신청 업무를 대행한다. 정부의 근로복지공단으로부터 위임받은 업무를 한다. 그러다 보니 흑심을 먹으면 기업과 긴밀한 관계를 맺고 산재 이주노동자들을 괴롭힌다. 산재지정병원이 한국어나 한국법을 잘 모르는 이주노동자들을 따돌리고 기업 편에 서서 산재 업무를 처리하는 경우가 생긴다. 물론 그렇지 않은 산재지정병원이 많을 거다. 그러기를 바란다.

나는 작년에 노동부가 기업주 편에 서서 이주노동자 문제를 처리하는 걸 직접 겪었다. 요즘엔 기업 편에 서서 일하는 한 산재지정병원을 온몸으로 체험하고 있다.

컨테이너는 집이 아니다

"김 Pastor(목사)님, 머리 많이 아파요."

무하무(가명, 30세)의 전화였다. 전화를 받자마자 그는 다짜고짜 머리가 아프다고 했다.

"왜?"

"너무 추워요."

코가 시려 이불을 완전히 뒤집어쓰지 않으면 잠들 수 없는 공장 기숙사에서 지내다 보니, 몸살감기에 걸린 거다. 그는 점심때가 되었는데도 몸이 좋지 않아 아직 일어나지 못하고 있었다. 포천지역 체감 온도가 영하 20도까지 내려간 날이었다.

그의 숙소는 사실 기숙사라고 말할 수도 없다. 공장 마당 구석에 놓인 컨테이너기 때문이다. 사람이 살 집으로 개조한 컨테이너가 아니다. 단열한 것도 아니다. 바닥에 전기장판만 깐 정도의 열악한 환경이다.

"요리 방에 있는 감자, 양파는 얼었어요."

방글라데시에서 취업비자를 갖고 들어온 지 2년 된 그는 주방을 요리

방이라 했다. 주방이라야 컨테이너 한쪽을 칸막이로 막아 놓은 곳으로 난방을 전혀 하지 않는 곳이다. 그곳에서는 온수는커녕 냉수 그것도 밖에 있는 지하수를 받아다가 요리를 해야 한다.

"내가 회사에 가볼까?"

그는 대답을 꺼렸다. 혹시라도 사장에게 찍혀 불이익을 당할까 봐 두려워했다. 이런 회사를 그만두고 다른 회사로 옮기려면, 사장의 사인을 받아야 하는 법이 있기에 눈치를 보는 것이다.

지난해 말, 노동부는 새해 근로감독에 대한 방침을 발표했다. 단속보다는 기업의 자율에 맡기겠다는 방침. 그동안 허술하기 짝이 없는 근로감독을 해온 노동부가 그런 발표를 하는 걸 보고, 나는 참 어이가 없었다. 올해 김용균 청년 노동자의 죽음 같은 사건이 줄어들 거 같지 않아 보여서였다. 강력한 근로감독을 해야 할 판에 오로지 이윤, 착취의 극대화 위해 혈안이 된 자본–기업 편에 더 서겠다는 정부 방침을 세웠으니 말이다.

이주노동자들의 절반 이상은 컨테이너나 불법건축물에서 살고 있다.

해만 바뀌었지 노동자들의 조건은 바뀐 게 없다. 바뀔 게 없어 보인다. 오히려 악화할 게 뻔하다. 백만 이주노동자와 천만 비정규직은 더욱 그렇다.

이런 상황에서 기도는 무엇인가?

무슨 기도를 해야 하나?

예수 이름을 걸고 하는 기도인데 말이다.

새해 벽두에 기도부터 점검하게 된다.

노예도덕을 부지런히 가르치는 교회들의 기도는 1:99 탐욕의 왕국을 굳건하게 세우고 허다한 기복 교회들의 기도는 헬조선을 악화시킨다.

새해 벽두 20대 노동자 또 산재 사망

2019년 새해 첫 주, 젊은 노동자가 또 산재로 목숨을 잃었다. 우리나라 산재 사망률은 OECD 국가 중 최고다. 해마다 2,000명 이상 죽임을 당한다. 정부는 그 통계를 축소하고 왜곡하고 은폐도 한다. 매년 세월호 사건의 희생이 8번 정도 나는 것과 같다. (가령 정부는 택배, 화물 운수 등 특수 고용 노동자 250만 명의 산재 사망은 통계에 넣지 않는다.)

한국 산재 사망률은 일본, 독일의 4배, 영국의 14배이다. 이 나라의 산재 사망은 국가의 강력한 지원을 받은 기업이 죽이는 것이자 사회적 타살이다. 사회 구조적인 폭력의 성격이 짙다. 영국, 캐나다 등은 기업 살인법이 있다. 그 법을 갖고 산재 기업을 강력히 처벌한다.

지난해 말, 이 나라 노동부는 새해 근로감독 방침을 발표하면서, 단속 대신 기업 자율에 맡기겠다고 했다. 그동안 느슨하기 그지없는 근로감독을 해왔는데 기업 자율에 맡기겠다니 기가 막히는 얘기다. 참으로 어이없다.

오직 이윤, 착취의 극대화를 위해 수단, 방법을 가리지 않고 전력으로 질주하는 자본-기업 편에 서서 일하는 정부가 있는 한 산재 사망은 늘어나기만 할 게 뻔하다. 노동자들을 죽이는 산재 사건은 계속 늘어날 거다.

건물주가 되고 싶은 뜨엉

토요일, 뜨엉(가명, 26세)을 만났다. 농촌 이주노동자인 그는 격주로 토요일에 쉰다.

채소를 재배하는 비닐하우스농장 한편에 있는 숙소에서 그와 마주 앉았다. 밖은 영하의 날씨지만 손바닥만 한 방안은 온기가 좀 있었다. 바닥에 전기온돌을 깔았다. 그에게 가져간 빵을 건네자 그는 내게 과일 음료수를 대접했다.

"한국에 온 지 얼마 되었어요?"

"3년."

그는 한국말을 좀 했다. 기본적인 의사소통은 가능했다. 한자 낱말을 피하고, 순우리말이나 입말을 쓸수록 잘 알아들었다.

"취업비자를 갖고 있죠?"

"네."

"그동안 돈 많이 벌었어요?"

웃으며 던진 나의 물음에 피부색이 거무스레한 그는 웃기만 했다. 잠시 뒤 그는 월급이 170만 원이라고 말했다.

"여기서 일하는 거만큼 미얀마에서 일하면 월급 얼마나 받아요?"

"20만 원, 30만 원."

음료수를 마시며 다시 얘기를 나눴다.

"앞으로 한국에서 얼마나 더 일할 거에요?"

"2년."

"미얀마에 가면 뭐 하고 싶어요?"

"기숙사 지을 거에요."

"기숙사?"

기숙사라는 말에 내가 의아해하자, 그는 부연설명을 해줬다.

"조그만 공장들 많은 곳에 집 지을 거에요. 그리고 거기 공장에서 일하는 사람들에게 방 빌려줘요. 그리고 월세 받아요."

"아, 네."

알겠다는 표정을 짓자, 그는 다시 말을 이었다.

"그러면 힘든 일 안 하고 살 수 있어요."

순간 나는 '건물주'라는 단어를 떠올렸다. 창조주 위에 있다는 건물주. 우리나라 초등학생들도 가장 선호하는 장래 희망이라는 건물주.

지금 나와 마주 앉은 이주노동자의 장래 희망이 건물주라는 사실을 확인하는 순간, 복잡한 생각들이 나를 휘감았다. 그것들이 순식간에 방 안에 가득 차는 듯했다.

여기 구멍도 있어요

1월 둘째 주일 오후. 우잘(가명, 30세)이 사는 기숙사를 방문했다. 그건 포천지역에 있는 한 공장 마당 구석에 있었다.

그 기숙사는 집이 아니었다. 사람이 사는 집이라 할 수 없는 곳이었다. 회사는 창고로나 쓸만한 작은 컨테이너 한쪽을 그의 기숙사로 주었다. 차

라리 개집이라 하면 더 어울릴 공간이었다. 1.8 미터 ×2.5m 정도. 작은 컨테이너 내부를 칸막이로 막은 공간 방의 넓이는 교도소 독방만 했다.

오늘 비교적 온화한 겨울 날씨였지만 실내 공기는 차갑기만 했다. 앉아 있는 나의 무릎이 시렸다. 바닥엔 낡은 전기온돌이 있었지만, 철로 만든 출입문 틈으로는 찬바람이 들어왔다. 그야말로 황소바람이 술술 들어왔다. 웃풍이 몹시 서늘했다.

"여기 구멍도 있어요."

"앉아 있던 그가 일어나며 방 천장 구석을 가리켰다. 달력을 들어 올리자 환풍기를 설치했던 사각 구멍이 보였다. 뚫린 그대로였다.

"사장한테 얘기했어요?"

"네, 여러 번 얘기했어요. 그래서 이 전기 히터 줬어요. 이건 밤에 잘 때는 킬 수 없어요. 불날지 몰라요. 잘 때는 너무 많이 춰요."

방글라데시에서 취업비자를 갖고 들어온 지 3년째인 그는 한국말을 곧잘 했다.

"김 Pastor(목사)님, 나 어떻게 해요?"

춥다는 얘기를 한창 나누던 그가 내게 돌출 질문을 했다. 그의 눈빛을 보니 직장을 옮기는 문제에 대한 물음이었다.

"글쎄, 이렇게 추워서 살 수 있겠어?"

"김 Pastor(목사)님, 김 Pastor(목사)님은 여기 살 수 있어요?"

이번에 그는 아주 검은 눈썹을 곧추세우며 도전적인 질문을 내게 던졌다.

"나? 나는 여기서 하루만 살아도 폐렴 걸려 죽겠다."

작별 인사를 나눌 때, 그는 작심 발언을 했다.

"김 Pastor(목사)님, 나는 이번 주에 마지막으로 사장한테 말할 거에요."

직장을 다른 곳으로 옮기려면 받아야 하는 고용주의 사인. 그걸 해달라는 말을 또 하겠다는 거였다. 대개의 이주노동자는 직장을 옮기려면 고용주의 허락을 받아야 한다, 는 고용허가제-노예 법에 묶여 있다.

"사장이 사인 안 해주잖아요."

"안 해주면, 일 안 할 거예요."

"스트라이크 Strike(파업)?"

웃으며 말하자, 그는 단호하게 화답했다.

"네, 스트라이크!"

나는 엄지손가락을 들어 올렸다.

나 베트남 좋아해요

호짜이(가명, 29세)를 만났다. 취업비자를 갖고 베트남에서 온 그를 병실서 보았다.

그는 공장서 일하다 발을 심하게 다쳤다. 깁스하고 있었다. 기본적으로 받아야 할 산재보상에 관해 얘기해 주자 얼굴이 어두워졌다. 사장이 산재 신고도 안 하고 산재보험 신청을 꺼리고 있었다. 입원한 지 두 주가 지났지만, 사장은 여전히 피했다. 적당히 치료나 해주고 돈 몇 푼 쥐여주고 말 속셈인 거다.

산재보상 신청은 본래 노동자가 하는 거지만, 그는 사장에게 밉보일까 봐 염려했다. 독단적으로 신청했다가 사장의 미움을 받으면 취업비자 연장도 힘들고 재입국 취업도 어려워지는 등 불이익을 당할까 봐 걱정했다. 고용주에게 전권을 부여한 법이 있어, 이주노동자는 늘 주눅이 든다.

하기야 천만 비정규직 노동자들도 처지는 비슷하다. 하청 노동자들의 조건도 반노예와 같다. 그들도 산재를 당해도 산재 신고 못 하는 경우가 허다하다. 노동현장의 구조가 그렇다. 산재 신고 못 하도록 압박하는 구조적인 폭력이 강력히 버티고 있다.

호짜이는 나와 약속했다. 다음 주에 산재보상 신청을 하기로. 사장이 반대해도 하기로 했다. 나와 대화를 한참 나눈 뒤 결심했다.

"나, 베트남 좋아해요."

아직도 상한 얼굴을 하는 그를 향해 내가 돌출적인 말을 불쑥 던졌다. 그를 북돋기 위해서. 순간 눈동자가 빛나는 그를 보며 나는 말을 계속 이었다.

"너의 나라는 강대국들을 물리친 나라지. 침략자 프랑스, 일본, 미국 등과 당당히 맞서 싸워 물리쳤지. 모두."

그는 얼굴은 상기되었으나, 말은 맥 빠지게 했다.

"근데 일할 곳이 많지 않아요. 월급은 조금이고."

생명 같은 1,500만 원

히무가 엉뚱한 곳으로 갔다. 체불임금을 받기 위한 서류를 내기 위해 노동부 의정부지청에서 만나기로 했는데, 그만 어긋났다. 한국말을 제대로 못 하는 그가 찾아오느라 애를 먹었다.

노동자들이 체불임금을 받기란 하늘의 별 따기다. 이주노동자는 그보다 더 어렵다. 그러니 누적된 체불임금이 수십, 수백조나 된다.

석 달 전 그는 임금(퇴직금 포함) 1,500만 원을 주지 않은 기업주를 노동부에 신고했다. 그 회사를 나온 뒤 그 고용주를 여러 번 찾아가 요구했지만, 그때마다 사장은 배짱을 부렸다. 제 재산을 다른 사람 이름 앞으로 돌려놓은 사장은 상습적으로 이주노동자들에게 줄 임금을 체납했다.

조사를 마친 노동부는 이제 사건을 검찰로 넘겼다. 앞으로 민사재판까지 하려면 몇 달이 걸린다. 한국말도 모르고, 한국 법도 모르고, 한국 물정도 잘 모르는 외국인노동자가 체불임금을 받기는 거의 불가능한 일이다. 더구나 이주노동자 대부분은 기피 업종 회사에 다니며 매여 있기에 평일 낮에 회사를 빠져나와 이런저런 업무를 보기가 어렵다. 또 사건이 몇천, 몇억 거금 사건이라면 변호사나 노무사에게 맡기지만, 대개 소액인지라 그도 여의치가 않다.

뼈 빠지게 노동하고 임금을 받지 못한 이주노동자들은 체불임금을 포기하는 경우가 많다. 그들의 약점을 알고 이주노동자의 임금이나 퇴직금을 떼어먹는 기업주가 흔하다.

방글라데시 고향에 계시는 그의 어머니는 얼마 전 암 진단을 받았다. 돈이 없어 치료를 제대로 받지도 못하고 있다. 아버지는 연로하시고 누이

들은 모두 결혼했다. 결혼해 어린 자녀가 있는 히무는 외아들로서 마음이 몹시 아프다. 1,500만 원이 어떤 기업주에게는 하룻밤 술값-화대일지 모르나 그에게는 어머니를 살릴 수 있는 생명 같은 것이다.

나는 돼지, 소가 아닙니다

사하가 사장과 결국 한판 붙었다. 새로운 회사에 들어간 지 한 달 반 만에 틀어지고 말았다.

3년 전 취업비자를 갖고 방글라데시에서 온 그가 다닌 회사는 실을 감는 도구를 만드는 작은 회사다. 여사장이 남편과 함께 이주노동자 세 명을 데리고 일한다.

사하(33세)는 입사한 첫날부터 힘들어했다. 무엇보다 욕을 입에 달고 사는 여사장(50대) 때문이었다. '인마' 같은 반말은 애교스럽다. 툭하면 새끼, 개새끼, 씨팔놈 등 욕설하는 건 도저히 참을 수가 없었다. 다른 노동자들은 가만히 있었으나 그는 참지 못했다. 익숙해진 건지 적응이 된 건지 잠잠히 지냈으나, 그는 견디지 못했다.

"한국 사람, 방글라데시 사람 똑같이 사람입니다. 저는 돼지, 소가 아닙니다. 나쁜 말, 욕하지 마세요."

그가 사장의 얼굴을 똑바로 바라보고, 오른 손가락을 들고 흔들며 한 말이다.

우리 센터로 온 그의 말을 모두 들은 뒤 사장의 말도 들어보았다. 사장과 다투며 나눈 대화를 그가 핸드폰으로 녹음했기에 우리는 이미 그 대화 내용을 들어봤지만, 사장의 말도 직접 듣고 싶어 전화했다. 사장은 자신에게 삿대질했다는 말부터 꺼냈다. 근로자가 고분고분해야 하는데 그렇지 않고, 일도 잘못 한다며 목소리를 높였다.

"김 Pastor(목사)님, 나는 일 힘들어도 괜찮아요. 일 잘못 하면 돈 잘라도 좋아요. 그러나 욕이나 나쁜 말 하는 거는 아주 싫어요. 김 Pastor(목사)님, 내가 Pastor(목사)님에게 욕하면 좋아요?"

나는 엄지 척을 하며 이렇게 말했다.

"잘했어. 사하는 소, 돼지가 아니지. 노예도 아니야. 사람이야. 사하 잘했어."

사하와 매슬로우

사하가 사장에게 찍히고 말았다. 출근한 그에게 고용주가 일거리를 주지 않았다. 입사한 지 한 달 반밖에 되지 않았으니 차마 퇴사하라고는 못 하고 그리 한 거다.

사하(가명, 33세)는 입사한 첫날부터 사장에게 욕을 먹었다. 인마, 새끼, 개새끼, 씨팔놈 등. 일을 잘 배워 노동하려고 새 공장에 들어갔는데, 욕을 입에 달고 사는 여사장(50대)은 첫날부터 상소리를 해대며 일을 재촉했다. 다른 이주노동자들에게도 마찬가지였다. 다들 익숙해진 건지 체념하는 건지 욕을 매일 먹어도 고분고분하기만 했다.

사하는 욕을 거부했다. 매일 욕을 먹으며 살기는 싫었다. 그래서 인간 선언을 했다. 사장 앞에서 당당히. 나는 돼지나 소가 아니라 사람이라고 선언했자. 그리고 욕을 하지 말라고 강력히 요구했다. 그러자 이튿날부터 일감을 주지 않는 징계가 떨어졌다. 고용주는 이제 사하가 스스로 알아서 퇴사하기를 바라는 거다.

퇴사하면 그는 갈 길이 막막하다. 당장 기숙사에서 나와야 한다. 코가 시린 컨테이너 기숙사보다 더 추운 생활을 해야 한다. 노동부가 지정해주는 새 회사를 마냥 기다려야 하는 데 거처가 마땅치 않다. 겨울이라 일자리도 줄어 기약 없이 기다려야 한다. 석 달 동안 구직을 못 하면 강제 출국당한다. 아무튼, 다른 공장에서 일하는 친구의 기숙사에 얹혀 눈칫밥을 먹는 것도 하루 이틀이지 못할 짓이다. 고용허가제로 고용주에게 전적으로 매여 있는 이주노동자가 노동자의 기본권 아니 인간으로서 최소한도의 기본권을 확보하고자 할 때 당하는 불이익은 한둘이 아니다.

그러나 사하는 생존이나 안전의 위협을 무릅쓰고 자신을 사람으로 존중하지 않는 고용주에게 의연히 맞섰다.

사하를 보며 나는 매슬로우를 떠올렸다. 욕구(needs)의 단계설(위계설)을 말한 심리학자. 널리 알려진 그의 위계설은 인간이 성장하는 과정을 5단계로 보았다. 즉 생존 욕구–안전욕구–소속감 욕구–존중 욕구–자아실현 욕구를 충족시키며 성장하는 과정. 그는 인간은 의식주 등 생리적 욕구가 채워져야 안전욕구가 생기고, 안전욕구가 채워져야 소속감 욕구가 생기고 그 욕구가 충족돼야 존중 욕구가 다음 단계로 생긴다고 했다.

하지만 사하는 존중 욕구를 먼저 나타냈다. 그에게 있어서 존중 욕구는 생존 욕구나 안전욕구보다 앞선다. 그가 어렵게 취업비자를 받아 방글라데시를 떠나 여기에 올 때는 절박한 생존 욕구를 위해 온 거다. 열악한 의식주 등 기본적 생리적 욕구를 해소하려고 왔다. 하지만 그 욕구가 심하게 위협받을 줄 잘 알면서도 존중 욕구를 우선 선택했다. 그에게 있어서 존중 욕구 충족이 없는 생존이나 안전욕구 충족은 아무 의미가 없다. 그와 1년 가까이 벗으로 지내며 느낀 거다.

> "너희는 먼저 하나님의 나라와 그의 의를 구하라. 그리하면 이 모든 것(먹을 것, 마실 것, 입을 것)을 너희에게 더하여 주실 것이다."
>
> _ 마태 6:33

30만 원 업 하고, 20만 원 컷팅 했어요

"30만 원 업(up)하고, 20만 원 커팅(cutting) 했어요."

한창 한국말을 배우는 찰스가 서툴지만 또렷하게 아주 허탈한 표정으로 말했다.

주일, 이주노동자들과 함께 하는 성경공부를 마치고 우리는 함께 식사했다. 식사하면서 내가 물은 말에 찰스는 씁쓸한 표정으로 월급 얘기를 했다. 입사한 지 일 년 된 그가 사장에게 임금 인상을 누차 요구한 걸 아는 나의 물음에 대한 답변은 의외였다. 월급을 30만 원 올려주고, 20만 원은 도로 떼어간 사장의 처사가 어이없었다. 20만 원 중 10만 원은 기숙사비이고, 나머지 10만 원은 전기세 명목이었다. 찰스의 기숙사는 공장 마당에 있는 컨테이너다. 불법건축물. 좁은 공간에 세 명이 기거한다. 사장은 전기세를 십만 원씩 부담시켰다.

필리핀에서 대학을 졸업하고 한국에 온 찰스(가명). 그는 하루 12시간씩 노동한다. 플라스틱 파이프 제조회사에서 노동하는 그는 두 주에 한 번은 밤샘노동을 한다. 그러니까 한 주는 주간노동, 한 주는 밤샘노동을 하루 12시간씩 하는 거다. 휴일은 한 주에 하루다. 그렇게 노동하고 그동안 받은 월급은 175만 원.

사장은 비싼 외제 차를 세 대나 갖고 있다. 그 차를 번갈아 몰고 다니며 골프를 즐기고 수시로 해외로 골프 여행도 다닌다.

찰스는 고용주에게 항의도 못 한다. 고용주에게 전권을 준 고용허가제가 있어 노예처럼 일만 한다. 그는 다른 공장에 가고 싶지만, 사장이 사인을 해주지 않아 못 간다. 또 사장에게 밉보이면 비자 연장을 위한 사장의 사인을 받지 못할까 봐, 사장에게 하고 싶은 말도 제대로 못 하고 그냥 지낸다. 또 그는 몇 년 뒤 재입국 취업을 하고 싶은 맘이 있기에, 군소리 없이 일만 한다. 재입국 취업하려면 그때도 고용주의 사인이 필요하기 때문이다.

찰스는 간밤에도 12시간 밤샘노동을 했다. 토끼같이 빨갛게 충혈된 눈으로 퇴근하는 그의 발걸음은 무겁기만 하다. 그의 노동은 극심한 고통이다. 전혀 즐겁지 않다. 전혀 행복하지 않다. 마음 챙기기를 아무리 해

봐도 소용없다.

행복은 환경에 있는 게 아니라 마음에 있다는 말보다 사기성 짙은 말도 없다. 행복은 물질에 있는 게 아니라 정신에 있다는 정신 우월주의보다 더 큰 허구도 없다.

현실과 거리 두기를 해야 비로소 행복이 찾아온다는 행복론보다 더 기만적인 이데올로기도 없다. 현실을 있는 그대로 받아들이고 순응하라는 노예도덕만 한 기만도 없다. 다수가 땀 흘려 맺은 열매를 소수가 고스란히 빼앗아가는 현실, 골리앗 같은 구조적 현실이 엄연히 있는데, 그 현실을 그냥 놔둔 채 논하는 행복론은 모두 헛소리라는 생각을 한다.

먼 데서 온 친구들

마우(가명, 35세, 세네갈)가 산재보상 청구하는 걸 도왔다. 난민 임시체류비자를 갖고 공장에서 일하던 그는 얼마 전 손가락 두 개가 부러지는 사고를 당했다. 고용주는 산재 신고조차 꺼렸다. 그러나 노동자의 기본권강권을 지키기 위해 법에 따라 그는 보험을 청구했다.

산재보상 신청을 하는 그와 함께 한 이들이 있었다. 두 세네갈 친구가 안양에서 이곳 포천까지 일부러 왔다. 역시 난민 비자를 가진 그들은 요즘 직장을 잃어 쉬고 있다고 했다.

산재를 당한 마우를 돕다가 두 친구를 더 만나게 되어 기뻤다. 아프리카에서 온 젊은이 셋과 한 번에 친구가 되니 좋았다. 아프리카 서쪽 끝 세네갈에서 온 이들 멀리서 온 사람들이라 더 좋았다.

우리는 센터에서 차를 마시며 이야기를 나눴다. 그들은 종교적인 이유로 난민 신청을 한 상태다. 3개월마다 비자 연장을 받으며 난민 심사를 받는다. 고향 세네갈에서 이슬람교도였던 마우는 기독교도로 개종했다. 그 때문에 생명의 위협을 받았고 그들은 고향 땅에서 먼 한국까지 오게 된 거다. 인구의 1% 정도만 기독교인 세네갈에서 당한 위협을 나는 알만했다.

그들은 한국인으로 살고 싶다고 말했다. 그 말을 들을 때, 피부색은 다르지만, 그들이 낯설지 않았다. 한국인(Coreen)으로 살고 싶다는 말을 하는 그들의 눈빛에서 나는 간절함과 진정성을 느꼈다.

나이가 들수록 사람들은 인간관계의 폭이 좁아지는 것 같다. 우리 사회는 혈연, 지연, 학연을 중심으로 인간관계를 맺는 경향이 있기에, 늙어갈수록 그런 연에 더욱 매달리는 걸 주변서 많이 본다. 가깝고 익숙한 사람들에게만 애착을 보이는 건 정신건강에 좋지 않다는 생각을 한다. 나이가 들수록 그런 근친애적 애착을 깨는 게 좋다고 본다.

나는 그들과 소박한 저녁 식사를 함께했다. 밥을 함께 먹으며 우리는 벗이 되었다. 나를 새로운 벗으로 받아준 그들에게 감사한다. 그들이 난민이 아닌 한국인으로 속히 인정받기를 바란다.

서울신문 기자와 동행

서울신문 사회부가 취재를 나왔다. 이주노동자들 숙소 문제를 기사로 쓰려는 기자와 동행했다. 사진 작업을 하는 친구도 함께했다.

포천지역 농장들을 둘러보았다. 그리고 한 농장에 들렀다. 채소를 재배하는 농장. 거기서 일하는 캄보디아 이주노동자들이 살고 있는 숙소에 들어가 인터뷰했다. 마침 휴일이었다.

그 숙소는 여느 농장의 숙소와 마찬가지로 비닐하우스농장 한 귀퉁이에 있었다. 불법 조립식 임시 건물을 검은 비닐로 덮어놓은 상태였다.

한 공장에도 들렀다. 공장 마당에 있는 컨테이너에 기거하는 방글라데시이주노동자를 만나 얘기했다. 그는 추운 숙소에서 지내다 감기에 걸려 일을 하지 못하고 있었다.

이번 기회에 이주노동자들의 노동환경 특히 열악한 숙소 문제가 여론화되기를 바란다.

대개 이주노동자들은 아무리 숙소가 열악해도 고용주에게 그 개선을 요구하기 어렵다. 철저한 갑을관계에 있기 때문이다. 고용허가제에 따라 이주노동자들은 고용주에게 완전히 묶여 있다. 고용주에게 전권이 있다. 가령 고용주에게 성추행을 당해도 그 고용주의 사인 없이는 직장 이동이 불가능하다.

농촌노동자들은 근로기준법 적용 대상에서 제외되어 있기에, 상황은 더욱 열악하다. 근로기준법 63조에 의해 농어촌노동자들은 근로기준법의 보호를 받지 못한다. 근로기준법에 따르면 농어촌노동자는 노동자도 아니다. 노동자로서 받아야 할 최소한도의 법적 보호도 못 받도록 법이

정해 놓았다.

지금 농사는 옛날 자연농이 아니다. 비닐하우스 농사나 축산업은 일년 내내 경영이 가능하다. 출퇴근 시간이 정해져 있는 등 기업형 농사가 많다.

열악한 노동이나 주거환경에서 사는 이주노동자들을 온정주의나 감상주의적으로 보는 시각을 나는 경계한다. 그들은 엄연히 노동으로 우리 사회경제를 떠받드는 일꾼들이다. 그러나 장시간 노동에 저임금으로 희생을 강요당한다.

오늘 한국농업이나 중소기업은 백만 이주노동자 없이는 경영이 어렵다. 그러나 그들에 대한 대우는 형편없다. 특히 농어촌은 원시적이다. 다시 말해 구조적인 착취가 극심하다. 이런 맥락에서 볼 때 우리는 그들을 불쌍한 시각으로 볼 게 아니라, 그들에게 제 몫을 제대로 주어야 한다.

암튼 이번 기회에 이주노동자들 문제의 표층만 아니라 심층까지 다루는 기사가 나오길 기대한다.

번역기를 사용한 성경공부

마우(가명, 35세)가 성서공부를 했다. 그는 난민 비자 G1을 갖고 공장에서 일하다 손을 다쳤다. 이제 통원치료를 받는데 우리 센터(평안교회)에서 공부했다.

이슬람교도가 인구의 94%인 세네갈에서 기독교로 개종한 것 때문에 생명의 위협을 느껴 난민이 된 마우. 그가 여기서 성서공부를 하게 되어 감사했다. 하지만 언어가 문제였다. 그가 세네갈 공용어인 프랑스어를 쓰기에 나는 할 수 없이 번역기를 사용했다. 번역기를 사용한 성서공부는 처음이었다.

그의 신앙은 대체로 기복신앙이었다. 게다가 노예도덕에 물든 성향도 보였다. 이는 권위주의적인 이슬람문화에다가 왜곡된 기독교문화가 겹쳐진 결과가 아닌가, 하는 생각을 했다.

기복신앙은 기독교 제국주의 국가들이 식민지배를 하면서 퍼트린 신앙이 아닌가? 그런 생각을 했다. 프랑스가 세네갈을 식민 지배하면서 그런 거짓 기독교신앙을 심어줬을 거란 판단을 했다. 세네갈만이 아니라 식민 지배한 여러 나라에서 똑같은 짓을 했다고 본다. 그건 프랑스만이 아니라 기독교 제국주의 국가들의 일반적인 행태였다.

그와 더불어 노예도덕을 기독교로 포장해 가르쳤을 것이란 추측도 했다. 기독교 제국주의 국가들이 식민지배를 하면서 주인도 덕을 가르쳤을 리는 없다. 해방의 복음을 전파했을 가능성도 없다. 그저 개인적인 부귀영화나 얻기 위해 신 앞에서 비는 기복신앙을 열심히 가르쳤을 것이다. 식민지배 권력자들과 짝한 선교사들이 사회적 해방의 복음을 전했을 리는 없다.

앞으로 매주 한 번씩 마우와 성서를 함께 읽고 이야기를 나눌 것이다. 무엇보다 먼저 나는 그가 기복신앙을 내버리도록 도울 것이다. 성령을 의지하고 아울러 노예도덕도 마음에서부터 베어버리도록 도울 것이다.

베트남, 살기 힘들어요

쿤(가명, 35세)은 취업비자를 갖고 베트남에서 왔다. 3년 전부터 그가 일한 공장은 양계장이다. 일하다 최근 칼로 손등을 베었다.

산재 노동자의 병원생활은 지루하다. 입원 기간이 길수록 힘들다. 지루해하는 그들을 만나 다양한 이야기를 나눌 때가 있다. 어제 병실에서 만난 쿤은 병상에 책을 여러 권 쌓아놓고 있었다. 물론 베트남어로 쓴 책들이다. 한 권을 건네받아 표지를 보았다. 부제를 영어로 달아놓았다. How to win friends and influence people. (친구를 사귀고 사람들에게 영향을 주는 법)

쿤은 베트남에서 전문대를 나온 뒤 결혼해 두 자녀를 두었다. 그는 하노이 근처에 살면서 부인과 시장에서 장사하다 한국에 왔다.

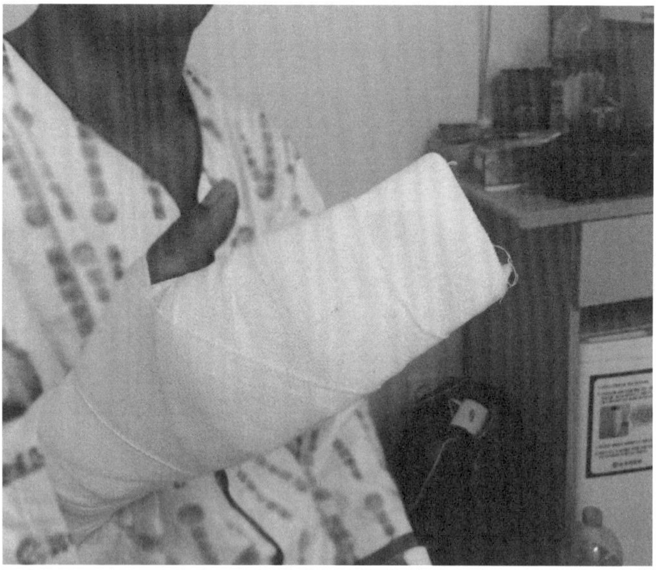

"베트남에 일없어요. 임금 조금이고."

한국에 어찌 오게 되었느냐는 물음에 대한 답이었다.

"베트남, 힘들어요."

이 말끝에 더 하고 싶은 말이 있다는 표정이라 나는 궁금한 얼굴로 힘든 게 뭐냐고 물었다. 그러자 의외의 말을 했다. 그는 한국말을 좀 한다. 부족한 건 번역기를 의지했다.

"부패, 뇌물."

그는 일당 공산당 관료들의 부패와 뇌물 관행 때문에 일반 시민들이 살기가 아주 힘들다고 말했다. 사회 구석구석이 부패해 뇌물 없이는 되는 게 없다는 말도 했다. 심지어 병원 응급실 치료도 힘겹다고 했다. 뇌물을 주면 빨리 치료받지만, 그렇지 않으면 마냥 기다려야 한다고 말했다.

제국주의 강대국들을 당당히 물리치고 자주 독립한 나라 베트남. 그러나 이제 베트남 인민은 민주화의 길을 걸어가야 할 거 같다. 험한 여정을 가야 할 것이다. 인민이 진정 주인인 사회를 위한 길. 그 길을 뚜벅뚜벅 잘 헤쳐나가기를 바란다. 베트남 인민의 강인함과 지혜로 능히 그리할 줄 믿는다.

베트남 이주노동자가 들려준 얘기

"고등학교 책에도 나와요."

쿤(가명, 35세)을 병실서 만났다. 세 번째다. 3년 전 들어와 공장에서 일하다 손을 다친 그와 이런저런 얘기를 나눴다. 지루한 입원생활을 하는 그는 나와 나누는 대화를 즐겼다.

베트남전 이야기도 하게 되었다. 한국말을 제법 하는 그는 상기된 얼굴로 교과서에도 한국군의 참전과 만행에 관한 이야기가 나온다고 말했다.

"너희 나라는 강대국들을 모두 물리친 나라지."

존경하는 눈빛으로 한 말에 그는 수긍하면서 씁쓸한 표정을 지었다.

"프랑스, 미국과 싸우며 너무 많은 사람이 죽었어요."

침묵이 잠시 흐른 뒤 그는 다시 입을 열었다.

"미군보다 한국군이 더 악했다고 해요."

그의 입에서 이 말이 나올 때, 나는 좀 충격을 받았다. 베트남 민간인들에 대한 한국군의 폭력과 만행을 이미 알고 있었으나, 베트남 이주노동자의 입에서 더구나 베트남 전쟁 세대가 아닌 젊은이 입을 통해 그 말을 직접 들었기 때문이다.

'한국군 증오비' 얘기도 했다. 베트남 여기저기에 있는 증오비. 미국의 용병으로 참전한 한국군 증오비. 대화하는 내내 나의 얼굴이 화끈거렸다.

위안부 피해자 할머니 한 분이 돌아가셨다. 일본군에 의한 성폭력 피해자들(10만~20만) 가운데 한 분이었던 그가 줄기차게 요구한 것이 있다. 그건 다름 아니라 일본은 국가적 범죄를 인정하라는 거였다. 인정하고 사과하라는 것. 배상은 그 이후 문제다. 그러나 일본은 절대 인정하지 않는다. 위안부 문제든 강제노역 문제든 말이다.

베트남전에 참전한 한국군의 만행은 국가적 범죄다. 어린이, 부녀자, 노인 등 많은 민간인에게 저지른 무차별 살상, 강간 등 악행. 필설로 다 할 수 없는 국가적 범죄 행위.

이제라도 국가적 범죄를 인정하고 사과해야 하지 않을까? 베트남 민간인들에게 저지른 범죄를 국가 이름으로 인정하고 배상해야 하지 않을까. 일본에게 요구하는 만큼이라도 우리는 우리 국가에 요구해야 마땅하지 않은가, 하는 생각을 했다.

촌수가 아주 먼 님들과 보낸 설 연휴

설을 맞아 많은 이들이 가까운 혈육을 만나러 간다. 설 바로 전날, 나는 촌수가 아주 먼 사람들을 만났다. 촌수라니까 우습다. 촌수가 너무 멀어 도저히 셀 수가 없기 때문이다.

가족처럼 오붓하게 6명이 모였다. 모두 방글라데시에서 온 노동자들이다. 주로 체불임금이나 산재나 직장 폭행이나 열악한 직장의 이동 문제 등으로 힘들어하는 친구들이다. 최근 산재로 손가락 두 개가 부러진 세네갈 친구는 오지 못했다.

센터에서 모인 우리는 먼저 색연필로 글씨를 썼다. 둘러앉아 색색으로 굵은 글씨를 쓰는 모습이 마치 미술 시간의 어린이들 같았다. 또박또박. 뜻을 새기며. 서로 한 글자씩 나누어 쓰며 색을 칠했다.

'포천 이주노동자센터'

'우리는 노예가 아니다.'

입춘을 맞아 새로 글씨를 써서 대문에 붙이듯 우리는 센터 안 벽에 새로 쓴 글씨를 붙였다. 이주노동자들이 직접 써서 붙이니 좋았다. 그들도 마음을 새롭게 하는 느낌이었다.

윷놀이도 했다. 나는 윷놀이를 해본 지가 오래지만, 이주노동자들과 함께하니 즐거웠다. 그들은 방글라데시에도 비슷한 놀이가 있다고 하면서 금세 익혀 신나게 놀았다. 떡국은 빼놓을 수 없는 설음식이다. 그러나 그들은 낯선지 그리 맛나게 먹지 않았다.

그들은 제 모국어를 더 많이 먹었다. 모국어로 얘기 나누는 걸 음식보다 더 즐기는듯했다. 떡국보다 모국어로 대화 나누기에 더 열중했다. 그들은 모국어에 얼마나 굶주렸는지 그저 서로 얘기하기 바빴다. 나는 한마디도 알아듣지 못하는 벵골어.

촌수를 셀 수 없는 사람들과 함께 보낸 하루. 색다른 설 경험이었다.

이주노동자들이 노예라고요?

"이주노동자들이 노예라고요?"

우리 센터가 내건 표어를 보았다는 그녀가 물었다.

'우리는 노예가 아니다.'

언짢은 표정과 어투를 보니 이 표어를 본 그녀가 마음이 불편했는가 보다.

"네."

나의 짧은 대답을 들은 그녀는 자기 생각을 거침없이 꺼내놓기 시작했다.

포천 이주 노동자 센터
우리는 노예가 아니다

“걔들이요. 자기들 나라에 땅 사고 집 산 애들 많아요. 여기서 받는 월급이 자기들 나라에서 받는 거 열 배 정도 되잖아요. 한국서 한 오 년 고생하면, 제 고향에 가서 편하게 살 수 있어요. 그런 기회를 준 이 나라에 감사해야지. 노예라니요. 목사님도 잘 아시지 않아요? 선동하면 안 되지요.”

캄보디아에서 7년 동안 선교사로 활동했다는 그녀. 한국으로 돌아와 캄보디아 노동자교회 목회를 하고 있다.

“지금 여기서 그들이 어떤 조건에 놓여 있느냐가 중요하죠. 그들이 번 돈으로 제 나라에 가서 땅을 사거나 집을 사는 거 하고 지금 여기서 노예처럼 사는 거 하고 별개의 문제죠.

여기서 지금 일하는 공장이 너무 열악해 다른 공장으로 가고 싶을 때, 고용주의 허락을 받아야 하는 법과 제도 아래 있는 노동자가 자유인인가요?

비닐하우스농장에서 일하던 여성노동자가 농장주에게 상습적으로 성추행을 당해 딴 농장으로 가고 싶을 때도 그 농장주의 허락을 받아야 하는데, 그게 자유인인가요? 노예지. 그리고 자본주의사회에서 노동자는 본질적으로 임금 노예지요.”

나의 응답에 대해 그녀는 다시 응수했다.

“그렇지만 그들은 영적 자유를 가질 수 있어요. 영적 자유인으로 거듭

나게 하는 게 교회의 사명이지요."

"영적 자유요?"

"네."

대답하며 그녀는 캄보디아 노동자들 성경공부 모임에 가야 한다면서 자리에서 일어났다.

우리는 영적 복음만 전해요

"우리는 영적 복음만 전해요. 다른 복음은 안 전해요."

"다른 복음은 뭐지요?"

N 목사에게 내가 물었다.

"그건 육적 복음이죠."

"육적 복음은 또 뭔가요?"

"그건 물질적 복음이라고 할 수 있죠. 예를 들어 노동자들이 체불임금이나 산재보상 같은 거 잘 받도록 도와주는 일은 물질적 복음이죠. 그런 거 때문에 사장이나 회사랑 싸우는 게 육신적 복음 사역이에요."

N 목사는 작은 공장이 여기저기 산재한 지역에서 이주노동자교회 목회를 한다. 한국어로 설교하고 한국어로만 의사소통한다. 외국어를 못해도 그 목회를 감당한다. 60대인 그녀는 엄마 같은 푸근함으로 이주노동자들을 돌본다. 그녀는 본래 이 지역에서 내국인들을 대상으로 목회했었

다. 그런데 언제부턴가 근처 공장에서 일하는 이주노동자들이 자꾸 찾아와 내국인 교인들은 떠나고 이주노동자들 교회가 되었다고 했다.

“어차피 이 세상은 멸망할 거 아니에요? 이 육신이나 물질은 곧 썩어 없어질 거죠. 그저 거룩하신 하나님 아버지 품에 안겨 살다가 빨리 하늘나라에 가야죠. 이 죄악으로 얼룩진 세상, 싸우고 투쟁한다고 바뀌겠어요? 다 거기서 거기지. 나 하나 죄짓지 않고 살다가 그 나라에 가야지. 저는 빨리 가기 바라요. 이 세상 미련 눈곱만큼도 없어요.”

듣고만 있던 내가 입을 열었다.

“육신으로 이 땅에 오신 예수님은 어떻게 생각하셔요? 성자 하나님께서 육체를 가진 사람으로 오셨는데.”

그녀는 곧바로 대답했다.

“그건 육체를 잠시 빌리신 거뿐이죠. 목사님도 잘 아시잖아요. 요한복음 6장에서 예수님은 분명히 말씀하셨죠. 썩을 양식을 위해 일하지 말고 영생하도록 있는 양식을 위하여 하라. 노동자가 임금 몇 푼 더 받고 덜 받고 하는 게 뭐 그리 중요해요? 그거 갖고 다투는 건 썩을 양식을 위해 일하는 거예요.”

N 목사 앞에 앉아 얘기를 들을수록 나는 점점 세속적인 인간이 되어갔다. 갈수록 육신적이고 물질적인 인간으로 변화되어갔다. 하등 존재로 전락하는 기분이 들었다. 오늘 좋은 말씀 잘 들었다며 자리에서 일어났다. 더 앉아 있으면 회개하라는 말씀이 곧 떨어질 것만 같아 빨리 일어났다.

얼굴에 화상 입은 띠엉의 고민

취업비자를 갖고 네팔서 입국한 띠엉(가명, 32세), 공장에서 일한 지 3년 가까이 되었다. 성실하다.

얼마 전 공장에서 화상을 입었다. 추운 아침, 작업장에서 난로에 불을 붙이다가 그만 얼굴에 화상을 입었다. 경유를 붓고 불을 붙이다 그리되었다.

병실서 만난 그는 큰 걱정을 하고 있었다. 치료비를 자신이 부담할 걱정이 컸다. 게다가 치료받는 동안 수입도 없이 지낼 걸 염려했다. 더구나 얼굴 화상을 입었기에 흉터나 후유증에 대한 염려도 적지 않았다.

근심에 싸인 그에게 산재보험 보상에 관해 얘기해 주자 놀랐다. 산재보상을 받지 못할 줄 알고 있었다. 사 측도 그렇게 말해준 듯했다. 산재보상이 가능함을 얘기해주자 그는 산재보상 청구를 하기로 했다. 기뻐했다.

보상 청구를 하기로 약속한 날, 그는 근심 어린 모습으로 병상에 주저앉아 있었다. 그가 비자 연장에 관한 얘기를 꺼냈다. 입국한 지 만 3년이 되면 해야 하는 비자 연장을 위해서는 법에 따라 고용주의 사인을 꼭 받아야 하는데, 산재보상 청구를 하면 사장의 미움을 받을까 봐 근심했다. 사장은 산재 신고를 꺼리고 있었기 때문이다.

고용주에게 전권을 준 고용허가제나 출입국관리법. 이것이 이주노동자들의 발목을 사사건건 잡는다. 이주노동자들을 옥죄는 족쇄다.

천만 비정규직 노동자들을 옥죄는 사슬이 있듯이, 백만 이주노동자들을 옭아매는 사슬이 있다.

컨테이너 기숙사비가 195,000원이에요

병원에 입원한 노동자를 또 찾아갔다. 캄보디아에서 온 그음(가명, 27세)을 병실에서 만났다. 왼손에 붕대를 감고 있었다.

취업비자를 갖고 3년 전에 들어온 그는 한국말을 곧잘 했다. 붕대를 감고 있는 손을 본 나는 그가 으레 산재 노동자라고 속으로 단정했다. 그러나 아니었다. 그는 휴일 친구 집에 놀러 갔다가 넘어지면서 유리에 손을 다쳤다.

병상에서 우리는 이런저런 얘기를 나눴다. 페북 친구도 맺고, 전화번호도 주고받고, 우리 센터 이야기도 하고, 그의 공장생활 얘기도 했다. 캄보디아보다 추운 한국에서 겨울 보내기가 어떤지 묻기도 했다. 말을 이어가다 보니 그가 일하는 양말공장 기숙사 얘기도 자연스레 나왔다.

기숙사는 컨테이너였다. 공장 마당 한쪽에 놓여 있고 겨울엔 춥고 여름엔 한증막처럼 더운 임시 건물이다. 화재위험이 많은 집 아닌 집이다. 거기서 그는 다른 이주노동자와 함께 생활한다. 둘이서 한방을 쓴다. 그 공장에서 일하는 다른 이주노동자들도 마찬가지다.

"거기서 그냥 사는 거지요?"

그런 컨테이너를 기숙사라고 제공한 기업주가 설마 기숙사비를 따로 받지는 않겠지, 하는 생각으로 물었다. 대답은 전혀 달랐다.

"아니요. 돈 받아요."

"그래요? 얼마?"

개집만도 못 한 숙소를 제공하고 받는 돈은 도대체 얼마나 될까?

"한 달에 195,000원 커팅해요. 월급에서."

"정말?"

"네, 사람마다 195,000원."

어이없다는 표정을 지었다. 쌍꺼풀에 눈이 큰 그의 얼굴은 감정 표현을 더욱 뚜렷하게 했다. 그러면서 그는 또 덧붙였다. 해마다 사장이 그 금액을 올린다고 말하며 허탈하게 웃었다.

우리는 중립이에요

"우리는 중립이에요."

이주노동자들의 공장생활에 관한 이야기를 나와 나누던 H 목사의 말이다. 특히 이주노동자들의 산재나 체불임금 문제 등을 놓고 구체적인 대화를 나누던 그는 이 말을 반복했다.

그는 태국에서 6년 동안 선교사로 일하다 들어왔다. 지금은 태국 이주노동자교회 목회를 하고 있다. 태국어로 설교한다. 영어도 유창하다. 신학교육도 많이 받았다.

그는 내 앞에서 자기 생각을 계속 이어갔다.

"우리는 중립을 꼭 지키려고 해요. 문제가 있으면, 노동자 얘기만 듣지 않고 기업주 얘기도 들어요. 가능하면 그러죠."

"양쪽 얘기 듣는 건 좋은 거지요."

내 말에 고무된 그는 다시 자기 생각을 펼쳤다.

"기독교 복음은 화해의 복음이잖아요. 예수님은 화목을 위해 십자가를 지신 거고요."

내가 하는 이주노동자 선교활동을 알고 있는 그는 중립과 화해를 강조했다. 그는 내가 노동자 편에 서는 건 문제가 있다는 생각을 하고 있었다.

그의 말에 고개를 끄덕이며 수긍했다. 그러면서 내 생각도 드러내 보였다.

"심히 기운 운동장 같은 사회에서 중립의 위치에 선다는 건 뭘까요? 기업주와 이주노동자 사이가 주종관계라 할 만큼 심한 불균형 상태인데, 그 상황에서 중립에 선다는 건 무엇인가요. 심하게 기울어진 운동장 같은 노사관계에서 교회가 진정한 화해를 도모하려면 노동자 편에 서야 한다고 저는 보지요. 특히 약자인 이주노동자 편에 서야 균형과 화해를 도모하는 거라고 생각해요. 단순한 기계적 중립은 결국 강자 편을 드는 게 아닐까요?"

그와 나의 대화는 계속 이어졌다. 뜨거운 커피가 다 식을 때까지 시간 가는 줄 모르고 이어갔다.

알뜰한 여사장

캄보디아에서 온 그음(가명, 27세)을 또 만났다. 친구 집에 놀러 갔다가 넘어져 손을 다친 그를 병실서 보았다.

우리는 사는 이야기를 서로 했다. 주로 그의 한국생활 얘기를 들었다. 공장생활 이야기를 하던 그가 핸드폰을 열어 무언가를 보여줬다. 노동일지였다. 공장에서 일한 시간을 날마다 꼼꼼하게 적어놓았다.

"사장이 월급을 적게 주는 경우가 있어요. 그러면 이걸 보여줘요. 그래서 돈 더 받아요."

취업비자를 갖고 한국에 온 지 3년이 넘은 그는 한국말을 곧잘 한다.

"그런 일이 자주 있어요?"

"네."

"다른 사람들도 그래요?"

"다른 사람들도 그런 때가 많아요."

그가 일하는 의류공장은 이주노동자 10여 명과 내국인들을 고용하고 있는 작은 회사다.

"혹시 월급을 안 주는 경우는 없어요?"

"많아요."

혹시나 하고 물었는데, 많다는 대답이 나와 놀랐다. 그의 회사 사장은 50대 여성으로서 아주 알뜰한(?) 경영을 하고 있었다. 그 알뜰함의 골자는 고의적이고 상습적인 체불임금이다.

그녀는 소위 불법체류자들을 주로 고용한다. 지금 일하고 있는 이주노동자들 가운데 취업비자를 가진 사람은 둘 뿐이다. 그음은 물론 취업비자를 갖고 있다. 그 공장에서 일한 지 3년이 넘은 그는 회사 사정을 잘 알고 있었다.

사장은 미등록자들을 여러 명 고용했다가 해고하면서 임금을 주지 않는 방식을 반복했다. 가령 네 명을 고용했다가 서너 달 뒤에 세 명을 일방적으로 잘랐다. 그러면서 그동안 일한 임금을 아예 안 주거나 조금만 주는 식이었다. 불법체류라는 약점을 이용해 그런 알뜰살뜰 경영한다.

이윤, 착취의 극대화라는 원리. 이 원리를 철저히 관철하는 경영은 작은 회사나 큰 회사나 마찬가지다. 착취공장형 재벌왕국인 한국, 그런 경영을 맘껏 해도 국가(행정, 입법, 사법부 등)의 강력 지원을 받으며 기업을 경영할 수 있는 나라, 기업을 경영하기 참 좋은 나라 대한민국이다.

그의 공장에는 뼈 빠지게 일하고도 임금을 못 받고 울며 나간 이주노동자들이 많았다. 그들 가운데 지금도 연락하며 지내는 두어 사람을 그가 우리 센터에 소개했다. 체불임금을 받아내는 지루한 싸움을 또 해야 한다. 적극적인 그 때문에 이 싸움을 외면할 수가 없다.

예수의 교회가 이런 일을 외면하면 화를 당할 것이다. 하나님께서 절대 기뻐하지 않는다.

야고보서 5장 1절~6절 말씀. 이 말씀을 오늘 다시 읽었다. 누군가는 야고보서를 지푸라기 복음이라며 경솔하게 무시했다지만, 나는 큰 소리로 읽었다. 자본, 돈이 왕 노릇 하는 시대엔 야고보서야말로 무엇보다 으뜸 복음이라는 생각을 하며 거듭 낭송했다.

사장이 사인을 안 줘요

"사장이 사인을 안 줘요."

손을 다쳐 병원에 입원한 그음(가명, 27세)이 어이없다는 표정을 지었다. 분노를 삭이며 말했다. 눈이 큰 그의 얼굴은 분명 분노하고 있었다.

3년 전 그는 취업비자를 갖고 들어왔다. 지금 일하는 의류공장에서 줄곧 일했다. 한국말을 제법 하는 그는 성실하다. 한국생활에 잘 적응하려고 일요일마다 한국어, 한국문화, 한국역사에 대해 배우러 다닌다. 사장도 그를 인정하는 일꾼이다.

그는 매일 아침 8시 반부터 저녁 7시 반까지 일한다. 토요일은 오후 1시까지 한다. 기숙사는 공장 마당에 있는 컨테이너다. 함께 일하는 이주노동자들 가운데 한 명과 함께 방 하나를 같이 쓴다. 기숙사비를 한 달에 195,000원 낸다. 200만 원 정도 되는 월급에서 회사가 뗀다. 회사는 점심도 제공하지 않는다. 하루 세끼 모두 그는 직접 요리해 먹는다. 회사는 음식 재료비도 한 푼 안 준다. 이런 노동조건은 다른 이주노동자들 십여 명도 마찬가지다.

그는 다른 공장으로 옮기려고 사장에게 누차 얘기했다. 그러나 사장은 사인해주지 않는다.

직장 이동의 자유가 없는 노동자, 고용주의 허락을 받아야만 직장 이동을 할 수 있는 노동자, 국가가 만든 법에 따라 자본가에게 매여 있는 노동자.

"우리는 노예가 아니다!"

깨어있는 이주노동자들의 외침이다. 하기야 천만 비정규직 노동자들도 자유인들은 아니다. 1년이나 2년 뒤 계약 연장 때 불이익당할까 봐 어떤 권리 주장도 못 하고 숨죽이며 사는 노동자가 자유인은 분명 아니다.

삼성 같은 세계적 기업은 또 어떤가. 무노조경영원칙에 눌려, 합법적 노조도 못 만드는 노동자, 사원들이 자유인인가?

노조 비슷한 걸 만들려고 해도 목숨을 걸어야 할 정도로 폭력적인 기업 구조에 눌려 사는 노동자도 결코 자유인이 아니다.

제3장

빨강

체불임금 받았어요

모노메이(30세, 방글라데시)가 체불임금을 받았다. 넉 달 동안 싸웠다. 400만 원을 간신히 받았다. 한국말이 서툴고 한국사회의 법이나 물정도 잘 모르는 그가 체불임금을 받은 건 기적에 가깝다.

취업비자로 들어와 성실하게 일한 그는 체불임금(퇴직금 포함) 465만 원을 받기 위해 사장을 수도 없이 찾아갔다. 임금을 제때에 주지 않아 다른 회사로 옮긴 뒤에도 먼 거리를 여러 번 찾아갔다. 그러나 재산을 다른 사람 명의로 다 빼돌린 사장은 뻔뻔스러웠다. 공장은 잘 돌아가고 좋은 아파트와 빌딩도 가진 사장은 모노메이를 철저히 외면하고 무시했다. 그 회사에서 임금을 못 받은 이주노동자는 모노메이만이 아니었다.

모노메이는 그 사장을 노동부에 고발했다. 그러나 노동부도 체불임금을 받아주지 못하고 검찰로 사건을 넘겼다. 결국, 재판하게 되었다. 그를 도운 우리 센터는 법률구조공단의 도움을 받아 재판을 치렀다. 재판 결과는 465만 원 체불임금을 지급하라는 판결이 사장에게 떨어졌다. 그러나 사장은 이행하지 않았다. 흡혈귀 같았다. 그러자 근로복지공단이 400만 원을 노동자에게 우선 지급해주고 차후 사장한테 돈을 받아내는 방식으로 일을 처리했다.

체불임금을 포기하고 있던 그는 기뻐했다. 사실 힘든 노동을 하고도 임금을 못 받는 이주노동자가 한둘이 아니다. 그들은 대개 그것을 포기한다. 한국말도 잘 못 하고 지리나 한국법이나 한국사회 물정을 잘 모르는 그들이 긴 싸움을 하여 체불임금을 받기란 거의 불가능하다. 하지만 힘겨운 과정을 통해 체불임금을 받은 그의 사례는 다른 이주노동자들에게 좋은 자극이 될 것이다.

평소 이주노동자들은 장시간 노동에 저임금으로 많은 착취를 당한다. 게다가 체불임금으로 또 착취를 당한다. 돈이 왕 노릇 하는 사회는 본질적으로 노동자를 착취해 돌아가는 사회다. 생산과정에서부터 착취가 있다. 돈이 왕 노릇 하는 사회가 하나님 나라와 상극인 이유는 바로 이 야만성에 있는 것이다. 모든 가치와 이윤의 원천을 창출하는 노동자가 마땅히 누려야 할 열매를 자본이 독식한다. 그 자본은 비대하고 강해져 다시 노동자들을 더 억압하며 착취한다. 최저임금도 안 되는 임금이나 퇴직금마저 떼어먹으면서 말이다. 결국, 자본주의사회는 아주 심하게 기운 운동장이 되고 만다.

사랑이신 하나님이 이 땅에 세우시는 하나님의 나라는 자본이 주인 노릇 하는 사회와 상극이다. 수령주의 북한사회나 자본이 왕 노릇 하는 탐욕사회 모두 상극이다. 두 사회는 모두 다수가 땀 흘려 맺은 열매를 소수가 독식한다.

하나님의 아들 예수 그리스도를 마음 중심에 모시고 사는 사람은 돈이 왕 노릇 하는 사회와 불화할 수밖에 없다. 불화하며 형제애가 지배하는 사회를 세우는 거룩한 일에 참여하게 된다. 그리스도의 사람은 이윤-

착취를 극대화하는 사회를 허물고 새 사회를 세워나가시는 성령과 동행해야 한다.

노동하는 M 목사

가까이 지내는 목사가 있다. M 목사. 중년인 그는 오늘도 노동한다. 새벽기도회를 마치는 6시 정도부터 일을 시작한다. 오전 내내 쉬지 않고 몸을 움직여 일한다. 편안한 사무실에서 하는 일이 아니다. 눈이 오나 비가 오나 밖에서 땀을 흘리는 노동이다. 매주 월요일부터 주 5일 근무다. 일은 점심때 끝난다.

그는 일터에서 노조 활동도 한다. 노조비 꼬박꼬박 내고 교육도 받는다. 단체행동도 한다. 다른 단체들과 연대활동도 한다.

그가 섬기는 교회는 큰 교회가 아니다. 그렇다고 해서 목회자 생활비를 못 줄 만한 교회는 아니다. 웬만한 생활비를 준다. 그런데 그는 노동을 고집한다. 노동하는 목사 M이 받는 은총이 있다. 남다른 은총이다. 최소한 두 가지를 그의 곁에서 본다.

하나는 노동하는 사람들과 일치다. 노동력을 팔아야만 먹고 사는 사람들과 일치다. 무시 천대받고, 착취당하며 노동하는 교인들과 일치이다. 말로, 머리로, 이론으로가 아니라 온몸으로 느끼며 이루는 연합. 이는 예수님과의 일치도 되는 거다. 예수는 지극히 작은 자들과 자신을 동일화했다. (마 25장 양과 염소의 비유) 이 하나 됨을 위해 예수께서 목수 노동을 하고, 바울이 천막 만드는 노동을 한 게 아닐까.

다른 하나는 부자 비위 맞추는 목회를 하지 않는 거다. 허다한 기복 교회들(개신교든 천주교든)은 뭔가. 부자들 비위 맞추는 목회자들이 세운 바벨탑 아닌가. 강도의 소굴. 돈벌이 위해 하는 종교 비즈니스. 개신교는 요즘 교회를 세습하는 경영도 유행처럼 하고 있다. 돈이 주인 노릇 하는 교회, 예수 없는 교회들이 즐비하다.

M 목사는 부자 눈치 보지 않는다. 부자 비위 맞추는 일도 없다. 부자 비위 맞추는 설교 하지 않는다. 부자의 입맛에 맞춘 기도도 하지 않는다. 오직 사랑과 거룩하신 예수께서 머리 되시는 교회공동체 세우기에 몰두한다.

그는 기본 생활비를 제 노동으로 벌기에 자유롭다. 넉넉하지는 않지만 소박함 속에서 자유를 만끽한다.

그가 경외하고 두려워하는 대상은 하나님뿐이다.

뉴스앤조이 기자와 인터뷰하다 보니

뉴스앤조이는 가장 활발한 기독교 인터넷신문이다. 그 뉴스앤조이 기자와 인터뷰했다. 우리 센터에서. 묻고 대답하며 이야기를 나누다 보니, 지난 시절 얘기도 하게 되었다.

일반 대학에 들어가 공부하다, C.C.C 대학생선교회를 통해 예수를 처음 믿게 된 얘기를 했다. 좀 의외라는 기자의 반응을 살짝 느꼈다. 그 단체는 상당히 보수적인 성향을 갖고 있기 때문인 듯했다.

79년 감리교 신학대학을 졸업하면서, 구로공단에 들어간 얘기도 하게 되었다. 그때 나는 공장에 들어갔다. 노동자를 섬기는 선교를 위해 노동을 직접 해보려고 대한광학이라는 공장에 들어갔다. 학력을 속이고 생산직 노동자로 들어갔다. 거기는 생산직 근로자 3천여 명이 안경테와 쌍망원경을 만들었다. 주야 2교대로 노동했다. 한 주는 주간 한 주는 야간, 하루 12시간씩 노동했다.

구로동, 버스 114번 종점 근처에 있는 소위 닭장집에서 살았다. 거기 살면서 하던 나의 노동은 3개월 만에 끝나고 말았다. 하루는 밤샘노동을 하는데 속에서 뜨거운 게 목으로 올라왔다. 공장 옥상으로 급히 올라갔다. 각혈했다. 그러면서 나의 구로공단 노동은 끝났다. 이전에 앓았던 늑막염이 재발하면서 피를 본 거다.

구로공단 들어갈 때 나를 사로잡은 말씀이 있었다. 빌립보서 2장.

"여러분 안에 이 마음을 품으십시오. 그것은 곧 그리스도 예수의 마음입니다. 그는 하나님의 모습을 지니셨으나, 하나님과 동등함을 당연하게 생각하지 않으시고, 오히려 자기를 비워서, 종의 모습을 취하시고, 사람과 같이 되셨습니다. 그는 사람의 모양으로 나타나셔서, 자기를 낮추시고, 죽기까지 순종하셨으니, 곧 십자가에 죽기까지 하셨습니다."

이 말씀이 20대 청년이었던 나를 앞에서 끌고 뒤에서 밀었다. 그러나 나는 중도 하차하고 말았다. 예수의 뒤를 따르기엔 부적격자였던 거다. 예수의 삶을 흉내 내기조차 불가능한 자.

인터뷰 덕분에 새삼스럽게 지난날을 다시 되새김질해 볼 수 있었다.

2,000원과 1,500만 원

이주노동자 히무(30세). 그는 체불임금 1,500만 원을 받기 위해 다섯 달째 고생하고 있다. 앞으로도 몇 달 더 고생해야 한다. 그래도 그 돈을 다 받을 수 있을지는 알 수 없다.

재판을 위한 서류를 준비하러 가는 그와 동행했다. 서류에 필요한 도장을 새기러 가기도 했다.

도장을 파는 아저씨는 그의 사연을 듣고, 그를 측은히 여겼다. 자신도 젊었을 때 4년 동안 외국에 나가 노동한 적이 있다며, 도장 새기는 값 2,000원을 깎아줬다. 3천 원만 받은 거다.

히무만이 아니라 여러 노동자 임금을 떼어먹은 사장은 지금도 회사를 경영하고 있다. 재산을 모두 타인 앞으로 이름으로 돌려놓고 경영한다. 좋은 아파트에 살며 고급 차도 굴리고 있다.

완성된 도장을 받아 그에게 건네며, 2,000원과 1,500만 원을 견주어 보았다. 그건 곧 두 사람을 견주는 거요, 두 마음을 비교해 보는 거였다.

두 마음의 차이는 도대체 어디서 비롯된 것일까? 무엇이 그 차이를 만든 걸까? 목사로서 종교를 곁들여 생각하지 않을 수 없었다. 종교도 선을 실천하는 마음을 닦도록 돕는 게 있고, 탐욕을 부추기는 게 있기 때문이다.

교회도 마찬가지다. 하나님을 이용해 탐욕적 소원을 성취하려고 기를 쓰는 데가 있는가 하면, 탐욕을 죽이는 데가 있다. 십자가를 이기적인 부자 되게 만들어주는 주술적 능력으로 믿는 데가 있는가 하면, 이기심이나 탐욕을 죽이는 능력으로 믿는 데가 있다. 2,000원과 1,500만 원. 두 숫자가 내 뇌리에 한동안 머물렀다.

세리와 죄인의 친구 예수

주일, 전국에 있는 교회, 성당에서 예배하는 날이다. 건물 화려한 어느 교회는 오케스트라까지 동원해 거창한 예배를 드린다.

오후에 포천지역 농장을 또 찾아갔다. 이주노동자들이 일하는 비닐하우스농장에 갔다. 사진 작업을 하는 친구가 동행했다.

이주노동자들은 채소를 재배하는 농장에서 일하고 있었다. 그들은 일요일, 주일에도 일한다. 한 달에 두 번 토요일에 쉬면 다행이다. 봄부터 가을까지는 그도 쉬지 못하는 경우가 흔하다. 한국 농사는 이주노동자 없이 불가능하다.

한 비닐하우스에 들렀다. 여성노동자 셋이서 한창 근대 수확을 하고 있었다. 베트남과 캄보디아에서 온 20대, 30대였다. 출산을 위해 본국에 돌아간 노동자와 또 다른 노동자를 포함해 다섯 명이 비닐하우스 100동 농사를 짓고 있었다. 요즘 그들은 아침 8시부터 저녁 6시까지 일한다. 한 겨울을 빼놓고 그들은 보통 하루 12시간 노동한다. 그들이 받는 월급은 170만, 160만 원.

그들은 주일 예배에 참여하고 싶어도 할 수 없다. 많은 교회는 소위 주일 성수를 강조한다. 주일 예배에 참여하는 것을 교인의 기본 의무로 정하고 강요하다시피 한다. 십일조와 더불어 이 기본 의무를 못 지키면 직분도 받을 수 없을 뿐만 아니라, 구원의 은총을 받기도 힘들다고 많은 교회가 가르친다. 그것을 못 지키면 믿음이 없는 자로 단정한다. 신의 선택을 받지 못한 자로 몰아가는 종교 사기꾼들도 있다.

농촌 이주노동자들은 그 교회들의 기준으로 본다면, 구원의 반열 근처에 가기조차 어렵다. 천만 비정규직 노동자들도 노동조건이 비슷한 경우가 많다.

복음서 특히 네 복음서의 원본인 마가복음서는 예수를 '세리와 죄인들의 친구'라고 소개한다. 여기서 죄인들은 누구인가?

그들은 무엇보다 당대 예루살렘 성전체제가 정한 기준, 규칙, 법을 지키지 못한 사람들이다. 노동하느라 안식일을 못 지키는 사람들, 천민들, 노예들, 창녀들, 병자들, 나그네, 이주민들 등이다. 로마제국과 이스라엘 신정체제의 착취와 수탈로 가난해진 사람들, 하루도 쉬지 않고 일해도 입에 풀칠하기 힘든 사람들이었다. 강도의 소굴 같았던 예루살렘 성전체제가 정한 율법을 도저히 지킬 수 없었던 그들을, 그들 없이는 세상이 단 하루도 안 돌아갈 터인데. 당대 지배자들은 죄인이라 부르며 낙인찍었다.

부자들 중심으로 돌아간 예루살렘 성전 체제를 강도의 소굴이라고 단정한 예수는 이른바 그 죄인들과 하나가 되어 살았다. 사람이 되신 하나님은 그 죄인들과 연합했다.

고려인 세달리아가 고국에서 받은 대접

세달리아(가명, 30세)는 카자흐스탄에서 온 고려인이다. 취업비자를 갖고 들어온 노동자로서 두 아이를 둔 가장이다.

그는 한국말을 거의 못한다. 전혀 못 한다고 봐도 된다. 그래서 번역기를 이용해 러시아어로 어렵게 대화했다.

그는 입국하자마자 포천지역의 한 공장에 들어갔다. 한국말을 알아듣지도 하지도 못하는 그를 고용주는 곧바로 작업장에 들여보냈다. 안전교육도 없었다. 안전시설도 별로 없는 위험한 작업장에 투입된 그에게 모든 기계나 설비들은 그저 흉기일 뿐이다.

며칠 뒤 그는 산재 사고를 당하고 말았다. 위험한 곳을 멋모르고 디디는 바람에 발을 다쳤다. 엄지발가락이 부서지고 발바닥이 심하게 훼손됐다.

고용주는 산재 신고도 안 했다. 산재보상 청구도 방해했다. 세르비아가 한국말도 못 하고 한국 물정도 모르는 약점을 충분히 이용해 그런 짓을 버젓이 했다.

중앙아시아에서 온 고려인 후손 세달리아. 고국을 찾은 그에게 우리가 대접한 건 산재다. 오로지 자본의 이윤, 착취 극대화 위해 생명을 마구 갉아먹는 고국이 선물한 건 고작 그거였다.

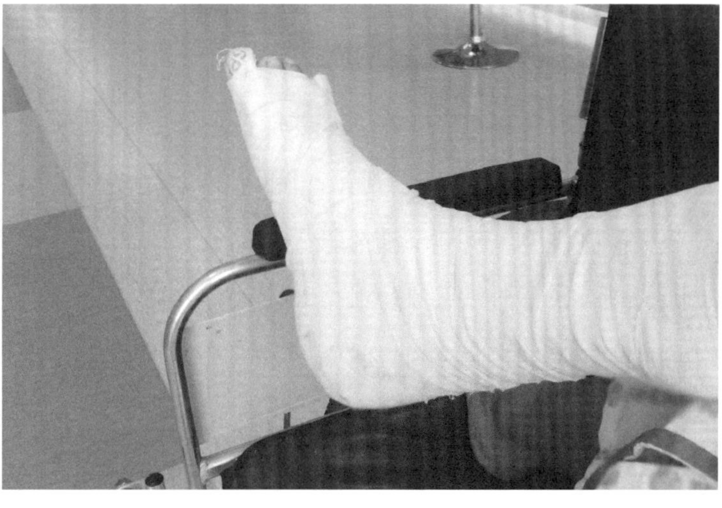

우리 교회는 구원의 방주예요

"이 세상은 고해 바다지요. 우리 사명은 죄악의 바다에 빠져 죽어가는 사람들을 건지는 거죠. 건져서 방주에 태웁니다. 교회는 하나님의 나라를 향해 가는 배입니다. 우리 교회는 구원의 방주에요."

네팔서 5년 동안 선교활동 하다 온 P 목사(40대)의 말이다. 미국서 신학교를 졸업한 뒤 목사 안수도 받은 그녀는 지금 네팔 이주노동자들이 모이는 교회 목회를 하고 있다. 교회 이름에 방주라는 글자가 들어가 있다.

"하나님의 나라는 지금 이 땅에 임하는 거 아닌가요? 하나님의 뜻이 실현된 새로운 세상. 사랑과 거룩하신 하나님의 주권적인 지배를 받는 마음과 사회. 지금 여기서부터 새롭게 세워지는 마음과 세계가 그 나라죠. 우리가 늘 드리는 주 기도의 내용이 그렇지 않나요? 그리고 교회는 이 땅에 하나님의 나라를 세우는 데 쓰임 받아야 하는 기관이고."

질문을 던지는 나에게 그녀는 다시 말했다.

"교회가 이 땅에 임하는 하나님의 나라죠. 그러나 그건 불완전해요. 완전한 신국은 저 세상에 있죠. 죽은 다음에 가야죠."

확신에 찬 P 목사를 바라보며 다시 물었다. 진정 궁금해서 물었다.

"교회가 하나님의 나라라고요? 개독교라는 말을 듣는 한국교회를 보고 어느 누가 하나님의 나라라고 할까요?"

"교회는 본래 죄인들의 공동체잖아요. 교인들은 완전한 천국에 들어가려고 방주에 올라탄 사람들이지, 의인들은 아니지요. 목사님도 잘 아시잖아요."

목사님도 잘 아시지 않느냐고 했지만, 도무지 나는 충분히 이해는 했지만 그녀의 말을 긍정도 받아들일 수도 없었다.

이 세상을 잠시 거쳐 가는 정거장 정도로 생각하며 신앙 생활하는 교인들이 뜻밖에 많다. 그러면서 그들은 이 땅에서 부자 되고 높아지고자 지성으로 기도하는 모습을 동시에 보이기도 한다. 망할 세상을 등지고 방주에 탔다는 사람들이 예수 이름을 이용해 세상에서 부자 되고 성공하고자 전력으로 질주하는 경우를 흔하게 본다.

사장이 잘해준다는데 목사님이 왜?

"사장이 잘해준다는데, 왜 목사님이 개입하시죠?"

병실에서 한 환자가 내게 던진 말이었다. 산재로 엄지발가락이 문드러진 이주노동자와 이야기를 나누고 있는 나를 향해 던진 항의성 발언이었다. 아니 공격적 발언이었다.

나는 병상에 앉아 있는 세달리아에게 산재보험에 관해 설명해주고 있었다. 최근 카자흐스탄에서 취업비자를 갖고 온 고려인이지만, 한국말을 한마디도 못하는 그와 번역기를 이용해 러시아어로 대화하고 있었다. 두 번째 만남이었다. 그런데 옆 병상에서 우리를 지켜보고 있던 60대 후반 환자가 내게 역정 섞인 말을 하였다. 얼굴을 붉히며 공격했다.

"나도 조그만 기업체를 가진 사람인데, 이 외국인은 사장이 잘해준대요. 사장이 몇 번이나 여기 왔어요. 음료수, 과일도 사다 주고. 사장이 치료 다 해준대요. 그리고 이 사람은 아직 외국인 등록카드도 안 나왔대요. 그래서 산재보험 처리도 안 된대요. 그런데 왜 목사님은 자꾸 산재보험 얘기를 하죠? 무슨 자격으로 개입하죠?”

그와 나는 날카로운 설전을 벌였다. 산재보상이 안 된다는 건 거짓말이었다. 행정적으로 아직 외국인 등록카드가 나오지 않았더라도 산재보험 청구는 가능하다. 그건 산재 신고조차 하지 않으려는 고용주의 의도적인 거짓말이다. 불법체류자-미등록자라도 산재 당한 노동자는 산재보상 혜택을 받을 수 있다. 한국말뿐 아니라 한국법이나 사회 물정 등 아무것도 모르는 그는 혼란스러워했다.

당신의 사장님 안에는 어떤 악령이 있나요?

L과 함께 성경공부를 했다. 1:1 성서공부다. 오늘 본문은 마가복음 5:1-20.

예수께서 많은 악령이 들린 사람을 치유하신 이야기다. 무덤가에 사는 그 사람 속에 들어있는 악한 영들을 몰아내시는 장면이 인상 깊다. L이 읽은 영어 성경은 악령을 악한 영혼(evil spirit)이라 했고, 내가 읽은 영어 성경은 깨끗하지 않은 영혼(unclean spirit)이라 했다.

머리도 감지 못하고 수염도 깍지 못 한 채 센터에 나온 L. 그는 연속으로 이주 밤샘노동을 했다. 다음 주에도 밤샘노동을 한다고 말했다. 등이 아프다는 말을 늘 했지만, 오늘은 눈이 충혈되어 있었다.

본문 말씀을 다 읽은 뒤 질문을 했다. 우선, L 속에 악한 영이 있느냐고 물었다. 한동안 생각하던 그가 한마디로 대답했다.

"죄(sins)."

무슨 대답을 할까, 궁금했는데 이 단어가 튀어나왔다. 놀랐다. 혹시 이상한 신비적인 해석을 하지 않을까, 했는데 뜻밖에 이 낱말이 나왔다.

나는 감탄하며, 예를 들어보라고 했다. 그 생각을 존중하며 말했다. 그는 잠시 머뭇거렸다. 그의 얼굴을 바라보고 있는 날 보며 쑥스러운 듯 웃더니 많아요, 라고 서툰 한국어로 말했다.

잠시 뒤 내놓은 단어는 이거였다.

"Hate(미움)."

"Hate(미움)? 그건 내 속에도 있어요. 나는 그뿐 아니라 bad pride(나쁜 자부심), proud(교만), envy(질투), arrogant(오만), foolishness(어리석음), egoistic mind(이기적인 생각) 등 많아요."

다음 질문을 했다.

"필리핀 사회 속에는 어떤 악령이 있나요?"

그러자 금방 입을 열었다.

"Corruption(부패)."

고개를 끄덕이자, 그는 다시 입을 열었다. 부정부패가 극심하구나, 하고 생각하고 있는데.

"Drug(마약) 많아."

다시 말을 이었다. 마약이 너무 많이 거래되면서 살인과 각종 범죄가 넘친다고 했다. 다른 각도에서 나는 또 질문했다. 그가 일하는 공장은 노동환경이 너무 열악한 걸 잘 아는지라, 그 공장 사장에 관해 물었다.

"Your boss 안에는 어떤 영이 들어있나요?"

말이 끝나자마자 그는 답했다.

"money!"

돈에 대한 탐욕이 사장 속에 들어있다는 말이었다. 그러면서 휴일이 없다고 했다. 쉬지 않고 일만 시키려는 사장을 싫어하는 눈치가 뚜렷했다.

그 사장은 고정된 월급(185만 원)을 주면서 노동자들을 노비처럼 부린다. 초과근로수당이나 특근 수당이나, 야근수당이나 모두 없다. 오로지 자본의 이윤, 착취 극대화를 위해 돌아가는 사회. 돈이 주인 노릇 하는 사회. 돈을 위해 인간의 생명을 마구 갉아먹는 사회. 이 사회야말로 무덤 같은 사회라는 생각을 했다. 이 사회에 길든 사람들 속에 악령 떼가 우글거린다는 생각을 했다.

우리는 기도했다. 그가 먼저 기도하고 내가 기도했다. 자신 속에 들어있는 악한 생각, 악한 욕망을 몰아내 달라고 구했다. 그리고 필리핀과 우리 사회 속에 있는 악한 영들도 몰아내 달라 기도했다.

안에서 새는 바가지 밖에서도 새는 거지?

한국은 천민자본주의 사회다. 오로지 이윤, 착취 극대화만 꾀하는 자본의 본질이야 세계 어디 가나 똑같지만, 그래도 자본주의사회도 나름이다.

한국의 자본주의는 가장 천한 자본주의다. 국내에 체불임금 누적액이 수백조 원이나 된다. 해외에 나가서도 그 버릇 그대로인 것을 최근 인도네시아에서 야반도주한 한국 기업이 아주 잘 보여주었다. 그 기업은 막대한 인도네시아 노동자들의 임금을 떼어먹고 도망갔다.

삼성은 베트남서 그 본색을 또 잘 보여주고 있다. 베트남에서 삼성은 국가의 비호를 받으며 폭력적인 구조와 질서로 노동자들 억압하고 착취하는 실력을 능숙하게 발휘한다. 가령 2014년 삼성전자에서 노동자 4,000여 명이 사 측의 폭력적 관리에 저항해 시위한 일이 있었다. 당시 노동자들 한 달 임금은 고작 12만 원. 거기서도 무노조경영원칙이란 야만은 여전히 고수한다.

한국 천민자본주의를 강력히 뒷받침하는 조직이 있다. 수구 기복적인 종교들이다. 개신교, 천주교, 불교 등 수구 기복적인 교회나 절들은 부자들 비위 맞춰가며 치부하는 달인들이다. 묻지 마 헌금이나 시주받아 쌓는 기술이 탁월하다. 그러면서 더러운 부자들 위해서는 지성으로 복 빌어주고, 가난한 사람들에게는 노예도덕을 줄기차게 가르친다.

더럽게 번 돈을 사회에 토해내고, 피해 본 사람들에게 네 배로 갚는 행동을 한 삭개오. 예수가 주시는 구원의 은총은 삭개오 같은 사람에게 주어진다.

개집 같은 기숙사만 있는 건 아니다

지난 토요일 연천(경기도)에 갔다. 임진강이 가까이 있는 공장에서 일하는 이주노동자 M을 만나러 갔다. 초대에 감사했다. 의정부에서 동두천을 거쳐 가는 길에 사진 작업을 하는 친구가 동행했다.

방글라데시에서 취업비자를 갖고 온 M은 다른 이주노동자와 함께 기숙사에서 한방을 쓰고 있었다. M은 작년에 산재와 체불임금으로 고생했다. 게다가 개집 같은 컨테이너 기숙사에서 힘들게 살았다. 최근 그는 이곳으로 직장을 옮겼다.

새 회사는 건물도 산뜻하고 좋았다. 기숙사도 이전의 것에 비하면 호텔 같았다. 쾌적하고 좋았다. 이런 데서 생활하며 일하면 일의 능률도 훨씬 오를 것이다. M도 만족했다. 무엇보다 그는 밤샘노동이 없는 걸 좋아했다. 그동안 밤샘노동을 너무 힘들어했다. 특히 강제로 하는 철야노동.

'뽈라우' 이것은 M이 친구와 함께 만들어 준 방글라데시 음식이다. 볶은 닭고기를 곁들인 카레 음식이다. 밥을 지은 쌀은 방글라데시 쌀이라는데, 흔히 알고 있는 안남미하고 또 달랐다. 쌀알이 가늘고 길면서 아주 작았다. 식감이 괜찮았다. 정성껏 요리해 대접하는 마음이 있어 한층 더 맛있었다.

이주노동자를 단지 일회용품처럼 사용하고 버리듯 하는 기업주들이 많다. 그런 식의 경영은 사실 장기적으로 보면 기업 쪽에도 이득이 되지 않는다. 열악한 환경에서 사는 노동자들이 생산성을 높이기는 어렵기 때문이다.

크나 작으나 그 생리는 똑같아

"이것도 산재가 되나요?"

마삽 씨의 물음이었다. 병상에 앉아 있던 그가 눈을 크게 뜨며 말했다. 유난히 검은 눈썹을 가진 그가 다시 말했다.

"회사 사람들은 안 된대요. 사장, 공장장도 안된다고 했어요."

네팔서 몇 년 전 취업비자를 갖고 들어온 그는 한국말을 제법 했다. 그는 얼마 전 공장에서 일을 마치고 회사 화장실에 들렀다. 퇴근하기 직전에 들른 거다. 세수하고 화장실을 나서다 그만 미끄러져 넘어졌다. 그러면서 발목이 부러졌다.

이 사고는 명백한 산재다. 설명이 필요 없다. 그러나 사 측은 새빨간 거짓말을 했다. 사장이 치료나 잘 받게 해주면 좋겠다는 생각을 갖고, 한국법 이나 한국 물정 모르는 마삽은 입원해 치료만 받았다.

산재 신고가 되고 산재보상 보험 혜택을 당연히 받을 수 있는 사안인데, 기업주는 노동자를 속였다.

자본의 이윤, 착취 극대화.

이걸 위한 자본가의 뱀파이어 같은 열정은 기업의 규모와 상관없이 크다. 수단과 방법을 가리지 않는 열정. 착취공장형 재벌왕국에서 그 열정적 생리는 기업이 작으나 크나 마찬가지다.

삼성 바이오의 회계 사기 사건을 보라. 4조 원이 넘는 규모의 분식회계 사기를 버젓이 치지 않았는가. 그 피해는 고스란히 많은 사람에게 간다. 이 사기로 삼성은 막대한 이득을 본다. 더구나 이재용의 경영 세습을 도모하니 그 이익은 계산이 안 될 정도다. 오직 이재용 일가에게 돌아가는 이익.

이런 회계사기 범죄는 천민자본주의의 본산인 미국에서도 엄하게 벌하는 중범죄다.

"마삽씨, 산재보험 보상 신청하실래요?"

"yes. 사장이 싫어해도 하겠습니다."

"좋아요. 그러면 제가 돕겠습니다."

법이 피해 가는 곳

병원에 들렀다. 산재 당한 이주노동자들이 많이 입원하는 중형병원이다. 그날 병실에 누워있는 이주노동자는 모두 5명이었다. 각기 다른 나라에서 와 서로 다른 공장에서 다친 그들이지만 공통점이 있었다.

공통점은 산재 신고가 모두 되지 않았다는 점이다. 공장에서 일하다 다쳐 입원한 지 한 주, 두 주가 지났지만, 기업주들 모두 산재 신고를 하지 않았다. 그러니 산재 노동자 누구나, 불법체류자도 받게 되어 있는 산재보상보험 혜택도 못 받는 거다. 노동자 본인이 뒤늦게라도 신청하지 않는 한 못 받는다. 참고로 우리나라 이주노동자 산재신고율은 24%에 지나지 않는다.

그날 나는 비닐하우스 채소재배농장 다섯 군데도 방문했다. 모두 이주노동자들이 일하는 농장들이다. 그 농장들도 공통점이 있었다.

그것은 기숙사들이 모두 불법건축물이라는 거다. 수십 개 비닐하우스가 늘어선 농장 한 귀퉁이에 있는 이주노동자들의 숙소들은 모두 농지법과 건축법 등을 위반한 불법건축물들이었다.

'매년 범죄가 감소하는 도시. 안전한 도시'

우리 센터로 돌아오는 길에 본 현수막 글이다. 시에서 내건 현수막을 보면서 그런 생각을 했다. 법이 피해 가는 곳이 있다. 큰 범죄는 피해간다. 진짜 악질적인 범죄는 피해간다.

기업주나 고용주의 범죄는 피해가기 일쑤다. 이윤, 착취 극대화를 꾀하는 자본의 범죄 앞에 서면, 법은 무력해진다. 그러나 그 법이 약자들 앞에서는 칼같이 예리하고 엄하다.

4조 원이 넘는 회계 사기를 저지른 삼성 바이오 앞에서 법은 겸손하고 얌전하기만 하다. 그러나 배고파 라면 한 봉지 훔친 청소년에게 그 법은 가혹하다. 징역을 살게 한다.

예수는 율법학자, 바리새인, 서기관들과 상극이었다. 입만 열면 법, 법 하는 그들을 예수께서 신랄하게 비판하고 저주까지 한 까닭은 그들의 법 이해와 법 적용이나 집행이 심히 편향되어 있었기 때문이다. 그들은 똑같은 법을 갖고 부자와 가난한 자, 강자와 약자에게 다르게 적용하고 집행했다.

불법체류자가 될까 말까

불법체류노동자가 될까 말까, 고민하는 노동자가 있다. 소위 불법체류노동자가 되면, 늘 쫓기는 불안을 안고 살게 된다. 항상 감시받는 느낌을 받으며 살게 된다.

방글라데시에서 취업비자를 갖고 3년 전에 들어온 마논(가명 30세)이 새 직장을 구하고 있다. 얼마 전 다니던 회사에서 나와 새 일터를 얻는 게 만만치 않다.

E9 취업비자를 가진 이주노동자는 고용허가제에 따라 고용주의 허락을 받아야 퇴사할 수 있고, 노동부-고용지원센터의 지시를 받아 새 직장에 갈 수 있다. 새 직장을 고용지원센터가 일방적으로 지정해준다. 본인 의사나 적성이나 경력 등은 전혀 고려하지 않는다. 지정받은 회사를 방문해 면접을 본 뒤 가부를 말할 권리만 노동자에게 있다. 이 과정을 통해 3개월 안에 새 직장을 반드시 구해야 한다.

마논은 지난 2개월 동안 네 군데 회사를 지정받아 면접을 보았다. 세 곳은 그가 선택할 수 없는 곳이었고, 한 곳은 회사 쪽에서 거부했다. 세 곳 중 하나는 기숙사가 개집 같은 컨테이너였고, 다른 하나는 염색공장이었고, 또 다른 하나는 불법체류자들을 선호하며 상습적으로 임금을 체납하는 곳이었다.

3달 안에 취직 못 하면 강제 출국당할 수밖에 없는 마논은 초조했다. 퇴사 뒤 숙소가 없어 이곳저곳 전전하던 그가 지난주엔 친구가 다니는 회사의 기숙사에서 며칠 묵었다. 그런데 마침 그 회사는 이주노동자를 구하고 있었다. 자동차부품공장인 그 회사 사장이 마논을 보고 채용하고 싶어 했다. 마논도 그 회사에서 일하고 싶어 했지만 마논은 그 회사에 입사할 수 없다. 고용허가제가 가로막는다. 고용주와 노동자가 아무리 근로계약을 맺어도, 고용허가제는 그 계약을 인정하지 않는다. 노동부 고용지원센터가 지정한 곳에서 맺은 계약이 아니면 인정하지 않는다. 이는 노동권만 아니라 기본권, 인권마저 짓밟는 거다. 그 알량한 자본주의 일반 기준에도 못 미치는 짓이다. 야만스럽다.

불법체류자가 될까 말까. 마논은 고민에 빠져 있다.

체불임금 800만 원, 우선 받아낸 히무

히무(32세)가 체불임금 8백만 원을 우선 받아냈다. 그가 받지 못한 임금 1,540만 원의 절반 정도를 받아낸 거다.

돈을 받아내느라 그는 8개월 동안 싸웠다. 2달은 혼자 싸우고 6달은 우리 센터와 손잡고 싸웠다. 그동안 노동부에 신고하고 재판까지 했다. 그 과정에서 나를 도운 사람이 있다. 이기호 님이다. 이주노동자들과 벗이 되어 13년 동안 살아온 사람이다. 그는 이주노동자들의 문제를 갖고 씨름하며 이주노동자를 돕는 전문가로서 나와 나이 차이는 크지만, 동지라고 할 수 있다.

우리는 나머지 740만 원도 모두 받아낼 작정이다. 시간이 얼마나 걸리던 다 받아낼 생각이다.

지금도 회사를 버젓이 운영하는 기업주는 이미 아파트나 재산을 모두 타인 이름으로 돌려놓았다. 취업비자를 갖고 들어와 주간, 야간 뼈 빠지게 일한 노동자의 품삯을 주지 않고도 뻔뻔하게 구는 사장을 히무는 이해는 물론 용서할 수가 없다.

이 나라에서 자본가들이 주지 않은 임금은 산더미 같다. 국가의 강력한 비호를 받는 기업들이 주지 않는 임금이 해마다 1조 원이 넘는다. 작년엔 1조6천억이 넘었다. 내 경험으로 볼 때 공식 통계에 들어가지 않은 체불임금도 아마 적지 않을 것이다.

체불임금은 성경의 주요 관심사이기도 하다. 히브리 노예들을 해방한 야훼 하나님은 품삯을 받지 못한 노동자의 우는 소리를 들은 분이다. 야고보서는 그런 하나님을 소개하며, 품삯을 주지 않고 치부한 부자들에게 강력한 경고를 한다. 그리고 무서운 심판, 저주를 예고한다. (야고보서 5장)

히무의 우는 소리는 아직 그치지 않았다.

예수의 고난과 농촌 이주노동자 띠엉

고난주간이다. 예수님의 고난을 묵상하다 보니, 띠엉이 자꾸 생각났다. 띠엉(가명)은 얼마 전 채소 재배농장에서 만난 노동자다. 사진 작업을 하는 친구와 함께 만났다. 그는 베트남에서 왔다. 나이가 좀 들어 보여 혹시 미등록체류자인가 했더니, 그건 아니었다.

그를 만난 날은 마침 그가 쉬는 날이었다. 비닐하우스농장 한 귀퉁이에 있는 임시 건물 숙소에서 커피를 얻어 마시며 얘기를 나눴다. 한국에 온 지 일 년이 넘었지만 그는 한국말을 거의 못했다.

그는 한 달에 이틀 쉬었다. 그리고 매일 아침 7시부터 오후 5시까지 일했다. 그는 동료 이주노동자 네 명과 함께 비닐하우스 70동 농사를 짓고 있었다. 네 명 가운데 셋은 여성이다. 비닐하우스는 보통 길이가 백 미터쯤 된다. 그들은 우리가 늘 먹는 상추, 쑥갓, 시금치, 열무 등 채소를 일 년 내내 재배한다.

번역기를 써가며 대화를 나누다 그에게 월급에 관해 물었다. 그랬더니 핸드폰에 숫자를 썼다.

– 130.

130만 원이라는 말이었다. 한 달 월급이다. 최저임금에 훨씬 못 미치는 돈이었다. 그가 한 달 동안 일한 시간을 갖고 대충 계산해 보아도 200만 원이 넘는데 말이다. 그리고 농촌 이주노동자는 건강보험도 없다. 일하다 다쳐도 산재보험 혜택도 받지 못한다. 또한 근로기준법 63조는 농어촌노동자들을 근로기준법 적용 대상에서 빼놓았다. 근로기준법에 따르면 농어촌노동자는 노동자도 아니다.

이런 노동조건과 환경에 처한 그들은 농장주에게 어떤 개선이나 마땅한 권리를 요구하기가 몹시 어렵다. 왜냐하면, 고용허가제가 고용주에게 전권을 주어 노동자들을 옥죄기 때문이다.

가령 고용주는 노동자가 취업비자 기간을 연장할 때 사인을 할 권한이 있다. 이 사인 없으면 체류 연장이 불가능하기에 노동자들은 고용주 눈치를 보게 된다. 눈에 벗어나면 추방이기에 군소리 없이 일만 해야 한다. 말하는 짐승 이상이 되는 것을 법, 제도가 철저히 막고 있다. 반노예로 살기를 강요하는 거다.

"이주노동자들 없이는 농사 못 짓습니다."

이는 농장주들이 늘 하는 말이다.

고난주간을 맞아 예수님의 고난을 더욱 생각한다.

"지극히 작은 사람들에게 한 것이 곧 나에게 한 것이다."

예수께서 하신 말씀(양과 염소의 비유 마태 25장)을 되새기며 더욱 생각한다. 예수의 고난은 지금 여기에도 있다는 생각이 든다. 농촌 이주노동자들의 고통이 곧 예수의 고통 아닌가. 그게 지극히 작은 자, 지극히 약한 자와 자신을 동일화한 예수의 고난 아니겠는가?

오늘의 '예수 고난.'

부활하신 예수와 마우

부활절 오후, 마우와 1:1 성경공부를 했다. 성경 본문은 마가복음 16:1-8이었다. 본문 말씀을 마우(가명 세네갈 35세)가 읽었다. 본문은 예수께서 다시 살아나신 과정을 전해주고 있었다.

오늘 특히 우리의 눈길을 끈 대목이 있었다. 그건 다름 아니라 갈릴리였다. 거기는 부활하신 예수가 찾아가신 곳이다. 누구라도 부활하신 예수를 만나려면 갈릴리로 가야 했다.

갈릴리는 이스라엘의 변방이었다. 정치적으로 억압받고, 경제적으로 착취당하고, 사회적으로 소외된 가난한 사람들이 모여 사는 지역이었다. 갈릴리는 정치, 경제, 종교의 중심지였던 예루살렘과 대조되는 곳이다.

오늘날도 부활하신 예수 그리스도께서 현존하는 곳은 갈릴리다. 무소부재하신 그리스도의 성령은 갈릴리에 우선 임하신다. 갈릴리에 임하신 그리스도께서는 갈릴리 사람들 편에 서서 일하신다. 갈릴리 사람들을 일으켜 하나님의 나라를 세워나가신다. 그 나라는 형제애와 자유와 평등이 넘치는 새로운 세상이다. 보편적인 인간 해방, 구원을 위해 다시 사신 예수는 오늘도 갈릴리로 가신다.

갈릴리로 가신 그리스도 예수를 본 마우는 체불임금 얘기를 꺼냈다.

세네갈에서 온 난민 마우(G1 비자)는 얼마 전 산재를 당했다. 몇 달간 치료를 받은 그는 산재로 인한 트라우마로 다니던 공장에 다시 들어가기를 두려워했다. 결국, 직장을 옮기게 되었는데, 문제가 하나 생겼다. 20일 치 임금을 주지 않는 것이다. 이사를 해야 하는데 사장은 퇴사한 다음에 주겠다고 한다.

부활하신 예수를 그리스도로 믿는 사람으로서 이런 상황에서 어떻게 해야 하나?

마우가 내게 물었다. 나는 부활하신 예수께서 갈릴리로 가신 사실을 상기시키며 조언했다. 회사 기숙사에 있는 짐을 빼지 말라고 했다. 손이 잘리는 고된 노동을 했는데 20일 치 임금을 떼어먹으려고 하니, 어처구니없었다. 더구나 잘 돌아가는 회사가 그러니 어이가 없었다.

마우의 생각을 물었다. 그는 즉시 대답했다. 짐을 하나도 빼지 않겠다고. 갈릴리로 가신 예수를 믿지 않는 교회들은 부활절에 속 빈 소리를 많이 한다. 부자들 편에 서서 부자들 비위 맞추는 소리를 늘어놓는다. 치부를 위해 추상적이고 관념적인 말장난들을 한다. 현란하기도 하다. 예수 없는 관념 놀이를 마구 한다. 영성이니 신령이니 하며 설교, 강론이란 이름 아래 헛말들을 늘어놓는다. 마치 금 송아지 신의 제사장, 바알 선지자, 영지주의자들, 양복 입은 샤먼들처럼. 부활하신 예수 그리스도께서 현존하시는 자리는 갈릴리다. 거기서 억압받고 착취당하는 사람들 편에서 일하신다.

이중사회

첨부한 사진은 농촌 이주노동자 숙소다. 움막 같고 돼지우리 같다. 검은 비닐로 덮어놓은 임시 건물. 현재 사용하는 기숙사다. 채소를 사철 재배하는 비닐하우스 100동을 가진 농장의 농장주가 노동자에게 제공한 숙소.

이 움막은 작년 8월 JTBC 뉴스룸 밀착 카메라 시간에 고발된 적 있다. 하지만 지금도 여전히 노동자에게 제공되고 있다. 잠시 주춤하다 다시 그대로 사용한다.

이 건물은 건축법, 농지법 등 위반이다. 어느 농장주는 이런 임시 건물을 임시 거주지로 인정받았다고 우기나 사람이 살 집은 아니다. 전국 농

촌에 정도의 차이는 좀 있으나, 농촌 이주노동자들에게 제공한 이런 임시 건물이 수두룩하다.

우리나라에서 법은 사람에 따라 달리 해석되고, 적용된다. 똑같은 법 조문이 기업주, 자본가에게 적용될 때와 노동자에게 적용될 때 전혀 다르다. 정반대다. 국가도 마찬가지다. 행정, 입법, 사법부 등이 양측에 대하는 태도나 행태는 정반대다. 철두철미 이중적이다.

저런 움막을 받은 노동자가 기업형 농장의 기업주 뺨이라도 한 대 쳤다면, 온 나라가 야단법석을 떨 거다. 마치 테러사건이라도 난 듯 많은 언론이 떠들어대 즉각 구속 수사하고 법정 최고형을 때릴 거다.

착취공장형 재벌왕국 한국. 총자본이 국가를 사유화한 기업국가. 이 1:99 사회는 분명 이중사회다. 헬조선이란 게 결코 빈말이 아니다. 철저히 이중적인 신분, 계급사회 아닌가?

하기야 북한도 마찬가지다. 조선조식 유교 코드 없이는 해석할 수 없는 사회 아닌가. 수령주의 왕국 동네.

남이나 북이나 신분이나 계급 그리고 온갖 권력까지 세습하던 조선 시대보다 더 정교하고 더 철저한 이중사회다.

재벌숭배자 몽골 노동자

산재지정병원서 몽골 노동자를 만났다. 발을 다쳐 입원한 청년 노동자.

몽골서 대학을 나온 20대 젊은이. 검은색 뿔테 안경을 쓰고 있었다.

발에 깁스하고 있기에 산재인 줄 알았더니 아니었다. 퇴근 후 밤에 기숙사에서 혼자 다쳤다.

산재보험 혜택을 받을 수 없어 아쉽다는 말을 나눴다. 그러다 병상 머리에 있는 탁자 위를 쳐다보니 책이 두어 권이 놓여 있었다. 무슨 책이냐고 물었더니 기다렸다는 듯이 사람 이름을 댔다.

"김우중."

취업비자로 한국에 온 지 1년 정도 된 그는 한국말을 웬만큼 했다. 읽기는 곧잘 했다.

책 표지에 대우 김우중 회장의 사진이 박혀 있었다. 물론 책은 몽골책. 병상에서도 김우중의 자서전 같은 책을 탐독하고 있을 정도로 그는 김우중에게 빠져 있었다. 얘기를 나눠보니, 몽골 대학에서 경영학을 공부한 그는 우리나라 재벌 김우중의 팬이었다. 김우중의 기업경영 능력을 높이 평가하며 오른손을 높이 들어 엄지 척을 해 보였다.

나는 그가 일하고 있는 공장이 궁금했다. 물어보니 석재공장. 돌산에서 돌을 캐내거나 그 돌을 가공하는 공장으로서 일이 매우 거칠었다. 그는 하루 12시간씩 교대로 24시간 돌아가는 공장에서. 야간노동을 번갈아가며 했다.

그가 받은 월급을 계산해 보니, 최저임금(시간당 8,350원)도 안 되는 수준이었다. 그가 기거하는 기숙사는 공장 한구석 컨테이너였고 장시간-저임금으로 혹사당하고 있었다.

그의 노동조건을 들은 뒤, 나는 대우그룹에 대해 그에게 얘기해줬다. 의류봉제사업으로 떼돈을 벌 때 수천 명의 여공을 얼마나 착취했는지 설명해줬다. 장시간, 저임금노동으로 일하는 동안 화장실 가는 횟수를 줄이기 위해 물 먹는 것조차 엄격히 규제했던 방침도 있었다는 것을 말했다. 특히 여름엔 소금도 먹어가며 그랬던 그 기업에 관해 설명해줬다. 그리고 지독한 정경 유착이나 탈세나 비자금 운용이나 문어발식 경영 등 우리나라 재벌의 일반적인 악행에 대해 들려줬다. 이익은 철저히 사유화하나 손실은 철저히 사회화하는 재벌들의 습성도 얘기해줬다.

재벌의 흑역사에 대한 미니 강의를 한 셈이었다. 가만히 듣기만 하던 그가 병상에서 윗몸을 벌떡 일으켰다. 물을 한 컵 들이켰다.

"지금은 김우중 싫어요! 내가 읽은 책에는 그런 얘기 하나도 안 나와요."

껄껄 웃고 말았다. 재벌 우상 숭배가 그리 빨리 무너지다니. 그는 퇴원 뒤 꼭 찾아오겠다고 우리 이주노동자센터의 위치와 내 전화번호를 물었다.

주정차 단속과 농촌 이주노동자 숙소

주정차 단속이 강화됐다. 정부는 최근 주민신고제를 도입했다. 주정차 위반을 단 1분만 해도, 일반 주민-시민이 사진을 찍어 신고하면 칼같이 처벌한다는 거다.

그런데 농촌 이주노동자들 숙소는 대개 불법 임시 건물이다. 움막 같거나 개집 같다. 늘 농약을 뿌려대는 농장 한쪽에 있는 숙소는 사람이 살만한 주택이 아니다. 대개 건축법, 농지법 등 위반이다.

그런 숙소들을 농장주들은 대부분 위장을 위해서. 숨기기 위해서 항공촬영에 걸리지 않기 위해서 검은 비닐로 덮어놓는다.

행정 당국을 비롯한 국가의 묵인, 방조, 협조, 지도, 편달 없이는 전국 농촌에 널린 그런 움막, 개집들이 건재할 수 없다. 공장 쪽 이주노동자들 숙소도 절반 이상 컨테이너 같은 불법 임시 건물이다.

기업국가란 말은 빈말이 아니다. 농촌이든 도시든, 농장이든 공장이든 행정, 입법, 사법부 등 국가는 지금 자본을 강력히 뒷받침하고 있다. 단 1분만 주정차 위반을 해도 즉시 주민을 처벌해, 돈 걷는 시스템을 만드는 강력한 능력이 있지만, 전국 농장에 널린 불법 임시 건물들은 방치하고 있다.

오직 이윤, 착취 극대화 도모하는 자본에 대한 국가의 충성은 백만 이주노동자 숙소를 검은 비닐로 덮어두도록 하는 데만 미치는 게 아니다. 그것은 천만 비정규직 노동자들을 억압, 착취하는 데도 아주 섬세하게 미친다. 그만이 아니다. 삼성 같은 기업의 야만적인 무노조경영원칙을 관철하는데도 깊숙이 미친다.

DMZ에 간 이주노동자들

이주노동자들과 함께 DMZ에 갔다. 경기도 연천 임진강 옆에서 손에 손을 잡고 종전선언과 평화협정을 염원했다. 그들은 한국인들과 손잡고 평화통일을 기원하며 노래했다.

한반도 평화를 위한 인간 띠 잇기. 강화에서 고성까지 500km 인간 띠 잇기에 이주노동자들도 그렇게 동참했다. 주로 기피 업종에서 고된 노동을 하는 그들이 평화를 위해 동참했다.

베트남, 방글라데시, 네팔 등에서 온 노동자들이 한국인들과 함께 손 잡고 한반도 평화를 기원하는 모습은 보기에 참 좋았다.

특히 베트남서 온 뜨엉(가명 33세)은 남다른 느낌을 가졌다. 과거 남과 북으로 민족이 분단된 역사적 경험을 가진 베트남. 거기서 온 그는 한반도의 분단을 마음속 깊이 아파했다. 그리고 평화통일을 간절히 기원했다. 민족의 단결된 힘으로 강 같은 피를 흘리며 프랑스, 미국 등 외세를 당당히 물리친 역사를 가진 베트남 사람으로서 한반도의 평화통일을 위해 빌었다. 더 이상 피 흘리지 않고 통일이 되기를 간절히 바랐다.

서방님의 손가락은 여섯 개래요

주일 오후. 산재 지정병원에 들렀다. 세네갈에서 온 난민 마우와 성경 공부를 마친 뒤 들렀다. 오늘 성서 본문은 막 5:1-20였다. 마우는 예수께서 귀신 들린 사람을 구원하는 장면에 깊은 인상을 받았다. 예수께서는 악령 떼를 몰아내셨다. 병원에 들르니 손을 다친 이주노동자가 여럿이었다. 손가락이 잘리거나 부서지거나 찢어지거나 베인 사람들. 그들을 만나고 병원을 나서는 데 문득 옛노래가 떠올랐다.

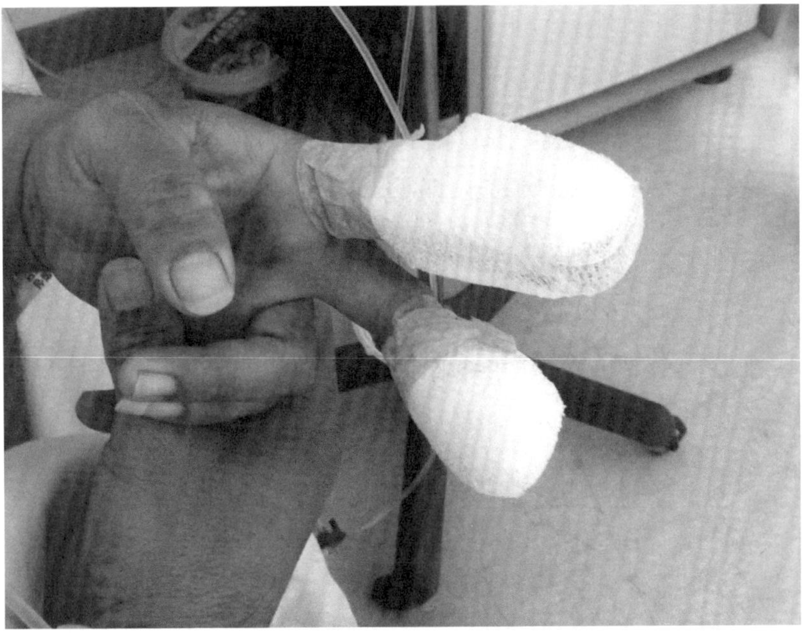

서방님의 손가락은 여섯 개래요

시퍼런 절단기에 싹둑 잘려서

한 개에 오만 원씩 이십만 원에

술 퍼먹고 돌아오니 빈털터리래

– 중략 –

야근이란 제목을 가진 이 노래(김민기 작사, 작곡)는 지난 80년대에 많이 부른 노래다. 서울 사당동 판자촌에 있던 희망교회 야학 노동자들과 자주 부른 노래다. 그때 난 전도사였다.

밤샘노동하다 손가락이 싹둑 잘리는, 원시적인 산재를 오늘날엔 이주노동자들이 흔히 당하고 있다. 주로 이런 원시적 산재를 당하는 백만 이주노동자들의 산재율은 내국 노동자들의 산재율보다 5배 정도 높다. 그러나 누구나 받게 되어 있는 산재보험 혜택을 받는 노동자는 절반도 안 된다. 몰라서 못 받고, 알아도 기업주가 훼방해서 못 받는다.

해마다 2,000명 이상 산재로 죽임을 당하는 한국의 산재율은 세계 최고다. 내국 노동자들은 위험의 외주화, 죽음의 외주화라는 말이 알려주듯 아주 세련되고 정교한 사회경제 구조적인 악 속에서 크고 작은 부상은 부지기수고 매년 2천여 명이나 처참하게 죽임을 당한다.

"당신의 실수로 사고가 났나요?"

손가락 두 개가 프레스에 눌려 부서진 스리랑카 노동자에게 물었다. 그러자 아니요! 라는 답이 금방 튀어나왔다. 안전교육도 안전시설도 없었다고 했다.

'오직 자본의 이윤, 착취 극대화'

이는 오늘날 한국사회를 견인하고 추동하는 핵심원리이자 일반 원리이다. 사회 구석구석을 강력히 지배하는 거다. 성서에 따른 표현을 쓰면 사회와 마음들을 지배한 귀신이요 악한 영이다. 한두 마리가 아니라 떼 귀신이요, 집단적인 악령이다. 개인만 아니라 사회 구조적인 악이다.

참으로 예수가 필요한 시대다. 그 귀신을 몰아낼 예수의 사람들이 꼭 필요한 때다. 진정 예수를 모시고 예수로 행동하는 사람들을 요청하는 시대다. 그 핵심원리, 집단원리를 몰아내고 새로운 원리를 곧추세울 사람들이 필요하다. 생명의 극대화란 원리를 자신의 마음과 직장과 사회에 관철할 사람들이 꼭 필요하다. 부자 편에 서서 부자들 비위 맞춰 치부하는 교회나 성당이나 절 등에 충만한 악한 영들까지 몰아낼 예수의 제자가 필요하다.

생명의 극대화라는 원리를 세우기 위해 사는 사람이 예수를 모시고 사는 사람-그리스도인이다.

'서방님의 손가락은 여섯 개래요~~'

이주노동자센터로 돌아오는 내내 흥얼거렸다.

Mayday와 존

5월 1일은 Mayday다. 노동절의 뿌리는 1886년 5월 1일에 있다. 그날 미국 시카고에서는 노동자 30만여 명이 시위하며 파업했다.

그때 노동자들이 요구한 핵심 사항은 8-8-8이었다. 8시간 노동제를 요구했다. 8시간 노동하고, 8시간 자고, 8시간 자유 시간을 갖고 싶다고 외쳤다.

그러나 자본을 위해 일하는 국가는 노동자들을 무참히 짓밟고 죽였다. 행진하는 노동자들에게 총을 쏘고, 노조 지도부 여러 명을 사형시켰다.

2019년 한국.

여기에 들어와 노동하는 존(가명. 필리핀 30대)은 하루 12시간씩 일한다. 가명을 쓰는 이유는 본인이 불이익을 당할까 봐서다. 플라스틱 파이프 공장에서 한주는 주간노동, 한주는 밤샘노동을 하는 그의 생활은 노동하고, 밥 먹고, 노동하고, 밥 먹고, 잠자고, 또 노동하고, 그뿐이다. 노동뿐이라 해도 과언이 아니다. 말하는 짐승이요, 말하는 기계라 할만하다.

그의 월급은 185만 원이다. 한 달 꼬박 밤샘노동을 해도 그 금액이고, 한 달 내내 주간노동만 해도 그 금액이다. 기업주 맘대로다. 최저임금에 훨씬 못 미치는 건 분명하다. 기업주는 그 월급에서 기숙사비 10만 원을 뗀다.

작년 존은 밤샘노동을 하다 손가락 두 개를 잃었다. 기계에 절단되는 사고를 당했다. 그는 직장을 옮기고 싶은 마음 굴뚝 같지만 그럴 수 없다. 고용허가제는 고용주의 사인 없이는 이주노동자 스스로 일터 옮길 수 없다고 못 박았기 때문이다. 일벌레 같은 존을 고용한 사장은 사인을 고집스레 안 해준다.

기업주는 법에 따라 사실 강제노동을 시키는 거다. 존은 결코 자유인이 아니다. 현대판 노예가 맞다.

백만 이주노동자와 오십보백보인 노동자들이 있다. 천만 비정규직 노동자들이다. 노동조건과 노동환경이 거기서 거기다.

우리 국민 대다수인 노동자들은 본질적으로 임금 노예다. 착취공장형 재벌왕국에서 그 노예의 성격은 어디보다 더 강하다.

메이데이는 성서의 뿌리인 출애굽 사건 계시를 불러낸다. 그것은 오늘 노동자들에게 히브리 노예들의 정신과 신앙을 불어넣는다. 그리고 엑소더스를 촉구한다. 그 계시는 수령주의 왕국의 인민만 아니라 여기 노동자들에게도 강력히 촉구한다.

노동자들의 진정한 해방은 곧 보편적인 인간 해방이다. 노동자들의 자유 없이는 보편적 인간의 자유 없다. 그래서 형제애 속에서 자유롭고 평등한 새 사회, 새 세상을 세우기 위해 일어나라고 출애굽 사건은 오늘도 노동자들을 충동한다.

Kim Pastor(목사)님, 손으로 먹어봐요

히무(가명, 30세)가 방글라데시 친구들을 기숙사로 초대했다. 6개월 동안 우리 센터와 손잡고 함께 싸워 체불임금 800만 원을 받아낸 기념으로 초청했다. 즐거운 시간을 가졌다. 함께 이야기 나누고, 게임도 하고, 방글라데시 음악도 들었다. 맥주를 마신 친구들은 춤도 추었다.

그는 친구들과 나를 위해 방글라데시 음식 뻘라우를 정성껏 요리했다. 그건 고춧가루 대신 카레를 넣은 닭볶음탕 같았다.

"Kim Pastor(목사)님, 손으로 먹어봐요."

둘러앉아 뻘라우를 막 먹으려는 때, 사하가 날 쳐다보며 말했다. 그는 작년에 공장에서 일하다 한국 노동자에게 폭행을 당해 고생한 친구다. 그 일을 계기로 나와 절친해진 그가 웃으며 말했다.

갑작스러운 제안에 좀 당황하자, 그는 웃으며 손으로 먹는 시범을 보였다.

"이렇게 먹어요."

친구들 모두가 날 주시했다.

"아, 그래, 알았어."

얼떨결에 대답한 나는 난생처음 오른손으로 접시에 담긴 음식을 집어 먹어보았다. 엄지부터 세 손가락을 이용해 밥에 뻘라우를 조금씩 섞어 입에 넣었다.

설마 하는 눈치로 날 지켜보던 친구들은 모두 좋아하며 웃었다. 핸드폰을 꺼내 사진을 찍고 난리였다.

배가 고팠던 나는 손으로 뻘라우를 배불리 먹었다. 어색하고 찜찜했으나 한 접시를 다 비웠다. 무엇보다 원시의 맛이 있었다. 인공적인 도구를 버리고 맨손으로 먹으니 카레와 섞인 원시의 맛이 오묘했다.

서로 외식이나 경계를 벗어나고 친구들과 더욱 가까워진 느낌도 들었다.

제주를 거쳐 포천까지 온 난민 미칼

미칼(가명, 27세)씨를 만난 건 병실에서였다. 공장에서 일하다 손을 다친 그는 입원해 치료를 받고 있었다.

작년 봄 제주도에 몰려온 예멘 난민 5백여 명 가운데 하나였던 그는 임시 체류비자를 받아 그동안 포천에서 일했다.

한국말은 물론 영어도 못 하는 그와 의사소통은 번역기를 이용해 간신히 했다. 번역기를 종종 사용하지만, 아랍어로 소통하기는 처음이었다.

그가 어찌 난민이 되었는지 궁금했다. 사우디아라비아와 이란이 예멘에서 전쟁하는 바람에 난민이 되었다고 말했다. 키가 훤칠하게 큰 그의 눈이 유난히 휑했다. 먼 이국땅에 온 난민인 데다가 산재까지 당한 그의 안색은 아주 피곤해 보였다. 많이 지쳐있었다.

한국 물정을 아직 잘 모르는 그가 산재보상에 대해 알 리가 없었다. 노동자의 건강 기본권을 위한 그 보험에 대해 말해주자 그의 눈망울이 더 커졌다. 손가락 하나는 부서지고 두 개는 기계에 눌린 그에게 산재보험 혜택은 꼭 필요했다. 입원한 지 두 주가 넘었지만, 회사는 산재 신고조차 하지 않고 있었다. 그는 내게 도움을 거듭 청했다.

한국전쟁 때 우리도 적지 않은 수가 난민이 되어 해외로 흘러갔다. 일제 강점기 때는 말할 것도 없다. 세계 여기저기로 흘러갔다.

복음서를 보면 예수도 난민인 적이 있다. 갓난아이 시절 부모 품에 안겨 이집트로 피신했다. 정치적인 이유 때문이었다. 생명의 위협을 느낀 가족이 이집트로 건너가 한동안 난민생활을 했다.

누구나 난민이 될 수 있다. 우리도 언제나 난민이 될 가능성이 있다. 어느 사람, 어느 민족, 어느 국민이나 그렇다.

"God bless you(하나님의 축복을 빕니다)!"

나는 그의 손을 꼭 잡고 기원했다.

강제노동 하는 게삽과 ILO 핵심협약

어젯밤 게삽(35세)이 또 전화했다. 그는 내게 또 호소했다. 축산농장 쪽으로 가고 싶다고 했다.

그는 네팔서 취업비자 E9을 갖고 6년 전 들어온 농촌노동자다. 그는 1년 전부터 농장주에게 직장 이동을 위한 사인을 요구하고 있다. 고용허가제는 고용주의 사인을 받아야 이주노동자가 직장을 이동할 수 있도록 못 박아놓았기 때문이다.

그는 채소를 재배하는 비닐하우스농장에서 일한다. 처음 입국할 때 노동부-고용지원센터가 일방적으로 배정한 곳이다. 그는 여기서 비닐하우스 100동 농사를 다른 이주노동자 두 명과 함께 짓는다. 하루 12시간씩 일한다. 휴일은 한 달에 한 번 얻으면 행운이다. 지난 두 달 반 동안 하루도 쉬지 못했다. 움막 같은 숙소에 살면서 한 달에 받는 월급은 170만 원. 최저임금에 훨씬 못 미친다. 그는 무엇보다 축산농장에서 일하며 축산 일을 배우고 싶어 한다. 그러나 농장주는 성실한 그를 악착같이 붙잡고 있다.

국제노동기구 ILO 핵심협약 비준은 문재인 대통령의 공약 사항이다. 그러나 아직 그 비준을 미루고 있다.

핵심협약 8개 가운데 하나가 '강제노동 금지'다. 그의 노동은 분명 강제노동이다. 그는 분명히 강제노동하고 있다. 법이 강제노동을 강요하고 있는 거다. 고용허가제에 따라 들어온 이주노동자들은 모두 강제노동을 강요당할 조건 아래 있다. 직장 이동의 자유가 없는 노동자는 강제노동을 강요당하는 존재다. 강제노동 강요는 범죄다. 법에 따른 그 강요는 국가폭력이다.

강제노동은 자본의 이윤, 착취 극대화를 위한 거다. 착취공장형 재벌왕국인 한국. 이 사회는 먹이그물 맨 밑바닥—백만 이주노동자들에게 강제노동을 강요하며 착취하는 구조를 발판 삼아 그 왕국을 세우고 있다. 이 왕국의 정점에 있는 재벌들이 쌓아놓은 돈, 사내유보금이 1,000조가 넘는다.

디무스의 5.18

디무스(가명, 30세)와 점심을 함께했다. 그는 휴일을 맞아 한 시간 이상 버스를 타고 의정부에 왔다. 병원 치료를 받기 위해 나왔다가 날 만났다.

그는 작년에 체불임금을 받기 위해 우리 센터의 도움을 받았다. 그때 가까워졌고 친구가 되었다. 방글라데시에서 4년 전 취업비자를 갖고 들어온 그는 한국말을 곧잘 한다.

"디무스, 오늘 5월 18일이지? 오늘 한국, 무슨 날인지 알아?"

식당에서 식사하다 말고 내가 물었다. 그는 큰 눈을 껌벅이며 모른다고 말했다. 나는 핸드폰을 꺼내 5·18 광주의 학살 참상이 담긴 영상을 보여줬다.

"이거 한국 군인들이에요? 한국 군인들이 왜 그렇게 한국인들을 많이 죽였어요?"

그는 그 까닭을 몹시 궁금해했다. 내가 설명하자 공감하며 몹시 안타까워했다.

"그래, 방글라데시도 그래."

그래, 라는 그의 말 속에서 여러 가지 함축된 의미를 느꼈다. 방글라데시나 한국이나 강대국(영국, 일본)의 식민지배를 받은 역사를 갖고 있다. 식민지배에서 해방된 뒤엔 군부 통치를 받은 경험도 똑같이 갖고 있다. 자본주의 강대국들은 직접적인 식민 통치에서 간접적인 지배로 외교정책을 바꿨다. 전후 미국은 소위 제3 세계 국가들 안에 군사 독재정권을 세우며 간접 통치를 많이 했다. 강대국들이 간접적인 지배, 수탈, 착취를 위해 흔히 내세운 대리 정권이 군사정권이다.

미국은 5·16 군사 쿠데타나 5·18 신군부의 광주학살 계획을 사전에 알고 있었다. 한국군의 작전권을 가진 미국의 묵인, 지지 아래 그런 쿠데타나 학살극이 진행되었다.

한국은 해방은 되었으나 독립은 아직 되지 않았다. 자주적인 나라가 아니다. 우리 하나하나는 아직 자주적인 국민이나 시민이 아니다. 민족이 분단된 상황에서 더욱 그렇다.

담 허무는 이야기

'담 허문 자리, 움트는 환대의 꽃'

소책자 이름이다. 이 이주민 구술 생애사 책 발간 기념으로 북 콘서트가 열렸다. 이주노동자, 이주민, 선주민 등 40여 명이 수원 창룡도서관에 모였다. 우리는 담 허무는 얘기를 주고받았다. 이주한 사람과 선주 한 사람들이 함께 어울려 담을 허물며 살아가는 이야기를 나눴다. 희로애락을 나눴다. 노래도 있었다. '우리는 승리하리라'란 노래를 오랜만에 들었다. 좋았다. 순서 중에 토크 시간도 있었다.

토크는 셋이서 했다. 단편 영화를 만들어 담 허무는 작업을 하는 로빈 씨, 이주노동자 건강권을 확대하며 담 허무는 일을 하는 의사 그리고 내가 얘기를 나눴다.

담은 높고 두터웠다. 이주노동자(이주민 가운데 큰 비중을 차지)와 선주민 사이의 담을 쌓는 건 무엇보다 법과 제도였다. 고용허가제와 근로기준법 63조는 담을 견고하게 만드는 역할을 한다. 고용주에게 전권을 주는 고용허가제는 이주노동자들을 노예로 만든다. 근로기준법 63조는 농어촌이주노동자들을 아예 노동자로 인정조차 하지 않는다.

사도 바울이 소개한 예수는 담을 허무는 분이다. 사람과 사람 사이의 담. 예수는 그 담을 허무는 일을 하다 죽임을 당하기까지 하셨다. 예수를 본받아 오늘의 담을 허물면 사람 사이에 환대의 꽃이 핀다. 허물수록 꽃은 더 핀다. 그 꽃이 여기저기 피어나는 사회, 만발하는 세상이 하나님의 나라 아니겠는가.

삼성 한혜경과 이주노동자들

삼성반도체에서 노동하다 뇌종양에 걸린 한혜경 님과 산재 당한 이주노동자들의 공통점이 있다.

자본의 이윤, 착취 극대화 위해 희생된 사람들이라는 점이 무엇보다 같다. 세계적 기업이나 중소기업이나 그 극대화 위해 안전교육도 안전장치도 하지 않는 경우가 흔하다.

한혜경 님을 만난 적 있다. 그는 분명히 말했다. 회사는 자신이 취급하는 화학물질이 위험 물질이라는 것을 알려주지 않았다고. 그리고 안전장치도 제거한 채 일을 시켰다고. 이건 이주노동자들이 노동하는 중소기업들도 비슷하다. 그러니 삼성반도체에서 직업병이 속출하고, 이주노동자들 손가락 잘리는 사고가 빈번하다. 잘린 손가락이 한해에 몇 가마니라는 말이 있을 정도다.

산재 사고 난 뒤에도 공통점이 있다. 가능하면 산재 인정받지 못하게 하려고 기업은 온갖 수작을 다 부린다. 물론 국가의 협조를 받으며. 행정, 사법, 입법부 등은 기본적으로 기업 편이다. 이주노동자 산재는 절반도 신고조차 안 된다. 기업이 산재 신고를 못 하게 훼방 놓는다.

"기업이 잘 돼야 너희들도 잘 먹고 잘살게 되느니라."

이는 착취공장형 재벌왕국의 국가 이념 같은 거다. 1:99 헬조선을 만든 이념. 대다수 종교는 이 이념을 종교적으로 포장해 전파한다. 부지런히 설교, 설법, 강론한다.

메시카에게 하고 싶은 말

이주노동자들을 돕다 보면 필요성을 아주 절실히 느끼는 게 있다. 이주노동자 노조다. 백만 명이 넘는 그들이 스스로 연대하여 자기들의 문제를 풀어나가는 조직. 문제들을 풀어나갈 뿐 아니라 제 운명을 스스로 연대하여 개척하고, 새로운 사회를 만드는데 기여하는 조직.

우리나라에 이주노동자노조가 있다. 비록 수도권 지역에 한정되지만, 합법적 조직이 있다. 하지만 상부 조직만 있지 지역 기업체, 공장에는 아직 없다. 대구 성서공단에는 지역 노조에서 활동하는 이주노동자들이 조금 있다.

주일 오후, 안식일에 손 오그라든 사람을 짐짓 고치신 예수의 행동을 새삼 떠올리며 산재지정병원에 갔다.

프레스에 손가락이 잘린 메시카(가명, 30대)를 만났다. 1년 전 스리랑카에서 취업비자를 갖고 들어와 철제가구공장에서 일하는 그녀는 이해력이 빠르고 민첩하다. 그녀는 입원한 지 며칠 만에 산재보상 신청을 스스로 했다. 많은 이주노동자가 산재보상 보험이 있는지도 모르고, 설령 알아도 그 보상 신청을 포기하기 일쑤인데 그녀는 달랐다. 기업주의 방해로 절반이 넘는 노동자들이 기본적인 산재보상 신청마저 하지 못하는 현실이지만, 그녀는 달랐다.

그녀는 임금에 관한 얘기도 스스로 꺼냈다. 회사가 매일 30분 노동에 대한 임금을 잘라먹는다고 말했다. 하루 총 노동시간 중에서 30분의 임금을 지급하지 않는 거다. 그만이 아니라 함께 일하고 있는 이주노동자들 모두에게 지급하지 않는다고 내게 진정하듯 말했다. 이 문제에 대해 사장에게 여러 차례 말했으나, 사장은 계속 얼버무리고 있다며 분노했다. 처음 만난 날 안전장치가 없어 손가락이 잘렸다며 분노하던 그녀가 오늘은 기업주가 임금 잘라먹는 문제로 또 분노했다.

이런 이주노동자를 만나면, 노조를 만들어보라고 말하고 싶다. 그런 마음이 솟구친다. 헌법이 보장하는 노조를 만들어 자기들의 운명을 스스로 개척해 나가도록. 비록 기업주에게 전권을 주는 고용허가제로 반노예 같은 처지에 이주노동자들이 빠져 있지만, 시도해 보라고 말하고 싶다.

이주노동자 14명의 단체행동

착취공장형 재벌왕국은 장시간 노동, 저임금으로 돌아간다. 게다가 막대한 임금 체납까지 한다. 이주노동자들의 노동조건과 환경은 더 열악하다. 해마다 기업주들이 이주노동자들 임금 떼어먹는 게 750억이 넘는다. 최저임금에도 못 미치는 임금을 주는 데가 태반인데 떼어먹기까지 하는 거다. 한국 노동자 전체 체불임금은 해마다 1조 원이 넘는다.

포천에 한 플라스틱 공장이 있다. 여기에 취업비자를 갖고 들어온 이주노동자 14명이 일한다. 근데 사 측이 임금을 상습적으로 잘라 먹는다. 14명 가운데 매일 노동일지를 쓰는 친구들이 있었다. 그들은 월급을 받을 때마다 일한 노동의 대가 보다 항상 적게 나오는 걸 오래전부터 알았다.

그러나 14명이 최근 뜻을 모아 사장에게 나아갔다. 자료를 제시하며 그동안 떼어먹은 임금을 요구했다. 매달 한 명당 10만 원에서 20여만 원까지 떼어먹은 걸 모두 계산해 내놓으라고 요구했다. 사 측은 긍정도 부정도 하지 않으면서 서류를 접수했다.

"다음 주까지 그동안 떼어먹은 임금을 모두 내시오. 만약 그렇지 않으면 노동부에 신고하겠소."

노동자 대표가 똑똑히 말했다. 작은 물방울들이 모여 시내가 된다. 시냇물이 모여 강이 되고. 14명 이주노동자의 용기에 박수를 보낸다.

나라 안팎에서 수난당하는 노동자들

우리나라에 들어와 노동하는 백만 이주노동자들의 산재 사고가 참 잦다. 이주노동자들 산재율은 세계 최고 산재율을 가진 내국 노동자들보다 5배 정도다.

주로 중소기업에서 일하다 산재를 당한 이주노동자들 산재 신고는 절반도 안 된다. 24% 정도. 기업주들의 방해로 절반 이상 신고조차 안 되는 거다. 그런 환경 아래서 법이 보장한 산재보상까지 제대로 받기란 하늘의 별 따기다. 오로지 이윤, 착취 극대화 위해 기업들이 날뛰는 게 우리 현실이다.

이 자본의 생리는 해외에 진출한 기업도 마찬가지다. 크거나 작거나 마찬가지다. 대표적으로 삼성이 그렇다.

베트남 삼성공장서 일하다 쓰러져 사망한 노동자 떰(여성 22세)의 사고를 철저히 은폐하고 왜곡한 사례는 좋은 예이다. 가족의 동의도 없이 삼성이 병원서 부검을 신속 강행하고, 사인도 철저히 숨기며 알려주지 않았다. 한겨레신문에 보도된 대로다.

해마다 2,000명 이상을 산재로 죽이며 이윤, 착취 극대화를 꾀하는 한국 기업들이 해외로 나가 더 악랄하게 활약하고 있다. 고강도 장시간 노동에 저임금 구조를 만들며 그런다. 현지 국가의 지원을 받으며 민주적인 노조의 싹부터 짓밟는다.

생명의 극대화란 원리로 돌아가는 사회–하나님의 나라는 언제 도래하려나?

오늘 이윤, 착취 극대화란 원리로 돌아가는 기업이나 사회구조에 우리가 맞서 싸우지 않는 한, 그 사회는 오지 않을 거다. 맞서 싸우는 이 싸움을 회피하도록 노예도덕을 교묘히 가르치는 종교들이 번성하는 한, 그 사회는 오지 않을 것이다.

이미 엄청 차별받고 있는 이주노동자들인데

이주노동자들은 이미 차별받고 있다. 엄청나게. 가장 두드러진 차별은 고용허가제로 말미암은 것이다. 고용허가제는 고용주에게 전권을 주는 제도다. 공장이든 농장이든 어장이든, 거기 고용된 이주노동자는 고용주에게 전적으로 매여 있다. 철저한 주종관계 질서 아래 있다.

가령 이주노동자는 직장 이동의 자유가 없다. 직장을 이동하려면 반드시 고용주의 허락을 받아야 한다. 이러니 고용주에게 상습적인 성추행을 당해도 이주노동자는 그 고용주의 사인 없이는 직장 이동을 할 수 없다. 또한, 이주노동자는 취업비자 연장을 받으려면 꼭 고용주의 사인을 받아야 한다.

한국에 와서 노동하는 이주노동자들은 반노예다. 그들은 이미 차별을 받고 있다. 엄청나게 차별받고 있다. 고용허가제 아래서 기업주들은 이주노동자들을 맘껏 억압하고 착취한다.

이게 현실인데 차별을 더 하겠다는 의지를 불태우는 인간들이 있다. 최저임금마저 차등 지급하는 법을 만들겠다고 한다. 정치한다는 자들이 그러고 있다. 그들이 진정 중소기업을 생각해 그런 짓을 한다면, 재벌들의 독식 구조를 먼저 깨야 한다.

한국에 이바지한 게 없는 외국인노동자?

농촌 이주노동자들이 일하는 농장을 찾아갔다. 주일 오후 두 시가 좀 넘었다. 포천에 있는 채소 재배농장-비닐하우스농장들 몇 군 데를 들렀다. 상추, 오이, 열무, 얼갈이, 쑥갓, 파 등이 자라고 있었다.

햇볕이 불같아 몹시 따가웠다. 그 시각 기상청 발표 온도는 섭씨 30도. 비닐하우스 안에 들어서니 숨이 탁탁 막혔다. 불가마에 들어간 느낌이었다. 몇 발자국 들어가기가 힘들었다.

이주노동자들은 그 안에서 일하고 있었다. 연령층은 주로 20대, 30대 남과 여. 여러 가지 채소를 수확하느라 분주했다. 그들은 보통 아침 6시부터 오후 6시까지 일한다. 한 달에 두 번 쉬면 다행이라고들 했다. 그들의 임금은 150~170만 원. 대개 최저임금 이하다.

수구정당의 대표라는 자가 그저께 막말을 또 했다. 외국인노동자들은 한국에 이바지한 게 없다고 했다. 그래서 임금을 차등 지급하는 법을 만들겠다는 소리도 했다. 명백한 차별주의적 언행이다. 그것은 근로기준법, 헌법 위반이기도 하다.

자기 목으로 넘어가는 각종 채소를 누가 재배하고 소, 돼지, 닭 등을 누가 키우는지 몰라서 그런 소리를 한 걸까? 아니면 알고도 그런 소리를 한 걸까?

한 해에 이주노동자들이 생산과 소비로 한국사회에 주는 영향이 74조가 넘는다. 그들 상당수는 소득세, 주민세, 교육세 등 세금을 꼬박꼬박 낸다.

알든 모르든 그런 언행을 그가 하는 이유는 분명하다. 기업-자본의 마름이기 때문이다. 기독교인이라고 하는 그는 오래전부터 자본의 심부름꾼 노릇을 톡톡히 해왔다. 착취공장형 재벌왕국-돈이 왕 노릇 하는 왕국에서 오로지 자본의 이윤, 착취 극대화 위해 일하는 마름 역할을 줄기차게 해왔다. 특히 그는 기독교 근본주의로 무장한 마름으로서 더 악랄한 마름 노릇을 해왔다.

농장을 돌아오며 예수 님의 행적 하나를 떠올렸다. 안식일에 안식일 법을 짐짓 어기고 보라는 듯이 손 마른 사람을 고치신 일이다. 당시 안식일 법은 이스라엘의 신정정치체제를 유지하는 뼈대였다. 근데 그걸 일부러 보라는 듯이 공개적으로 무시하고 치유활동을 한 것이다.

예수는 왜 당대 법을 짐짓 어기는 행동을 했는가? 로마제국의 지배 아래서 종교, 경제, 정치 지배권력자들이 통치하던 사회체제를 예수는 왜 거스르며 허무는 일을 했는가? 그 까닭은 그 사회가 강도의 소굴-피라미드형 착취사회였기 때문이다.

U의 공장

U는 3년 전 필리핀에서 온 노동자다. 작년 손가락이 잘리는 산재를 당한 뒤 나를 만났다. 그가 일하는 공장은 플라스틱 파이프를 만든다. 24시간 가동된다. 회사 한쪽 불법 임시 건물에 기거하는 이주노동자들은 하루 12시간씩 주야 교대로 노동한다.

이 공장 이주노동자들 모두 소위 불법체류자다. 사장은 미등록자를 선호한다. 지난달 U가 받은 월급은 180만 원이다. 두 주 밤샘노동, 두 주 주간노동을 하고 받은 임금이다.

12×27×8350=2,705,400원

그가 받아야 했을 월급이다. 시간당 최저임금 8,350원을 기준으로 대충 계산한 수준이다. 연장노동, 야간노동, 휴일노동 수당을 제대로 계산하면 400만 원이 넘는다.

미등록노동자. 그들은 착취공장형 재벌왕국-한국사회 맨 밑바닥에 널리 퍼져 있다. 공장, 농장, 어업 등에. 미등록자들을 선호하는 기업주나 농장주들이 많다.

"하느님의 축복으로 대한민국이 잘살게 되었다."

수구 기복적인 기독교회 목사, 신부, 교인들이 즐겨 하는 말이다. 착취공장형 맘몬왕국엔 예수 없는 교회, 성당들도 즐비하다. 억압과 착취로 얻은 열매를 하나님의 축복으로 여기는 교회는 예수 없는 교회다.

회사에서 우리는 개, 개는 사람

방글라데시에서 온 지 4년 된 뚜퍼스(가명 30대). 취업비자를 갖고 들어온 그가 일하는 곳은 합판공장이다. 거기엔 방글라데시, 중국, 아프리카, 이집트 등에서 온 노동자 20여 명이 함께 일한다. 주로 20대~30대다.

그 회사엔 여자 부장이 있다. P 부장. 그녀는 생산직 노동자들과 가장 많이 접촉하는 사람으로 사장의 가까운 친척이며 중간관리자다.

결혼한 40대의 P 부장. 이주노동자들이 어쩌다 아줌마라 부르면 욕을 마구 퍼붓는다. '개새끼' 같은 욕이 거침없이 튀어나온다. 꼭 누나라 부르도록 한다.

"우리는 매일 욕을 먹으며 일해요."

한국말을 곧 잘하는 뚜퍼스가 일그러진 얼굴로 말했다. 일을 빨리하라며 욕하고, 일이 서툴다고 욕하고, 화장실에 자주 간다고 욕하는 등 욕설이 아니면 말이 성립이 안 되는 거다. 개새끼, 병신 새끼, 씨팔놈 하며 욕을 주체 못 할 때는 발길질도 한다.

P 부장 사무실에는 애완견 세 마리가 있다. 그녀가 애지중지하는 것들이다. 개들은 저마다 이름이 있다. 그녀는 개들의 이름을 항상 또박또박 불러준다. 따스하고 상냥한 목소리로 부른다. 이주노동자들이 개를 부를 때 그냥 Dog라고 하면 더러운 욕이 또 터진다. 반드시 이름을 부르도록 강요한다.

"회사에서 우리는 개, 개들은 사람이에요."

뚜퍼스가 쓴웃음을 지었다.

한국, 다 좋아요

티우엔(가명)을 병실에서 만났다. 아직도 얼굴에 여드름이 피어 있는 청년. 한국어, 영어 모두 할 줄 몰라 번역기를 이용해 느림보 같은 의사소통을 했다.

미얀마에서 1년 전에 온 그가 산재를 당했다. 왼쪽 팔뚝에 칼로 벤 듯 심하게 상처를 입었다. 신경이 끊어져 손가락 장애가 오지 않을까 염려스럽다. 게다가 회사가 산재보상마저 훼방하고 있어 걱정이다.

일 년 전 한국말을 전혀 못 하는 그는 철제공장에서 일을 시작했다. 노동부가 일방적으로 지정해 준 곳이다. 물론 근로계약서는 형식적으로 쓴다. 이제까지 그는 회사에서 안전교육을 받아본 적이 없다. 게다가 안전시설도 제대로 갖춰지지 않은 곳에서 일했다. 한국말을 못하는 것도 분명 사고를 일으킨 요인이었을 거다.

기업주들이 한국말을 못하는 이주노동자들을 안전교육도 제대로 하지 않고 기계가 마구 돌아가는 위험한 작업장에 들여보내는 것을 보면, 끔찍하다.

그건 마치 아무 훈련도 받지 않은 농사꾼을 전장에 내보내는 짓과 같다. 그에게 군복을 입혀 싸우라고, 한창 교전이 벌어지고 있는 전쟁터로 밀어 넣는 짓과 같은 것이다.

오로지 이윤과 착취의 극대화를 위해서 수단과 방법을 가리지 않는 기업 풍토. 노동자를 일회용품으로 보고 사용하기에 급급한 자본가들의 의식. 이 풍토와 의식은 기업이 작거나 크거나 마찬가지다. 초일류기업이라는 삼성을 보라. 삼성전자의 직업병, 노조 파괴공작, 수조 원대의 회계 사기, 정경 유착 등. 우리 사회의 모든 기업을 관통하는 중심 원리는 오로지 이윤, 착취의 극대화다.

생명의 극대화. 이걸 중심으로 돌아가는 사회는 언제나 오려나. 지금 물건으로 취급받는 이들이 깨어 일어나 연대하며 저항하고 싸우지 않는 한, 그날은 절대 오지 않으리라.

티우엔과 얘기 끝에 내가 물었다.

"그동안 한국에 살면서 가장 좋았던 거는 뭐에요?"

"다 좋아요."

순진한 얼굴로 웃으며 대답하는 그를 보며, 덩달아 웃고 말았다.

P 부장의 개 사료

P 부장(40대)은 합판 만드는 회사 중간관리자다. 그녀는 공장서 일하는 이주노동자들 20여 명을 관리한다. 20여 명은 중국, 아프리카, 이집트 등에서 온 사람도 있지만 주로 방글라데시에서 온 노동자들이다. 20~30대 방글라데시 노동자들(취업비자)은 3~4년씩 일했고, 중요한 작업을 맡고 있다. 그녀는 노동 시간표를 짜고, 일 배정도 한다.

노동자들을 관리, 감독하는 그녀는 욕을 입에 달고 산다. 새끼, 개새끼, 등신 등 온갖 욕설을 채찍 삼아 일을 재촉하거나 책망하기도 한다.

P 부장은 애완견을 좋아한다. 극진히 아끼고 사랑한다. 개의 혀에 제

혀를 갖다 대는 연출도 자연스레 한다. 사장의 가까운 친척인 그녀는 회사에서 개 세 마리를 키운다. 개들에게 들어가는 돈도 만만치 않다.

일 년 전부터 그녀는 방글라데시 노동자들에게 이상한 요구를 했다. 개 사료를 사 오라는 부탁을 은근히 한 것이다.

사료를 사다 바친 노동자와 그렇지 않은 노동자에 대한 대우가 달랐다. 우선 말이 달랐다. 욕설의 여부, 강도가 달랐다. 제품 검사가 달랐다. 큰 차별은 노동시간에서 나타났다. 사료를 바치지 않은 사람은 연장노동이나 토요일 노동을 주지 않았다. 저임금을 받는 노동자들은 연장노동이나 토요일 노동을 흔히 원한다. 그들은 힘들지만 한 시간이라도 일을 더 해 돈 벌기를 원한다.

이전에 일곱 번이나 사료를 사다 바친 뚜퍼스(가명). 최근 석 달 동안 사료 헌납을 하지 않았다. 그랬더니 퍼붓는 욕설이 대폭 늘었고, 제품 검사가 훨씬 까다로워졌고, 연장과 특근이 없어졌다.

뚜퍼스는 마트에서 사료를 산 영수증과 월급 명세서를 내게 내밀었다. 넉 달 전까지 220만 원 정도였던 월급이 지난 두 달은 140만 원으로 뚝 떨어진 걸 확인할 수 있었다.

"벼룩의 간을 빼 먹는다."

이 속담은 이럴 때 쓰라고 만든 거 같다. 오직 이윤, 착취 극대화를 도모하는 자본의 마름도 여러 가지다. 그 마름의 갑질 횡포도 다양하다. P는 이주노동자들을 고용하는 기업체에서 처음 본 유형이다

노동-밥-잠-노동-밥-잠-노동

제이콥(가명, 30대)이 두 달 만에 피곤한 몸을 끌고 센터에 들렀다. 일요일을 맞아 성경공부를 위해 왔다. 작년에 손가락이 잘리는 산재를 당한 그가 일하는 곳은 플라스틱 파이프공장이다. 공장은 하루 24시간 돌아간다. 이주노동자들만 일하는 그곳에서 노동자들은 12시간씩 주야 교대로 일한다.

필리핀서 온 제이콥은 한주는 낮에 12시간 일하고, 한주는 밤에 12시간 일한다. (식사 시간 1시간) 주 66시간 노동이다. 한 달에 절반은 밤샘노동이다. 이 공장에서 일한 지 3년 된 그가 받는 월급은 180만 원.

'12시간 노동하고, 8시간 잠자고, 4시간 밥해 먹고 씻고 세탁하고.'

이게 보통 그의 하루 생활 과정이다. 이 생활을 반복한다.

그가 받아야 할 한 달 임금은 대충 계산해도 400만 원이 넘는다. 시간당 최저임금 8,350원을 기준으로 해서 초과노동수당, 야간노동수당, 휴일노동수당 따위까지 계산하면 그렇다.

'네 이웃을 네 몸과 같이 사랑하라.'

예수께서 주신 큰 계명이다.

제이콥의 이웃사랑은 무엇일까. 임금 노예로 묶여 사는 그의 삶에서 고용주를 내 몸처럼 사랑하는 건 무엇일까. 어떻게 하는 게 내 몸처럼 사랑하는 걸까. 가장 가까운 이웃이랄 수 있는 그 기업주를 사랑하는 방법은 뭘까. 비싼 외제 차 두 대나 굴리며 골프를 늘 즐기는 골프광인 그 기업주와의 관계를 어떻게 맺는 게 진정한 이웃사랑일까.

살인 기업 처벌하지 않으니, 계속 죽는다

공장에서 노동자가 산재로 죽어도 기업주나 기업은 솜방망이 처벌만 받을 뿐이다. 그도 대기업은 미꾸라지처럼 거의 다 빠져나가고 하청기업만 당한다. 그러니 산재가 줄어들 리가 없다. 그러니 산재율 세계 최고의 자리를 지키는 거다. 해마다 2,000명 이상이 죽임을 당하는 거다. 하루 평균 6~7명꼴이고 지난 20년 동안 4만 명이 죽었다.

세네살 난민 노동자 마우(가명 30대)가 오늘 하루를 소비했다. 6개월 걸린 치료가 모두 끝나 이제 산재로 인한 장애 등급을 받기 위한 과정을 밟는 데 하루를 허비했다. 안전교육도 안전시설도 없는 공장서 일하다 손가락이 절단된 그의 치료 과정이 참 지루하고 고달프다. 고통스럽다. 장애나 후유증은 또 평생 간다.

그러나 기업주는 태평이다. 책임이나 처벌은 고사하고 별로 불이익당하는 것도 없다. 산재를 신고하는 기업주들도 소수다. 그러니까 노동자를 그냥 일회용품처럼 한번 쓰고 버리는 식이다. 내 경험상 이주노동자들의 경우 그렇다. 행정부, 사법부 등 국가의 협조나 묵인 없이는 그럴 수 없는 거다.

국가의 비호 아래 자본의 이윤, 착취 극대화를 도모하는 구조. 이 구조를 깨지 않는 한 죽임 당하는 노동자들은 절대 줄지 않을 거다. 살인 기업을 강력히 처벌하지 않으면 한해 몇 가마니씩 생기는 이주노동자들의 잘린 손가락도 줄지 않을 것이다. 그 구조에 길든 채 살아가는 사람들이 많을수록 산재는 더욱 늘어날 것이다.

나는 무슬림입니다

"나는 무슬림입니다."

한국말이 서툰 지니(가명)가 이 말은 또렷하게 했다. 그는 이집트에서 온 난민 노동자다. 공장에서 산재를 당해 병원에 입원 치료 중이다. 침상 머리맡에 묵주가 있기에 혹시 가톨릭 신자냐고 물었더니 무슬림이라 했다.

여러 나라에서 온 이주노동자들 종교는 다양하다. 가톨릭, 힌두교, 불교, 이슬람교, 개신교 등 다양하지만, 이슬람 신자가 적지 않다. 이곳 포천엔 작은 모스크도 있다.

이주노동자들을 돕거나 벗이 되고자 할 때, 나는 의식적으로 어떤 조건이나 편견 없이 돕고 어울리고자 한다. 선입견이나 편견도 배제하고자 한다.

그러나 우리 사회에 이주민이나 이주노동자에 대한 편견이 적지 않다. 그게 지나쳐 어떤 때는 차별과 혐오로 발전되기도 하는데 특히 무슬림에 대해 그런 경향이 더 있는 것 같다. 종교 쪽에 가면 근본주의적인 개신교 회일수록 그런 경향을 보인다.

지구촌에 사는 무슬림 인구는 약 17억이다. 이슬람국가는 57개다. 세계 4분의 1을 차지하는 비중이다. 테러를 일으키는 무슬림은 극소수다.

중동 국가들에서 한류 열풍이 대단하다. 한국 자동차, 가전제품의 시장 점유율이 으뜸인 나라가 많다. 해외 건설공사의 상당량을 중동에서 따온다. 우리가 쓰는 에너지 90%가 중동에서 온다.

해외 무역의존도가 높은 우리가 서구나 유대인들이 만든 부정적인 시각이나 편견을 갖고 중동(중양: 동양, 서양의 중간)을 본다면, 그 피해는 고스란히 우리에게 돌아올 거다.

다리를 심하게 다친 지니를 도우며 이런 생각을 했다.

"아무 조건이나 편견 없이 너를 돕고 벗이 되고 싶다."

나의 마음을 읽었는지, 휠체어에 앉은 그가 활짝 웃었다.

땀이 불법체류자가 된 까닭

캄보디아에서 온 땀(가명)은 날카로운 기계 앞에서 일한다. 하루 12시간씩 노동한다. 한주는 낮, 한 주는 밤에 한다. 밤샘노동이 많아 힘들지만 감수한다.

경기 북부 끄트머리, 임진강이 가까운 공장에서 일하는 그는 가능하면 외출을 하지 않는다. 어쩌다 오토바이를 몰고 쇼핑을 하러 갈 때도 주로 뒷골목으로 다닌다. 혹시 대로로 다니다가 교통경찰에게 걸릴까 봐 그런다. 부득이 서울에 가게 될 때도 가능하면 전철보다 버스를 탄다. 왜냐하면, 버스가 더 안전하다는 판단 때문이다.

그는 소위 불법체류자다. 3년 전 한국에 처음 들어올 때, 그는 합법적인 취업비자를 갖고 들어왔다. 그가 한국에서 처음 일한 공장은 서울에 인접한 곳에 있는 섬유공장이었다. 노동부가 일방적으로 지정해 준 곳에서 아침 9시부터 6까지만 일했다. 캄보디아 친구들과 함께 하는 생활이 좋았다. 다른 여러 나라에서 온 남, 여 노동자들이 어울려 일하는 것도 좋았다.

그러나 그를 몹시 괴롭히는 게 하나 있었다. 버티지 못해 뛰쳐나가게 한 건 관리자들과 한국 아줌마 노동자들의 욕설이었다. 나이 어린 여성 노동자들도 견디지 못해, 한두 달 만에 퇴사해 불법체류자가 되거나 고국으로 돌아가는 일이 잦았다.

땀은 사장에게 직장 이동을 위한 사인을 요구했다. 누차 요구했지만 거부당했다. 작업장에서 욕설은 줄지 않았다. 일을 재촉하며 욕하고, 작은 실수만 해도 욕하고, 말을 못 알아듣는다고 욕하고, 화장실에 자주 간다고 욕하고.

6개월 동안 일터 변경을 위한 사인을 계속 요구했다. 캄보디아 친구도 함께 요구했다. 이주노동자가 직장 이동하려면 고용주의 허락을 받아야 한다는 법과 제도가 있기 때문이었다. 그러나 사인을 받지 못했다.

결국, 땀은 그 회사를 뛰쳐나갔다. 캄보디아 친구를 두고 떠났다. 그 날부터 소위 불법체류자라는 낙인이 찍혔다.

정말 열악하네요

불같은 날이다. 한겨레 신문 기자와 동행했다. 농촌 이주노동자들이 일하는 비닐하우스 채소재배농장들을 둘러봤다.

“정말 열악하네요.”

기자의 말이었다. 우리 사회 구석구석을 돌아다니며 기사를 쓰는 전문 기자의 입에서 자연스레 흘러나온 말이다. 한 농장 기숙사에 들렀다. 저녁 6시 가까운 시간. 찌는 더위에 이른 아침부터 온종일 비닐하우스 안에서 일하고 들어온 노동자들을 만났다.

종일 햇볕에 달궈진 임시 건물 숙소는 찜통이었다. 양계장 닭장처럼 나뉘어 있는 방들은 보기만 해도 숨이 턱턱 막혔다. 캄보디아에서 온 한 청년 노동자는 손바닥만 한 주방 바닥에 주저앉아 있었다. 넋을 잃은 사람처럼. 저녁을 이제 만들어 먹어야 하는데, 만사가 귀찮은 표정이었다.

착취공장형 맘몬왕국은 오늘 하루도 이렇게 저물어가고 있다. 재벌의 빨대가 백만 이주노동자들에게까지 뻗어 꽂혀 있는 대한민국의 하루. 먹이사슬의 끄트머리에 백만 이주노동자들, 그 바로 위에 천만 비정규직 노동자들을 밀어놓고 짓밟으며 나아가는 독점자본왕국의 하루.

농장주와 다투고 뛰쳐나간 캐볼레

캐볼레(가명 30대)는 네팔서 온 노동자다. 취업비자를 갖고 들어왔다. 그가 일하던 채소재배농장은 비닐하우스가 70동이다. 기업형 농사다. 사철농사 짓는다. 비가 오나 눈이 오나 비닐하우스 안에서 일한다. 매일 아침 6시부터 저녁 6시까지 일한다.

이 농장은 캐볼레가 선택한 게 아니다. 이주노동을 신청한 사람들 가운데 하나를 고용주는 선택하고 노동부는 행정적 절차를 따라 보내준 거다. 그러면서 근로계약서라는 걸 형식적으로 쓴다.

그는 이 농장에서 일한 지 두 달 만에 농장주에게 문제를 제기했다. 가장 먼저 제기한 건 휴일 문제였다. 두 달 동안 캐볼레가 쉰 날은 단 하루도 없었다. 함께 일하는 다른 이주노동자들도 마찬가지였다. 농장주는 봄철 바쁘기 때문이라고 했다. 또 한국 농장들은 어디 가나 다 똑같다고도 했다.

그가 제기한 두 번째 문제는 휴게 시간이었다. 하루 12시간 노동하는 동안 휴게 시간은 단 30분뿐이었다. 점심시간 30분뿐. 휴게 시간 문제를 제기하며 항의하자 농장주는 욕설을 퍼부으며 '네 나라로 가'라는 소리만 질러댔다.

그는 분노를 누르고 다시 일했다. 그 정도 항의했으니 달라질 줄 믿고 묵묵히 일했다. 고향의 부모, 동생들을 생각하며 컨테이너 숙소에서 지내며 부지런히 일했다.

그러나 농장주는 변화되지 않았다. 한 달이 다시 흘렀지만, 휴일은 단 하루만 주고, 빨리 빨리를 외치며 일을 강요했고, 휴게 시간은 30분뿐이었다.

석 달째 되는 날. 캐볼레는 다시 문제 제기하며 항의했다. 이번엔 월급 문제도 꺼냈다. 최저임금을 기준으로 임금을 계산해 월급을 달라고 요구했다.

그가 받은 월급은 고작 160만 원이었다. 석 달 동안 고정된 액수의 월급을 받았다. 농장주는 개새끼, 개새끼 하며 언성을 높였다. 네 나라로 가라는 말을 반복했다. 그는 고용허가제에 따라 직장 이동을 위한 사인을 농장주에게 또 요구했다. 하지만 단칼에 거절당했다.

그는 그날로 농장을 뛰쳐나갔다. 그날부터 그에게는 불법체류자라는 꼬리표가 붙었다.

성서가 처음부터 마지막까지 집중적으로 관심 두는 게 있다. 사람과 사람 사이의 관계 성격, 그것이 하나님의 집중 관심사다. 농장주와 캐볼레의 관계는 철저한 주종관계다. 이 관계는 사랑을 정면으로 거스르고 파괴하는 관계다. 하나님의 형상대로 지음 받은 인간은 본성적으로 사랑을 갈구한다. 인간의 본성은 사랑의 관계를 갈망하고 추구한다.

캐볼레가 농장을 뛰쳐나간 행동은 사랑의 관계를 철저히 파괴하며 오로지 착취를 극대화하는 죄악에 대한 거룩한 거부! 불이익과 고통을 감수하며 하는 거부다.

음습한 곳에 햇볕 들게

우리 사회엔 음습한 구석이 많다. 여기저기 산재해 있다. 가는 곳마다 있다. 짐짓 눈을 크게 뜨고 봐야 보이는 곳, 그 가운데 하나가 농촌 이주 노동자들이 사는 곳이다. 이번에 한겨레신문이 이 음습한 곳을 찾아갔다. 한 면 전체(종이 신문)를 내어 그 현장을 큰 사진과 글로 전했다. 나의 인터뷰도 곁들였다.

음습한 곳에 햇볕이 들면 온갖 해충, 균, 곰팡이 등이 사라진다. 그리고 뽀송뽀송해진다. 음습한 곳에 더 많은 햇볕이 들기 바란다.

현대판 노예제나 임금 노예가 사라지고, 자아실현을 위한 노동이 넘치길 소망한다. 노동이 고통이 아니라 기쁨이 되길 원한다.

어서 속히 1:99 헬조선이 헤븐코리아 되길 기원한다. 착취공장형 재벌왕국을 헐고, 더불어 사는 공유공동체 사회를 짓기 바란다.

좋은 기사, 건강한 언론은 사회의 음습한 곳에 햇빛이 들게 하는 역할을 한다.

내부식민지

경제규모가 세계 10위권인 한국은 사실 기업국가요 재벌왕국이다. 이 왕국은 1:99 사회라 할 수 있다. 이제는 부와 권력이 세습도 되는 세습자본주의 사회다.

10% 재벌 대기업이 나라 전체 기업 이익의 90%를 싹쓸이한다. 상위 10% 인구가 나라 전체 자산의 3분의 2 정도를 갖고 있고, 나라 전체 소득의 절반 정도를 그들이 또 독식한다. 하위 50% 국민이 소유한 자산은 고작 1.7%다. 국민소득 대 총자산 비율은 7.5로서 세계에서 최고 높은 불평등 지수를 가진 게 한국의 실상이다.

이 왕국은 착취공장형으로서 내부식민지(Internal Colony)를 갖고 있다. 물론 이는 경제식민지다. 극심한 차별과 억압 속에서 착취가 극대화되는 지대가 내부식민지다. 백만이 넘는 이주노동자들이 바로 그 식민지대에 있다. 그들은 내부식민지인들이다. 초저출산 고령 시대를 맞아 점점 늘어나고 있는 그들은 계급 밖의 계급이요 국민 밖의 국민이다. 천만여 명의 비정규직 노동자들은 그 식민지대 바로 옆에 처해 있다.

코리아는 내부식민지만 가지고 있는 게 아니다. 외부식민지도 있다. 물론 이도 경제식민지다. 한국 기업들이 해외에 진출해 고용한 노동자가 줄잡아 5백만이 넘는다. 주로 아시아에 진출해 현지 국가의 지원을 받으며 자본의 이윤, 착취 극대화를 적극적으로 도모한다. 삼성은 대표적이다. 가령 베트남에 진출한 삼성전자는 베트남 정부의 강력 지원을 받아 현지 노동자들의 민주노조운동을 원천 봉쇄하고 있다. 오로지 이윤, 착취 극대화에 전념한다. 노동자들과 마찰이 일어나곤 한다. 그때마다 공권력의 도움으로 진압해버린다.

경제규모 세계 12위인 코리아는 내부, 외부식민지를 갖고 통치한다. 안팎으로 경제식민지를 확보해 놓고 통치한다. 한국은 지구촌 자본주의 체제에서 중간 정도 위치에 있다. 한국은 경제적으로 핵심국가(강대국)들의 지배를 받으면서 동시에 지구촌 자본주의 체제의 주변부 국가들을 지배하는 기능을 한다. 피라미드형 체제인 세계 자본주의 체제에서 상위 강대국들의 지배, 억압, 착취를 받으며 동시에 하위 약소국들의 노동자들을 지배, 억압, 착취하는 행태를 보인다. 군사, 경제적으로 초강대국인 미국의 우산 아래서 그 역할을 한다. 피라미드형 글로벌자본주의체제에서 중간 정도 위치에 있는 코리아는 가해자이면서 동시에 피해자이다.

국내 상당수 이주노동자는 고용주에게 전권을 주는 고용허가제로 묶여 있다. 직장 선택의 자유도 직장 이동의 자유도 없다. 농어촌이주노동자들은 게다가 근로기준법 63조로 또 옭아 매인다. 아예 노동자로 인정하지 않는 거다. 노비나 노예로 살게 하는 법적, 제도적 장치가 이중삼중으로 강력하다.

내부 식민지배는 폭력 없이는 불가능하다. 보이는 폭력, 보이지 않는 폭력이 그 지배를 뒷받침한다. 물리적 폭력, 구조적 폭력, 내면화된 폭력

등이 서로 어울려 행사된다.

내부식민지. 최근 한겨레신문이 그 맨 밑바닥 식민지대를 찾아갔다. 우리 센터가 있는 포천지역의 이주노동자들을 만났다. 그들의 노동현장, 주거 현장을 직접 보고 그들의 이야기를 들었다. 특히 농장노동자들하고는 그들의 움막 같은 숙소에 들어가 밥상머리에서 얘기를 나누며 기사를 썼다. 한겨레는 종이신문 한 면 전체를 할애해 그 식민지 실상을 알렸다.

내부 식민지배를 받는 사람들 가운데 노예도덕으로 무장되어 현실 사회구조에 길든 사람들이 꽤 많다. 체념하며 사는 이들도 많다. 단기간 돈만 벌어 출국하려는 경향도 흔하다. 비록 임금 노예이지만 일할 기회를 준 코리아에 감사하며 사는 노동자들도 적지 않다. 개 목줄에 매인 개처럼 사는 자신을 알지만, 그저 하루하루 돈벌이에 파묻혀 사는 노동자들이 상당수다. 하지만 노예도덕을 깨버리고 주인 도덕으로 다시 태어나 사는, 출애굽 해방 정신으로 사는 노동자들이 늘어나길 바란다.

문을 열어놓고 잘 수도, 닫고 잘 수도 없는 소나

온종일 비닐하우스 안에서 채소 재배 농사일을 하고 숙소로 돌아온 소나(가명). 그녀를 맞이한 숙소는 불가마다. 종일 햇볕에 달궈져 찜질방 같다. 출입문, 방문, 창문까지 열어젖혀도 찜통더위는 마찬가지다. 숙소로 사용하는 불법 조립식 가건물이 비닐하우스 안에 있으므로 더 찐다.

에어컨 없는 숙소의 손바닥만 한 주방에서 요리할 때는 땀이 더 흐른다. 낡은 선풍기는 아무 소용없다.

작년 가을 캄보디아에서 취업비자로 들어온 소나. 요즘 그녀가 아주 고통스러워하는 게 있다. 그건 농장이 해가 지면 사방이 캄캄해지는 외진 곳에 있기 때문만은 아니다. 비닐하우스가 80개인 기업형 농장 일이 힘들어서만도 아니다. 아직 소녀티가 남아 있는 그녀는 요즘 매일 잠을 설친다. 그게 아주 고통스럽다. 방문을 열어놓고 잘 수도 없고, 닫아걸고 잘 수도 없다. 성범죄의 대상이 될까 봐 문을 열어놓고 잘 수도 없고, 더위 때문에 문을 닫고 잘 수도 없다. 더위와 불안으로 깊은 잠을 이루지 못하니 피로가 쌓여간다.

때로는 눈물이 흘러 당장 돌아가고 싶지만, 고향에 계신 가난한 홀어머니와 동생들 그리고 미래를 생각하며 하루하루 버틴다.

소나를 맥 빠지게 하는 게 또 있다. 매달 농장주가 기숙사비 10만 원을 월급에서 떼는 거다. 함께 일하는 이주노동자들도 십만 원씩 자른다.

우리 밥상에 매일 오르다시피 하는 채소. 그 속에는 소나 같은 이주노동자들의 땀과 눈물이 스며있다.

"말하는 동물을 고용했는데, 인간이네"

고용노동부에 조사받으러 간 적이 있다. 근로감독관을 만났다. 나는 필리핀서 온 이주노동자 프롬이 한국말을 못해 따라갔다.

손가락이 잘리는 산재를 당한 그는 치료를 마친 뒤 일하던 공장으로 돌아가기가 두려워 직장 이동을 위한 사인을 사장에게 요구했다. 그는 제 손가락을 자른 기계가 있는 공장 근처에 가는 것조차 두려워했다. 산재 다발 공장만은 피하고 싶었다.

그러나 고용허가제에 따라 이주노동자들은 직장 이동을 하려면 고용주의 허락을 받아야 한다. 누차 거절하던 사장이 돈을 요구했다. 그를 고용하느라 든 비용, 개집만도 못한 컨테이너 숙소비 따위를 명분으로 250만 원을 요구했다. 터무니없는 불법적 요구였지만 한국 법이나 물정 모르는 그는 돈을 주었다.

그는 사장을 노동부에 고소했다. 돈을 요구한 게 불법이라는 사실을 뒤늦게 알고 고소하자 근로감독관은 사장과 프롬을 같은 시간에 불렀다.

"그동안 얼마나 잘해 줬는데, 고소해! 나쁜 새끼."

조사받던 사장은 자리에서 벌떡 일어나 욕설을 하며 막말을 했다. 근로감독관이 사장 편을 들며 두둔하자 이리저리 왔다 갔다 하며 더 흥분했다.

'말하는 동물을 고용했는데, 인간이네.'

그 순간 사장이 진정하고 싶은 말은 이것이라고 나는 생각했다. 번들번들한 그의 얼굴은 그렇게 말하고 있었다.

노비를 고용했는데, 노동자네

6년 전 취업비자로 들어온 이주노동자 게삽. 그는 채소재배농장에서 일한다. 그곳은 그가 선택한 게 아니다. 노동부 고용지원센터가 일방적으로 보낸 곳이다. 형식적인 근로계약서는 썼다.

길이 백 미터쯤 되는 비닐하우스가 90여 개인 기업형 장, 거기서 그는 하루 12시간씩 일했다. 아침 6시부터 저녁 6시까지. 휴게 시간은 점심시간 30분뿐. 휴일은 한 달에 단 한 번 토요일 뿐이다. 그도 없이 일을 강요당하는 때도 있었다. 기숙사는 농장 옆에 개집만도 못한 조립식 불법 임시 건물이다. 농장주는 한 달에 10만 원씩 기숙사비를 받았다. 비닐하우스농장은 사철농사다. 한겨울엔 일이 좀 줄지만, 하루 12시간 근무는 마찬가지다. 그의 고정 월급은 160만 원.

소처럼 일하던 그가 최근 농장주에게 요구했다. 동료 이주노동자와 함께.

첫째, 월급을 최저임금으로 계산하고 연장, 휴일노동에 대해 수당을 지급하라.

둘째, 한 주에 하루의 휴일을 달라.

셋째, 움막 같은 기숙사비 10만 원을 받지 말라.

"미친놈, 너의 나라로 당장 가! 너 같은 놈은 처음 봤다. 개새끼."

농장주의 반응이었다. 농장주를 내가 만나봤다. 그의 얘기를 들어보았다. 그는 법적으로 문제 될 게 하나도 없다고 했다. 그리고 머리를 흔들며 거듭 말했다. 게삽에게 바람이 들어갔다고.

"노비를 고용했는데, 노동자네. 재수 나쁘게."

그의 얼굴은 이 말을 하고 있었다.

농약 뿌리다가 죽을 거 같아요

폭염 경보가 내린 날이었다. 낮 최고 기온이 35도가 넘었다. 높은 습도는 불쾌지수를 한껏 높였다.

채소 재배하는 비닐하우스 안은 불가마 같았다. 45도가 넘는다. 게삽은 그날도 비닐하우스 안에서 아침 6시부터 12시간 동안 일했다. 점심시간 30분만 쉬었다.

"농약 뿌리다가 나 죽을 거 같아요."

온종일 비닐하우스 안에서 농약을 뿌린 그가 한 말이다. 네팔서 취업비자를 갖고 온 지 6년이 넘은 그는 한국말을 제법 했다.

움막 같은 기숙사로 돌아온 그는 방바닥에 쓰러졌다. 샤워하고 저녁식사 준비를 해야 하지만, 손가락 하나 움직이기조차 싫어했다.

그가 일하는 농장은 비닐하우스가 100동이다. 기업형 농장이다. 사철, 채소를 재배한다. 채소엔 늘 살충제를 뿌리고 밭에는 제초제도 뿌린다. 농약을 뿌리는 일은 비솜의 몫이다. 농장주의 지시 때문이다. 성실하고 꼼꼼한 비솜은 6년 동안 농약 뿌리는 일을 했다. 물론 다른 일도 하면서.

방에 쓰러진 그는 머리가 아프다고 했다. 기운이 하나도 없다고 했다. 신경마비가 어느 날 갑자기 찾아올 거 같다는 말도 했다. 얼굴은 배추 떡잎 같았다.

그는 휴일도 한 달에 한두 번밖에 없고, 월급도 170만 원밖에 안 되는 그 농장을 나오고 싶어 농장주에게 일 년 전부터 사인을 요구했다. 농약 살포 작업을 하지 않는 축산농 쪽으로 가고 싶어 누차 요구했다. 그러나 농장주는 칼같이 거절했다. 고용주의 사인을 받아야만 직장 이동을 할 수 있다는 법, 제도 때문에 그는 오늘도 농약을 마시며 하루를 또 보낸 거다.

지금 그의 노동은 일종의 강제노동이다. 이 나라 백만 이주노동자 상당수는 사실상 강제노동을 하고 있다고 말할 수 있다. 직장, 사업장 이동의 자유가 없기에 그렇다.

법과 제도로 이주노동자들을 묶어 놓고 강제노동을 시키며 맘껏 착취하는 구조를 위대한 대한민국은 갖고 있다. 천만 비정규직 노동자도 노동조건이나 노동환경은 오십보백보다. 차별, 억압, 착취당하는 구조는 백만 이주노동자나 천만 비정규직 노동자나 본질상 같다.

이는 한국이 보통의 자본주의사회도 못 된다는 증거이다. 한국은 자유시장경제사회도 결코 아니라는 말도 된다. 한국사회 먹이사슬의 끄트머

리에는 이렇게 강제노동을 강요당하는 이주노동자들이 있다. 그리고 바로 위에는 천만 비정규직 노동자들이 있다. 먹이사슬 정점엔 물론 재벌들이 있다.

게삽과 니르말의 출애굽작전

"내일부터 우리 일 천천히 할 거야."

이는 게삽과 니르말의 출애굽작전을 알리는 신호탄이었다. 네팔에서 온 그들은 그동안 같은 채소재배농장에서 일했다. 게삽은 6년, 니르말은 2년 동안.

그들이 일하는 곳은 비닐하우스가 100개다. 채소를 사철 재배하는 기업형 농장이다. 그들은 하루 12시간 일했다. 점심시간은 30분, 휴일은 한 달에 토요일 한 번이나 두 번.

숙소는 농장 구석에 있는 낡은 임시 건물. 비가 오면 비가 새고 곰팡내 진동. 니르말의 월급은 160만 원, 게삽의 월급은 170만 원 그들은 소득세, 주민세를 낸다. 건강보험은 없고 산재보험도 없다.

두 사람은 농장주에게 세 가지를 요구했다.

첫째 월급은 최저임금으로 계산해 줄 것.

둘째 휴일을 매주 하루 줄 것.

셋째 기숙사를 수리해 줄 것.

농장주는 그들의 요구를 무시했다. 숙소 지붕에 비닐만 덧씌워줄 뿐이었다. 그러자 그들은 다른 농장으로 가겠다며 직장 이동을 위한 사인을 요구했다. 하지만 농장주는 칼같이 거부했다.

농장주의 완악한 거부를 당한 두 사람은 궁리 끝에 출애굽작전을 짰다. 그 작전은 농장 일을 천천히 하는 거다. 니르말은 네팔 고향서 어릴 적부터 기독교인으로 자랐다. 게삽은 본래 힌두교도였으나, 우리 센터를 통해 개종한 사람이다. 예수를 구주로 영접했다. 그들은 이미 선한 싸움으로 이룬 노예들의 해방 스토리 출애굽 사건의 이야기를 알고 있었다.

이제까지 소처럼 일해 온 그들은 일을 점점 줄였다. 가령 채소 수확작업을 평소보다 30% 정도씩 점차 줄여나갔다. 하루 상추 수확을 300박스에서 200박스, 200박스에서 100박스로 줄였다.

욕을 입에 달고 사는 농장주는 노발대발하며 더 더러운 욕설을 퍼부었다. 한주 두주 지나며 엄포와 협박도 해댔다. 당장 노동부에 신고하겠다, 경찰에 신고하겠다는 등 마구 설쳤다. 강제 출국시켜버리겠다는 협박도 거듭했다.

그들의 출애굽작전은 20일 만에 끝났다. 농장주는 두 사람 중 하나에게 사인을 해줬다. 일 숙련도가 좀 떨어지는 니르말에게만 사인을 해줬다. 그들은 절반의 성과를 거두었다. 지친 두 사람은 그 정도로 만족했다.

고용주에게 전권을 준 고용허가제라는 사슬에 묶인 이주노동자는 해고나 강제 출국당할 걸 각오하지 않으면, 기본적 노동권이나 인권 위해 싸우기조차 어렵다. 내국 노동자들이 해고를 각오하거나 목숨을 내놓지 않고는, 노동권 지키기 위한 싸움이 힘든 것과 마찬가지다.

니르말은 돼지농장으로 옮겨 일하고 있다. 훨씬 나은 노동조건과 환경에서.

착취공장형 재벌왕국인 한국은 내부식민지를 갖고 있다. 백만 이주노동자가 내부식민지다. 한국사회는 그들을 착취하기 위해 심히 차별하고 억압한다.

트럭 운전을 강요한 농장주

네팔서 온 노동자 N. 그는 얼마 전 농장 트럭을 운전하다 사람을 치는 교통사고를 냈다.

그는 농업 취업비자를 갖고 입국한 노동자다. 비닐하우스 채소 재배 노동을 위한 근로계약을 했다. 그런데 농장주는 그에게 운전 노동을 시켰다. 채소 재배농장 트럭을 운전하는 일. 수확한 채소를 농산물 시장으로 운반하는 일 같은 일만 했다. 그 일로 사고가 났다.

이런 일이 어찌 가능한가. 고용주에게 전권을 주는 고용허가제와 법이 있으므로 가능하다. 고용주는 군주와 같다.

이주노동자들은 체류 기간을 연장하거나 재입국 노동을 하려면 고용주의 사인을 받아야 한다. 직장을 옮길 때도 고용주의 사인이 필요하다. 그러다 보니 이주노동자들은 고용주에게 철저히 복종하며 매여 살게 된다. 이 상황에서 이주노동자들은 고용주가 시키는 대로 노예처럼 일도 하게 되는 거다. 노예로 살지 않으려면 저항해야 하는데, 저항하면 갖가지 불이익을 당하게 된다.

백만 이주노동자는 한국이 식민 지배하는 대상이다. 그들은 한국사회 먹이사슬의 맨 밑바닥에 있는 노동자들로서 아주 열악한 조건에 있는 내국인 비정규직 노동자와 분명 차별성이 있다. 그 비정규직 노동자들도 임금 노예의 성격이 짙지만, 그들은 직장 이동의 자유까지 박탈당하지는 않는다.

심한 차별과 억압과 착취구조 아래서 현대판 노예처럼 사는 사람들이 이주노동자들이다. 백만 이주노동자는 내부식민지다. 경제규모 세계 10위권인 한국은 내부식민지를 두고 1:99 사회를 더욱 다지고 있다. 세습자본주의 사회.

깨퍼스의 나 홀로 엑소더스

"나는 개새끼가 아니야. 나는 사람이야!"

깨퍼스(가명 30대)는 한국에 온 지 4년 되었다. 취업비자로 들어온 그는 그동안 공장에서 일했다. 앞으로 10개월만 있으면 비자가 끝난다.

그는 얼마 전 회사를 옮겼다. 이전 공장에서 일하다 한국 노동자에게 폭행당한 사건 때문에 옮기게 되었다.

새로 들어간 공장에서 그는 한국생활을 잘 마무리하고 싶었다. 힌두교 신자인 그는 마음을 다해 기원하였다. 그러나 그로서는 용납하기 어려운 문제가 생겼다.

늘 번쩍이는 십자가 목걸이를 하고 다니는 사장 부인의 욕설이 문제였다. 이주노동자 십여 명과 한국인 몇 명이 함께 일하는 그 공장의 사장은 남편이었지만, 실제 운영은 부인이 다 하는 구조에서 그녀는 욕을 입에 달고 살았다. 이주노동자들에게만 하는 욕설. 새끼, 개새끼, 씨팔놈, 병신, 등신 등. 일을 빨리빨리 하라고 욕하고, 실수했다고 욕하고, 말귀를 못 알아듣는다고 욕하고, 화장실 자주 간다고 욕하고.

깨퍼스에게만 아니라 모든 이주노동자에게 하는 욕설. 그 회사에서 오래 근무한 이주노동자들은 모두 무감각한 듯했다. 싫지만 참고 지냈다. 왜냐하면, 반발하거나 저항하면 불이익을 당하기 때문이다. 비자 연장이나 재입국하려면 반드시 고용주의 사인을 받아야 하는데 밉보일까 봐서 참았다. 또한, 비자 기한이 얼마 남지 않은 사람은 반발하고 다른 공장으로 가기가 아주 힘들기 때문이다. 비자 기간이 얼마 남지 않은 사람을 고용하는 회사는 거의 없다. 깨퍼스는 이에 해당했다. 그는 단지 열 달만

남았다.

"나는 개새끼가 아니야. 나는 사람이야!"

하루는 깨퍼스가 그 여황제에게 정면으로 도전했다. 고용주에게 전권을 주는 고용허가제를 의지하고 마구 언어폭력을 저질러온 여자 앞에서 그 여자 인간의 눈을 똑바로 바라보며 인간선언을 했다. 욕설을 이윤, 착취 극대화 위해 채찍처럼 휘둘러온 여자에게 인간선언을 날렸다. 묵묵히 노예처럼 굴종하던 친구들의 눈이 모두 휘둥그레졌다.

깨퍼스는 즉각 해고됐다. 그 다음 날부터 일거리를 주지 않고, 개집만도 못한 컨테이너 기숙사비를 한 달에 18만 원씩 내라고 강요하는 등 야비한 방법으로 내쫓았다.

비자가 얼마 남지 않은 그를 받아주는 공장은 없었다. 하지만 그는 두어 달 만에 간신히 일자리를 다시 얻었다. 주로 불법체류자들이 노예처럼 일하는 공장 기피 업종 중의 기피 업종인 가죽 공장에 들어갔다.

착취공장형 재벌왕국인 한국. 국가가 자본을 위해 봉사하는 이 악성기업국가에서 노동자가 인간으로 살려면 해고나 죽기를 각오해야 한다. 집단으로 하든 홀로 하든 차별에 맞서며 평등, 자유를 확보하는 출애굽운동을 하려면 그 각오를 해야 한다.

백만 이주노동자나 천만 비정규직 노동자나 정규직 노동자나 그 조건은 마찬가지다.

함께 모여 얘기해 봐도, 고용허가제는 역시 노예제

어제오늘 이틀간 서울서 전국 이주 인권 대회를 했다. 전국 여기저기서 이주노동자, 이주민, 난민 등과 함께하며 돕기도 하는 활동가들 200여 명이 모였다. 이주노동자노조 활동가나 이주민 활동가들도 함께했다.

1박 2일 동안 분과 토의, 전체 토의를 하며 경험과 생각을 나누고 아픔과 기쁨도 나눴다. 뜨거운 주제들이 몇 개 있었다. 그중에 하나는 역시 고용허가제였다. 국가의 비호 아래 기업이 외국인을 고용하고 관리하는 제도. Employment permit system.

"고용허가제는 노예제다!"

이는 내가 지난 2년 동안 이주노동자들과 함께하며 절감했던 문제다. 그런데 이번에 모두 모여 이틀간 얘기한 결과도 마찬가지였다.

오직 자본의 이윤, 착취 극대화라는 원리로 돌아가는 한국은 내부식민지 (Internal colony)를 갖고 있다. 백만 이주노동자가 내부식민지다. 이들은 재벌을 정점으로 한 한국사회 먹이사슬의 맨 밑바닥에 있다. 이들은 극심한 차별과 억압과 착취의 대상이다. 국가가 만든 법과 제도에 의해 기본권, 인권마저 마구 짓밟으며 그 차별, 억압, 착취가 빈틈없이 진행된다.

고용허가제는 고용주에게 전권을 준다. 그러다 보니 이주노동자는 비자 연장할 때 고용주의 사인을 받아야 한다. 재입국 취업할 때도 그렇다. 직장 이동할 때도 사인받아야 한다. 산재 다발 공장에서 손가락이 잘려도 사인 없으면 이동 못 한다. 노사의 철저한 주종관계를 만드니 노동환경이나 노동조건 개선을 위해 노동자가 조폭 두목 같은 고용주에게 사소한 진정조차 하기 어렵다.

성경이 처음부터 마지막까지 집중적으로 갖는 관심사가 있다. 그것은 다름이 아니라 인간과 인간 사이의 관계의 성격이다. 인종, 국적, 종교, 나이, 성 등을 불문하고 그 관계가 어떠하냐가 주요 관심사다.

수평적 관계냐, 수직적 관계냐? 주종관계냐, 대등한 관계냐?

예수 그리스도의 복음이 가르치는 구원은 수평적 관계, 대등한 관계 맺기로부터 시작된다.

한국사회가 구원의 은총을 넉넉히 받으려면 고용허가제를 노동허가제로 바꾸어야 한다. 이 현대판 노예제부터 버려야 한다.

게삽의 나 홀로 출애굽 운동

"이제 나 일 반만 할 거야."

채소재배농장에서 일하는 노동자 게삽이 단호하게 말했다. 1년 동안 직장 이동을 위한 요구를 거부당한 그의 결심이었다. 이 말을 한 이후부터 그는 나 홀로 출애굽 운동에 들어갔다. 동료 둘은 조금 있으면 비자 연장을 해야 하기에 함께 행동하지 못했다. 취업비자를 연장할 때도 고용주의 사인을 받아야 하기 때문이다.

게삽은 일을 반만 했다. 작년에 힌두교 신자에서 그리스도인으로 변화된 그의 결심은 굳세었다. 상추, 열무, 오이 등 수확작업을 이전보다 절반만 했다. 농약 뿌리는 일도 절반만 했다. 이전보다 노동 속도를 반으로 줄였다. 그리고 일요일엔 작업을 거부하고 쉬었다. 그리고 그룹 성경공부를 했다. 출애굽기를 읽었다.

그를 보며 나는 출애굽 사건을 떠올렸다. 성경의 뿌리인 그 사건. 노예들의 탈출사건. 고대 노예제 시대에 이집트에서 노예주들의 연합체였던 파라오체제에 맞서 일어난 하비루 노예들의 집단적 해방사건. 게삽의 출애굽 운동이 그 사건과 두드러지게 다른 점은 나 홀로 출애굽이라는 거다.

"개새끼, 너 경찰에 신고할 거야. 강제 출국시킬 거야!"

농장주의 협박은 이어졌다. 그러나 그는 여전히 느릿느릿 일했다. 보름이 되는 날까지도 서슬 퍼렇게 폭언, 협박을 퍼붓던 농장주가 20일 만에 사인을 해줬다. 게삽은 축산농을 찾아갔다.

이주노동자들의 족쇄를 직시한 경향신문

크리스마스를 앞두고 경향신문이 이주노동자들을 주목했다. 특히 산재 당한 이주노동자들을 기사로 다뤘다. 우리 센터의 자료들을 사용했다. 산재 당한 이주노동자들의 사진을 지면에 실었다. 나의 인터뷰도 덧붙였다.

언론은 이주노동자 문제를 감상주의적으로 다루면 안 된다. 이주노동자를 옥죄는 사회 구조적인 배경을 직시해야 감상주의적인 기사를 뛰어 넘는다. 불쌍하다는 값싼 동정심을 일으키는 싸구려 기사의 수준을 벗어나려면 법, 제도적인 모순을 직시해야 한다.

150만 이주노동자는 코리아가 통치하는 내부식민지다. 착취공장형 재벌왕국의 먹이사슬 끄트머리에 있는 그들은 내부식민지다.

천만 비정규직 노동자가 반노예라면 150만 이주노동자는 노예 같다. 이주노동자들은 국가가 만든 제도, 법이 뒷받침하는 족쇄에 묶여 심한 차별, 억압, 착취를 당한다. 그들은 직장 선택의 자유나 직장 이동의 자유도 없다. 고용주에게 전권을 주는 고용허가제는 고용주는 폭군으로, 이주노동자는 노비로 만든다.

산재도 그렇다. 한국에서 그것은 우연이 아니라 필연이다. 세계 최고 산재 발생률과 사망률을 기록할 수밖에 없는 사회경제구조가 있다. 경향신문이 이주노동자 산재 문제를 다루며 그런 구조를 직시한 점이 좋았다.

정부가 돈을 주나요?

누에는 베트남 다낭에서 온 노동자다. 기독교신앙을 가진 청년이다. 우리 센터에서 성경공부도 하면서 직장생활을 성실하게 한다. 그는 우리 센터의 활동을 1년 이상 지켜본 사람이다.

"정부가 돈을 주나요?"

평소 우리 센터의 살림살이가 궁금했었는지 하루는 그가 진지하게 물었다. 정부가 재정적인 후원을 하는지 물은 거다. 차를 마시며 여러 가지 자유롭게 담소를 나누다가 물었다.

"아니요. 우리 센터는 정부나 기업 돈은 단 1원도 지원받지 않아요."

나의 대답을 들은 그는 다시 또 물었다.

"목사님 월급은 어떻게 해요?"

"우리 센터는 개인이나 교회의 후원으로 운영돼요."

나는 정부나 기업의 지원은 받지 않는 원칙을 갖고 있다. 지난 80년대부터 고수하는 원칙이다. 우리 센터의 독립성과 자율성을 위해서다. 정부나 기업의 돈을 받을수록 제 목소리를 자유롭게 내지 못한다는 이치를 잘 아는 나는 재정적으로 힘들더라도 그 원칙을 고수한다. 이른바 NGO 시민운동단체는 정부나 기업의 돈을 받으면 반드시 타락한다. 우리는 일반 시민이나 교회의 소액 후원을 아주 소중히 여긴다. 자신의 시간과 돈을 들여가며 친히 자원봉사하는 봉사자들을 귀하게 여긴다. 이주노동자를 환대하며 벗으로 여기는 마음을 담은 후원비와 자원봉사는 우리 센터의 밑거름이다.

CBS TV 다큐멘터리 주인공이 되고

'The Calling'이라는 기독교방송 TV 다큐멘터리 프로가 있다. 그 프로를 만드는 팀이 나와 촬영을 했다. 이틀 동안 찍었다. 우리 센터가 있는 포천지역과 의정부에 있는 집에서도 촬영했다. 이주노동자들과 더불어 사는 나의 현재 활동을 카메라에 담고 목회자인 나의 삶에 초점을 맞추어 다큐멘터리를 만들었다. 처음 다큐멘터리 프로의 주인공으로 촬영에 임하다 보니 낯설기도 하고 힘들기도 했다. 하루는 적응하는 시간이었고, 또 하루는 익숙해질 만하니 끝났다.

나는 이 촬영에 참여하면서, 'The Calling'에 대해 새삼 생각하게 되었다. 하나님의 부르심을 받은 사람으로서 살아온 지난날들을 다시 되돌아보게 되었다.

나의 지난 세월을 크게 세 시기로 나눌 수 있다. 하나님의 부르심에 순종한 시기와 불순종한 시기 그리고 돌이켜 다시 순종하는 시기, 이렇게 세 시기로 나누어 볼 수 있다.

처음 내가 받은 소명은 가난하고 약하고 소외된 사람들과 벗이 되고 그들을 섬기는 일이다. 그 일에 사람들은 빈민선교, 노동 선교, 민중선교 혹은 민중 목회라는 단어를 붙이기도 했다.

하나님이 나에게 주신 그 일을 할 때는 비록 좁은 길을 걸었지만, 내 영혼은 평안하고 기뻤다. 그러나 그 소명을 등지고 외면할 때는 비록 넓은 길을 갔으나 영혼은 황폐했다. 아내와 사별도 했고, 욕심으로 지은 교회건물로 인해 수렁에 빠져 허우적거렸다. 교회 성장주의에 이끌리고, 기복적이고 성공 주의적인 가짜 복음을 전하며 부자 비위 맞추는 목회를 했다. 결국, 아주 쓴 맛을 봤다.

사별의 고통과 그 후유증, 부자 비위 맞추는 목회의 실패 등 어둡고 긴 터널을 지나면서 돌이켜 이제는 나의 소명을 따라 살고 있다. 허물투성이

이지만 그 부르심을 따라가고 있다. 우리 사회 먹이사슬의 끄트머리에 있는 이주노동자들과 벗이 되어 사는 길을 가고 있다.

지금 나의 영혼은 평온하고 희열이 있다. 젊은 사슴처럼 기뻐 뛰기도 한다. 포장되지 않은 험한 길을 가는 거 같지만, 일용할 양식만 갖고 살지만, 하늘이 주는 기쁨이 있다.

갯값만도 못한 이주노동자 값

우리 센터가 있는 포천에서 멀지 않은 곳에서 이주노동자가 산재로 사망했다. 경기도 양주에 있는 공장에서 일하던 노동자가 사망했다. 컨베이어벨트에 끼여 사망했다. 안전시설이 없는 작업장에서, 안전장치도 없는 기계 앞에서 혼자서 일하다 죽임을 당했다. 태국에서 온 그는 23세였다. 이름은 자이분 프레용.

그가 일한 곳은 건축폐기물 처리업체다. 거기서 그는 9명의 이주노동자와 평일엔 보통 아침 7시부터 저녁 6시까지 일했다. 주말(금, 토, 일)엔 아침 6시부터 다음 날 6시까지 일하기도 했다고 한다. 그가 받은 월급은 140만 원 정도.

사고 난 지 한 달이 넘었다. 그의 가족이 한국에 들어와 있다. 그러나 장례는 치르지 못하고 있다. 협상이 전혀 안 되는 것이다. 회사는 민사보상액으로 고작 3천만 원을 제시하고 있다. 작년 그 회사 매출액은 136억이다.

경제규모 세계 10위권에 든다는 코리아는 노동자들을 일회용품 취급한다. 천만 비정규직 노동자를 그리 취급한다. 이주노동자들을 더욱 심하게 취급한다.

'인간을 물건 취급하기.'

'사람을 상품 취급하기.'

'자본의 이윤, 착취 극대화 위해 생명 극소화하기'

이들은 자본주의사회가 발명한 것들이다.

'이주노동자의 값을 개 값만도 못하게 하라.'

이는 150만 이주노동자를 내부식민지로 삼고 통치하는 한국사회가 고수하는 원칙이다. 착취공장형 재벌왕국이 만든 위대한 원리다. 다수가 일해 맺은 열매를 소수가 가로채 독식하는 1:99 한국사회가 빚은 것이다. 장마철 잡초처럼 무성한 수구 기복 종교들이 적극적으로 거들어 만든 사회의 작동 원리이다. 예수, 천주, 석가 없는 교회, 성당, 절 등이 노예도덕 가르치며 만든 것이다.

그만 좀 죽여라

한국의 기업들이 한해에 죽이는 노동자가 2,000여 명이다. 세계 최고 산재 사망률이다. 오로지 이윤, 착취의 극대화를 도모하는 기업들은 주로 비정규직 노동자와 이주노동자들을 죽인다. 작년에 산재로 죽임당한 이주노동자는 135명이다.

지난 11월 13일 양주에 있는 대아산업개발이 이주노동자를 죽였다. 스물세 살 자이분 프레용을 죽였다. 한해 총매출액이 136억인 대아는 태국에서 온 그에게 월급 140만 원을 주면서 일을 시켰다. 평일에는 하루 10시간, 주말에는 24시간 연속 노동을 시키기도 했다. 저임금을 받고 장시간, 고강도 노동을 하던 그는 결국 컨베이어벨트에 끼여 죽고 말았다.

끔찍한 사고 이후에도 대아의 태도와 처사는 비인도적이고 반인륜적이다. 노동부나 경찰서 등 관계기관들도 불성실하기 그지없다. 사고가 난지 한 달이 넘었는데도 장례를 치르지 못하고 있는 현실은 기업의 자만과 관계기관들의 불성실을 잘 보여준다.

행정, 사법기관들이 기업 편을 드는 구태를 여전히 보인다는 생각을 지울 수 없다. 불법을 마구 저지르는 기업까지 두둔하며 산재 기업을 솜방망이 처벌하는 국가의 관행은 산재를 양산하는 근원이다.

우리 대책위는 요구한다.

첫째 국회는 기업 살인법을 제정하라.

둘째 노동부, 경찰서는 사건을 철저히 조사해 진상을 밝히라

셋째 노동자를 죽인 대아산업개발을 처벌하라

넷째 대아산업개발은 유가족과 협상에 성실하게 나서라.

이 '우리의 요구'는 자이분 프레용 산재 사망사건 대책위원회가 내놓은 것이다. 경기 북부지역에 있는 10여 개 노동, 시민단체들이 모여 대책위를 만들었다. 유가족의 요청에 따라 구성했다. 유가족과 함께 활동할 것이다. 우리 센터도 참여했다. 나는 대책위의 대변인 역할을 맡았다.

자이분 프레용을 살려내라

죽음의 외주화, 죽음의 이주화가 진행되는 가운데 이주노동자 자이분 프레용Jaiboon Prayong(태국)이 죽임을 당했다. 한국에서 산재로 목숨을 잃는 사람들은 주로 비정규직 하청 노동자들(죽음의 외주화)과 이주노동자들(죽음의 이주화)이다.

스물세 살 그는 경기도 양주 대아산업개발에서 일하다 컨베이어벨트에 끼여 사망했다. 온몸이 찢기고 부서지며 비명횡사했다.

대아는 월급 140만 원을 주면서 그에게 주말엔 24시간 연속 노동을 시키기도 했다. 안전장치도 없는 기계 앞에서 혼자 장시간 고강도 노동을 하다 사고를 당하게 하였다. 그런 조건에서는 다치지 않고 죽지 않는 게 이상한 거다.

오로지 자본의 이윤, 착취 극대화 위해 생명을 극소화하는 코리아. 해마다 2,000여 명을 산재로 죽이는 나라. 세계 최고 산재 사망률을 갖고 그만큼 죽이면서 번 돈은 누가 갖는가. 소수가 가로채 독식하지 않나. 다수가 땀 흘려 맺은 열매를 1:99 세습사회 만들며 소수가 독식하지 않는가.

언제까지 이렇게 살 것인가. 이런 사회가 얼마나 지속 가능한가. 아니 왜 우리는 이런 사회를 지속시키는가. 이런 사회에 굴종하는 건 뭔가. 이런 세상을 긍정하고 찬양하는 건 또 뭔가.

때마침 성탄절이다. 성육신 Incarnation 하신 예수는 누구인가. 그는 생명을 극대화하기 위해 오신 분이다. 오직 이윤, 착취 극대화 위해 생명을 극소화하는 사회구조와 마음을 부수고 새로 지으시려고 오신 분이다. 그가 새로 짓는 마음과 세상-하나님의 나라는 무엇보다 생명을 극대화하는 곳이다.

자이분 프레용과 그와 같은 노동자들을 살려내는 길은 생명을 극대화하는 방향으로 전향하는 데 있다. 마음을 돌이키고 사회구조도 전격적으로 바꾸는 것이다.

TBS TV가 주목한 이주노동자

성탄절을 앞두고 교통방송이 두 이주노동자를 주목했다. 우리 센터 회원들이다. TBS TV 민생연구소라는 프로 취재팀이 고통받는 이주노동자 두 사람을 따라다니며 취재, 촬영했고 나는 거들며 인터뷰했다.

한 사람은 카플레 씨다. 네팔서 취업비자로 한국에 들어와 10년 성실히 일한 노동자. 그는 허술한 기숙사에 기거하며 밤샘노동을 밥 먹듯 하는 공장서 일하다 결핵성 질환을 얻었다. 몇 달 전부터 서울대에서 치료 중인데 출입국관리소는 그에게 출국하라는 명령을 내렸다. 그도 공교롭게도 바로 성탄절 날에 나가라고 했다.

카플레의 바람은 TBS의 카메라가 보여준다. 카플레는 한국에서 얻은 그 질병을 한국에서 치료받기를 원한다.

또 한 사람은 히무 씨. 방글라데시에서 취업비자로 와 7년째 일하고 있는 그의 체불임금은 1,500만 원이다. 지난 1년 2개월 동안 그 돈 받으려고 생고생을 했다. 노동부를 거쳐 지루한 재판을 했다. 하지만 버젓이 운영되는 기업, 부자 사장한테 받은 돈은 고작 63만 원이다. 국가에서 우선 지급해준 8백만 원을 빼고 사장에게 받아낸 돈은 그게 전부였다. 이주노동자가 체불임금 받기가 얼마나 어려운지 TBS가 보여준다.

방송과 언론에서 이주노동자들의 문제에 관심을 두고 보도해주는 것에 감사한다. TV 방송이나 종이신문 등 언론사 기자들이 페이스북에 올린 나의 글을 보고 취재 요청을 종종 한다. 음습한 곳에 덮어두고 있는 문제들을 여론화하고 공론화하는 기회가 많아지기를 바란다.

프레용의 유가족과 함께 기자회견

자이분 프레용의 아버지와 형이 함께 기자회견을 했다. 오늘 오전 프레용 대책위원회가 경기도 양주 대아산업 앞에서 기자회견을 했다.

"가슴이 너무 아픕니다. 문제가 참 많습니다."

야원 아버지, 자이분 문미는 더는 말을 잇지 못했다. 유가족은 한 달 이상 한국에 머무르며 사후 수습을 위해 힘쓰고 있으나 회사 측의 무성의로 장례도 못 치르고 있다. 시신은 현재 병원 지하 장례식장에 안치되어 있다. 하루 안치 비용이 195,000원이다. 유가족의 심정을 나는 헤아릴 수가 없다.

기자회견 후 대책위원들과 유가족이 부사장을 만났다. 그러나 협의가 진행된 게 없었다. 12월 25일 프레용을 생각하며 갖는 성탄 기도회 다음 날 사 측과 다시 협의하기로 했을 뿐이다.

25일 성탄절에 '기업 살인법 제정과 산재 근절을 위한 성탄절 기도회'를 한 뒤 다시 협상에 들어간다.

만약 백인이 죽었다면 어땠을까?

두 달이 다 되도록 시신을 내버려두게 하는 나라가 있다. 한국이다. 선진국이라며 자랑하는 코리아. 태국 노동자가 컨베이어벨트에 끼여 죽도록 만든 기업과 국가가 시신을 냉동실에 처박아 놓고 시간을 흘려보내고 있다. 기업국가 한국이 하는 짓이다. 착취공장형 재벌왕국의 꼴이다. 자본의 이윤, 착취 극대화 위해 생명을 극소화하는 코리아의 자화상이다. 천만 비정규직 노동자를 반노예, 150만 이주노동자를 노예로 부리는 졸부의 나라가 만드는 작품이다.

사계절 무더운 나라에서 아들의 시신을 찾아가려고 온 노쇠한 아버지 자이분 문미 님. 그가 추위에 떨며 기약도 없는 나날을 보내고 있다.

만약 백인이 산재로 그렇게 죽었다면 어땠을까? 코리아라는 국가와 기업은 어떻게 처신했을까? 노동부, 경찰, 외교부 등은 어떻게 행동했을까? 왜 시신을 두 달이 다 되도록 냉동실에 내버려둘까?

태국의 어머니는 기절해 몸져누워 있고

스물세 살 청년 자이분 프레용. 그는 지금 경기도 양주의 한 병원에 안치되어 있다. 아주 차갑고 좁은 공간에 누워있다. 44일 동안 고향으로 돌아가지 못하고 가족은 장례도 못 치르고 있다.

아들이 먼 타국 건설폐기물 처리 공장 컨베이어벨트에 끼여 비명에 간 날 사고 소식을 들은 어머니는 기절했다. 그리고 몸져누워 지낸다. 아버지 자이분 문미만 큰아들과 함께 아들의 시신을 인도받아 돌아가려고 여기서 지내고 있다. 그러나 사 측의 무책임과 경찰, 노동부 등 관계기관의 불성실로 인해 하루하루 고통스러운 시간을 보내고 있다.

"아들이 보고 싶다. 가슴이 너무 아프다. 문제가 많다."

아버지의 말이다. 코리아는 세계 최고 산재 발생률 기록을 가진 나라다. 산재 사망률도 최고다. 그런데 산재 사고나 사망은 대개 비정규직 노동자나 이주노동자다. 죽음의 외주화와 죽음의 이주화가 뚜렷하다.

비정규직 하청 노동자 김용균은 죽음의 외주화 구조 아래서 죽임을 당한 노동자다. 자이분 프레용은 죽음의 이주화 구조 아래서 죽임을 당한 노동자고. 둘 다 젊은 청년으로서 컨베이어벨트에 끼여 몸이 찢기고 부서졌다.

김용균의 어머니와 자이분 프레용의 아버지가 만난다. 김용균 분향소가 차려진 광화문 광장에서 만난다. 12월 30일 11시.

"그만 죽여라."

"우리는 죽으러 오지 않았다."

이는 내국인 노동자, 이주노동자들의 외침이다. 이 외침이 요구하는 건

기업 살인법 제정이다. 중대 산업재해를 일으키는 기업주를 강력히 처벌해야 한다.

아울러 요구하는 건 죽음의 외주화, 죽음의 이주화를 필연적으로 가져오는 사회경제구조를 허무는 거다. 한 해 노동자 2,000여 명이 죽도록 짜놓은 착취공장형 재벌왕국을 헐고 새로 짓는 거다. 수직적 하청의 서열화 구조로 돌아가는 사회경제구조를 헐고 새로 짓는 게 절실하다. 자본의 이윤, 착취 극대화 위해 생명을 극소화하는 사회경제 시스템을 깨고, 이제 생명을 극대화하는 방향으로 가야 한다.

김용균의 어머니와 자이분 프레용의 아버지, 둘의 만남이 우리 사회에 근원적인 질문을 던지는 기회가 되길 바란다. 죽음의 이주화와 죽음의 외주화 사회경제구조를 점검하는 기회가 되면 좋겠다. 탐욕을 중심에 우상처럼 세워놓은 마음을 냉정히 성찰하는 것도 절실하다.

흩어져서, 계속 일해! 핸드폰 하지 마! 빨리빨리, 빨리빨리!

이 말은 자이분 프레용이 컨베이어벨트에 끼여 죽을 때, 공장 관리소장이 한 말이다. 몰려드는 동료들에게 한 말이었다. 증인들이 전해준 내용이다.

아마도 이 말은 태국인 노동자 자이분 프레용이 숨지는 순간 들은 말일지 모른다. 대형 컨베이어벨트에 휘말려 들어가면서 마지막 들은 말일

지 모른다. 23년을 산 청년 노동자가 이생에서 마지막으로 들은 소리일 지 모른다.

숨을 거두는 젊은이를 위로하는 소리가 아니었다. 그를 염려하는 말도 아니었다. 몸이 찢기고 부서지는 사람을 안타까워하는 말도 아니었다. 사지를 찢는 곳으로 말려 들어가는 사람을 구조하는 소리는 더욱 아니었다.

그 말은 자본의 논리였다. 탐욕의 힘찬 채찍 소리였다. 자본의 이윤, 착취 극대화를 위해 생명을 갉아먹는 소리였다. 생명을 극소화하기 위한 명령이었다.

사람이 죽어가는 순간에도 빨리 일이나 하라고 독촉하는 노동현장. 사지가 찢기고 부서지는 시간에도 계속 일이나 하라고 재촉하는 구조. 피가 낭자한데 생산량을 올리라고 다그치는 풍토. 벗의 생피가 흐르는데도, 죽어가는 동료에 관한 관심은 끊고 빨리빨리 생산이나 하라고 지시하는 노동환경.

오로지 자본의 이윤, 착취 극대화 위해 돌아가는 사회. 그 극대화 위해 생명을 극소화하는 기업국가 코리아. 이 착취공장형 재벌왕국은 얼마나 지속 가능할까? 아니 언제까지 우리는 이런 사회를 떠받들어야 하나? 더구나 그 극대화한 착취의 열매를 소수가 가로채 독식하는 1:99 사회에 우리는 언제까지 굴종할 것인가. 언제까지 적응이나 하며 살 건가? 정글만도 못한 이 사회에서 부자 되고 높아지고자 피나는 경쟁하는 꼴은 또 뭔가?

컨베이어벨트에 끼여 죽은 지 40일 지났는데

자이분 프레용이 컨베이어벨트에 끼여 사망한 건 지난 11월 13일이었다. 양주 대아산업에서 죽은 지 40일이 지났다. 건설폐기물 처리 공장서 사람이 목숨을 잃었다. 안전시설이 없는 작업장에서 혼자서 일하다 참변을 당했다.

그러나 양주 경찰서는 사장을 불러 조사 한 번 한 적이 없다. 의정부 노동부는 전수조사한 적이 없다. 사고 컨베이어만 두 주 가동 중단시키다 수리한 뒤 다시 가동하고 있다. 출입국관리소도 뒷짐 지고 있다. 참 어처구니없다. 무법지대다. 직무유기도 이만저만이 아니다.

아무리 중대 산업재해가 발생해도, 사람이 현장에서 즉사해도 경찰과 노동부가 이렇게 하니 산재 사고가 증가하는 거다. 산재 사망률 세계 최고 기록을 고수하는 거다. 기업들은 산재 예방 위해 돈 안 쓴다. 코리아에서 일 년에 2,000여 명이 죽임을 당한다. 세계 최고 산재 발생률, 산재 사망률을 자랑하게 되는 거다. 위대한 코리아다. 멋진 착취공장형 재벌 왕국. 당당한 기업국가 코리아다.

기업 살인법까지 만들어 산재 업체를 강력히 처벌하는 영국, 캐나다 등은 산재 사망률이 우리의 10분의 1도 안 된다.

연대의 힘

태국인 노동자 자이분 프레용 산재 사망사건. 그 사건을 위한 경기 북부 지역대책위를 꾸리고 활동을 시작하자 여러 가지 변화가 일어나고 있다. 점점 여론화가 되고 SNS에서도 지지 연대하면서 변화가 조금씩 오고 있다. 언론이 관심을 두고 보도도 하고 있다.

지난 12월 25일에는 성탄절 기도회가 있었다. 기업 살인법 제정과 산재 근절 위한 성탄 기도회였다. 그 다음 날인 26일에는 협상이 있었다.

양주 장례식장에서 열린 그 기도회에 150여 명이 참여했다. 시민들과 지역교회 교인들이 참여했다. 경기도만 아니라 서울서도 왔다. 프레용 사건에 대한 경고보고와 유가족 인사와 나의 설교 등으로 기도회가 진행되었다. 참여한 분들이 드린 헌금은 유가족에게 모두 전달했다.

26일 사 측은 민사배상액을 대폭 올려 제시했다. 기존에 제시한 금액 3천만 원보다 두 배 더 올린 금액을 제시했다.

앞으로 좀 더 연대한 시민들의 힘을 보이면 좋은 결실이 있을 것으로 본다. 비명에 간 고인이 어서 속히 고향으로 돌아갈 수 있기를 빈다. 영혼이 안식할 수 있기를 기원한다. 아울러 생명 극대화를 도모하는 사회구조와 의식이 고양되기를 바란다.

프레용 아버지와 김용균 어머니가 만났다

12월 30일 오전 김용균 추모분향소가 있는 광화문서 만났다. 프레용 유가족을 모시고 경기 북부지역 대책위원회 위원들이 오전 11시 즈음 분향소에 도착하자 김용균 어머니, 김미숙 님이 반갑게 맞이해 주었다. 분향소 밖으로 나와 우리를 맞이했다.

프레용의 아버지, 자이분 분미(69세 태국)님은 김용균의 어머니에게 인사를 한 뒤 분향소로 들어갔다. 그는 향을 피워 고 김용균 앞에 예를 표하며 두 손 모아 합장했다.

김미숙 님은 우리를 분향소 옆 천막으로 안내했다. 그 안에서 둘러앉아 이야기를 나누었다. 두 부모의 대화가 오갔다. 통역을 통해 소통하느라 원활하지는 않았으나 마음과 생각을 여유 있게 나눴다.

"오늘 이렇게 만나 주셔서 감사합니다."

분미 님의 인사를 시작으로 아들을 산재로 잃은 부모들의 대화가 한동안 진행됐다.

"저는 아들의 마음과 생각을 늘 헤아리며 삽니다."

그동안 아들 잃은 고통을 어떻게 이기셨느냐는 분미의 질문에 대한 김미숙님의 대답이 인상적이었다. 아울러 어머니는 아들의 사건을 겪으면서 내국인 노동자만이 아니라 이주노동자들도 많이 산재로 목숨 잃는다는 사실을 알았다면서 지금 싸우고 있는 이유를 밝혔다. 다른 노동자들이 다시는 다치거나 죽지 않는 안전한 사회를 만드는 일에 힘쓰는 게 아들의 마음이라 생각한다는 의미로 말을 했다.

분미는 돈도 싫고 금도 싫고, 빨리 아들 뼈를 갖고 고향에 가고 싶다고 했다. 개가 아니라 사람으로 취급받는 협상만 적절히 되면 빨리 가고 싶다고 거듭 말했다. 얼마나 고통스러우면 그런 말을 할까.

그러나 김미숙 님이 다른 노동자들의 안전을 위해 싸우신다는 말을 들은 뒤 문미는 자신도 그렇게 살고 싶다는 의향을 밝히기도 했다. 대화를 나누며 생각이 조금 바뀌는 모습이었다.

두 사람의 대화가 한참 오간 뒤 취재 기자들의 질문과 응답이 있었다. 한겨레신문, 경향신문, 서울신문, 노동자연대 등에서 관심 깊은 취재를 했다. 감사하다.

연대가 힘이다. 김미숙 님도 시민들과의 폭넓은 공감과 연대의 필요성을 강조했다. 노동자들의 연대가 커질수록 생명 극대화를 위한 사회는 앞당겨질 것이다. 그럴수록 자본의 이윤, 착취 극대화를 위해 생명을 극소화하는 기업국가를 헐고 새로 짓는 일도 도모될 것이다. 착취공장형 재벌왕국을 헐고 새 사회를 만드는 일도 연대만이 해낼 것이다.

내 아들은 개가 아니다

자이분 프레용이 컨베이어벨트에 끼여 사망한 날은 지난 11월 13일이다. 그 아버지 자이분 분미(Jaibun Bunmee 69세)가 사고 소식을 듣고 태국에서 한국으로 온 날은 25일이다. 시신을 속히 찾아가려는 마음으로 달려왔다. 비행기 삯도 없어, 돈을 급히 빌려 간신히 표를 샀다.

정신없이 온 아버지가 만난 아들은 찢기고 부서진 몸이었다. 평생 무더운 땅에서 농사만 짓고 살아온 아버지는 추위부터 견디기 힘들었다. 외출할 때 당장 입을 겨울옷이 없어 아들의 두꺼운 점퍼를 꺼내 입었다.

사 측과 만났다. 빨리 아들을 화장해 고향으로 돌아가려고 만났다. 그러나 사 측의 태도는 오만불손하기 그지없었다. 진심 어린 사과 한마디 없이 배상액 3천만 원만 내밀었다. 그리고 사인하라는 재촉을 했다. 월급 140만 원을 주며 안전시설도 없는 작업장에서 장시간, 고강도 노동을 시킨 사 측은 독촉했다. 주말엔 안전장치도 없는 컨베이어벨트 앞에서 혼자서 24시간 연속 노동도 하도록 했던 회사다.

"나의 아들은 개가 아니다. 사람이다!"

이는 아버지가 사 측에게 한 말이다. 아들이 비명에 간 지 50일이 지났다. 아들은 여전히 차디차고 캄캄한 좁은 공간에 갇혀 있다. 하루 시신 보관료 195,000원 청구서를 받으며 갇혀 있다.

아직도 아버지는 아주 낯선 땅에서 찬바람 맞으며 하루하루 견디고 있다. 최소한도 사람대접하는 예라도 표하면 빨리 차가운 코리아를 떠나고 싶어 한다. 아들 사고 소식을 듣고 기절한 뒤 몸져누워 날마다 울기만 하는 부인이 있는 고향으로 어서 가고 싶다.

'최소한도 인간에 대한 예를 갖춰라.'

'나는 돈도 싫고 금도 싫다.'

이게 지금 아버지의 심정이다.

3천만 원: 2억1천만 원

양주에 있는 대아산업에서 컨베이어벨트에 끼여 사망한 자이분 프레용. 그 아들의 소식을 듣고 태국에서 급히 입국한 아버지 자이분 분미(69세).

안전장치나 시설도 없는 작업장, 기계 앞에서 일하다 찢기고 부서진 아들 자이분 프레용(23세)의 뼈라도 안고 가려는 아버지에게 사 측이 내민 민사배상액은 고작 3천만 원이었다. 생전 월급 140만 원을 주며 평일엔 10시간, 주말엔 24시간 연속 노동을 하게 한 회사는 오만불손했다.

"내 아들은 개가 아니다. 사람이다!"

아버지는 이 말을 사 측에 했다. 그리고 이제까지 50일이 넘도록 장례도 못 치르고 있다. 먼저 철저한 진상조사와 책임자 처벌을 원한다. 그리고 최소한도 인간에 대한 예를 갖춰 사건이 마무리되길 바란다.

민사배상금 3천만 원을 사 측이 제시한 김에, 인간에 대한 최소한도의 예를 갖춘 배상금은 얼마나 될까, 생각해봤다. 인간의 생명을 금액으로 계산한다는 게 우습지만, 우리 사회의 법으로 볼 때 얼마나 될까?

나는 그에 대한 전문가가 아니기에, 전문가의 도움을 받았다. 나의 친구 중에 노무사가 있다. 2억1천만 원이 그가 계산한 금액이다. 이는 노동자 프레용의 과실이 전혀 없는 것으로 보고 셈한 거다. 법규에 따라 셈한 거다.

인간에 대한 충분한 예우는 바라지도 않는다. 최소한도의 예나 바랄 뿐이다. 개 취급은 하지 말라는 게 유가족의 요구다. 진심 어린 사과와 철저한 진상조사를 하라. 회사는 말할 것도 없고 노동부, 경찰서 등은 직무유기는 하지 말아야 한다. 해외에 나가 일하는 우리나라 국민도 많다는 걸 명심하고 관계기관들은 사태를 수습하기 바란다.

2019년 마지막 날 밤 방문한 곳

2019년 마지막 날이다. 이날 밤 나는 조셉이 일하고 있는 공장을 방문했다. 오늘 포천 날씨가 맵다. 한파주의보가 내려진 가운데 밤 온도가 영하 9도까지 내려갔다. 내일 새벽엔 영하 15도까지 내려갈 거 같다.

사철 더운 동남아에서 온 이주노동자들은 여름보다 겨울나기가 더 어렵다. 추위 때문이다. 필리핀서 온 조셉도 추위를 몹시 탄다.

조셉(가명 30대)은 오늘 밤샘노동을 한다. 저녁 6시부터 아침 6시까지 일한다. 매일 12시간씩 주야 교대로 공장이 돌아간다. 지난주에 주간노동을 한 조셉이 이번 주엔 밤샘노동을 하는 거다.

조셉은 두꺼운 점퍼를 입고 일을 하고 있었다. 천정이 높고 넓은 작업장엔 난방이 되지 않고 있었다. 트럭이 들어갈 만한 출입문은 뚫려 있었고 한쪽 구석에 나무를 때는 난로 하나만 놓여 있었다. 모자를 뒤집어쓴 조셉은 덜덜 떨며 일을 했다.

플라스틱 파이프를 만드는 그 공장엔 15명의 이주노동자가 일하고 있다. 3년째 일하고 있는 조셉의 월급은 185만 원이다. 숙소는 공장 마당에 있다.

이주민정책연구원이 발표한 걸 보면, 우리나라 이주노동자들이 한 해 동안 한국경제에 주는 영향이 74조다. 생산과 소비로 주는 효과를 말한다. 이 수치가 2016년 거니까 올해는 아마 90조가 넘지 않을까 한다.

"김 Pastor(목사), 해피 뉴이어!"

쓴 커피 한잔을 타 주던 조셉이 내게 새해 인사를 했다. 나는 그의 차가운 손을 잡아주며, 조셉도 해피 뉴이어라 말했다.

새해가 진정 새해가 되고, 행복해지려면 150만 이주노동자를 노예, 천만 비정규직 노동자를 반노예로 부리는 행태는 그쳐야 한다는 생각을 했다. 다수가 땀 흘려 맺은 열매를 소수가 가로채 독식하는 사회경제구조를 어서 깨야 한다. 그 구조에 굴종하거나 길든 마음도 헐고 새로 지어야 하리라.

하루에 195,000원

이 금액은 병원 장례식장이 자이분 프레용의 유가족에게 매일 청구하는 돈이다. 시신 안치비로 청구한다. 지난 11월 13일 양주 대아산업에서 컨베이어벨트에 끼여 몸이 찢기고 부서진 프레용. 23세 태국인 청년 노동자. 그는 안전장치나 시설이 없는 작업장에서 혼자서 일하다 비명횡사했다. 저임금, 장시간, 고강도 노동을 하다 죽임을 당했다.

사 측의 무성의와 경찰서, 노동부의 불성실로 이제까지 장례도 못 치르고 있다. 살아서 말하는 동물 취급받던 프레용은 죽어서는 개만도 못한 취급을 받고 있다.

한 달 반 이상 여기 체류하고 있는 유가족은 인간에 대한 기본적인 예를 갖춘 사 측의 사과와 배상을 요구하고 있다. 그리고 양주 경찰서와 의정부 노동부의 철저한 진상조사를 촉구하고 있다.

고 프레용의 시신은 지금 양주 소망병원 장례식장에 안치되어 있다. 유가족은 시신 보관료로 하루 195,000원을 물어야 할 판이다. 이 돈은 태국에서 웬만한 가족 한 달 생활비다. 사 측의 무성의와 경찰서나 노동부의 불성실로 인한 결과를 유가족이 고스란히 떠안아야 하는 상황이다.

프레용은 지금 차디차고 어둡고 좁은 공간에 한 달 반 이상 갇혀 있다. 이제라도 그가 하루빨리 그 공간에서 벗어나 고향으로 돌아가게 해야 한다. 코리아는 돈만 아는 졸부국가라는 오명을 벗기 위해서라도 그가 속히 어두운 곳에서 벗어나 고향으로 돌아가게 해야 한다. 아들 사건 소식을 듣고 기절한 뒤 몸져누워, 눈물로 아들을 학수고대하고 있는 어머니에게 보내야 한다.

죽은 아들의 옷을 입고 다니며 싸우는 아버지

"저는 아들의 마음을 늘 생각하며 삽니다."

고 김용균의 어머니 말이다. 지난 12월 30일 광화문에 설치된 김용균 추모분향소에서 프레용의 아버지를 만났을 때 한 말이다

재작년 컨베이어벨트에 끼여 사망한 아들의 마음을 늘 생각하며 어머니는 산재 근절과 비정규직 철폐를 위해 오늘도 싸우고 있다. 24세에 비명에 간 아들의 마음을 늘 생각하며 싸우는 어머니가 있는가 하면, 23세에 비명에 간 아들의 옷을 입고 싸우는 아버지가 있다.

그 아버지는 자이분 분미(69세). 사철 무더운 나라 태국서 지난 11월

15일 입국해, 한 달 반 이상 싸우고 있다. 영하로 내려가는 날씨를 처음 겪어 보는 아버지는 생전 아들이 입었던 두꺼운 점퍼를 입고 다니며 싸운다.

아버지의 싸움 대상은 우선 프레용의 몸을 찢고 부순 컨베이어벨트를 2주 만에 재가동한 대아산업이다. 진정 어린 사과도 없이 공장을 힘차게 가동하고 있는 기업이다. 사후 처리나 협상도 불성실하기 그지없는 업체. 사고 직후 배상금으로 3천만 원을 내놓으며 시신 화장을 독촉해 아버지를 분노케 한 기업. 그때 아버지는 내 아들은 개가 아니라 사람이다! 선언했다.

아들의 두꺼운 겨울옷을 입고 다니며 싸우는 아버지, 추위에 떨며 노쇠한 몸으로 싸우고 있는 분미 씨의 그다음 싸움 대상은 양주 경찰서와 의정부 노동부다. 그동안 철저한 진상조사를 하지 않았기 때문이다. 직무유기라고 할 만큼 두 기관은 제대로 된 조사를 하지 않았다. 애초에 두 기관은 그 공장의 가동을 중단시키고 사장을 즉각 소환 조사했어야 했다. 그리고 전수조사를 철저히 해야 했다.

찢기고 부서진 아들이 평소 입었던 점퍼를 입고 다니며 싸우는 아버지의 심정은 어떨까. 내 아들은 개가 아니라며 싸우는 아비의 심정은 어떠할까. 인간에 대한 최소한도의 예를 갖추라며, 오늘도 아들 뼈라도 속히 안고 돌아가고파 싸우는 아버지의 가슴은 어떨까.

새해 벽두에도 한파주의보가 내려진 매서운 추위에 떨며 싸우는 아버지를 바로 옆에서 지켜보는 마음 아프다.

졸부의 나라에서 기자회견을 하며

'자이분 프레용 산재 사망사건 대책위'가 의정부 고용노동지청에서 기자회견을 했다. 기자회견을 하면서 나는 생각했다. 코리아는 졸부의 나라다. 지난 70~80년대부터 주변에서 졸부들을 많이 봤다. 예를 들어 부동산투기 같은 거로 갑자기 부자가 된 사람들이나 노동자들을 흡혈귀처럼 착취해 별안간 돈깨나 번 이들이었다. 갑자기 돈이 많이 생겨 큰 집을 사고, 번쩍이는 차를 사서 굴리고 다니는데 머릿속은 텅 빈 인간들이다. 말과 행동은 천박하기 이를 데 없는 사람들. 오로지 돈을 만물의 척도로 아는 인간들. 마음 중심에 돈을 모시고 사는 위인들을 많이 보았다.

2020년 코리아.

오늘 기자회견을 하면서 나는 코리아가 졸부국가라는 생각을 다시 했다.

월급 140만 원 주고 이주노동자를 노비처럼 부려먹다가 산재로 죽으면 3천만 원 정도만 보상비랍시고 던져주며 처리하려고 하는 기업들이 널려 있는 나라. 소위 불법체류노동자들을 아주 선호하는 기업이 즐비한 나라. 안전장치를 제거한 반도체공장서 일하다가 백혈병, 뇌경색 등 직업병에 걸려 죽어도 산재로는 죽어도 인정하지 않고 돈 몇 푼 주면서 적당히 처리하려 했던 대기업이 초일류기업 행세를 하는 나라.

그런 기업들 편에 서서 일하는 노동부와 경찰서. 그리고 지자체와 국회와 정권 등. 또한, 부자 비위 맞춰 치부하며 노예도덕 부지런히 가르치는 수구 기복 종교들. 그것들이 그들 편에 서서 기껏 만든 사회는 1:99 세습 자본주의 사회.

프레용이 컨베이어벨트에 끼여 찢기고 부서진 지가 두 달 가까이 된다.

하지만 아직도 그는 장례식장 지하 냉동고에 있다. 오로지 이윤, 착취만 추구하는 기업의 행태만 아니라 노동부와 경찰서 등 관계기관들의 직무 유기가 그렇게 만들고 있는 거다.

졸부의 나라에서 한 기자회견. 천민자본주의의 첨단을 걷고 있는 나라에서 기자회견을 하면서 다시 확인한 게 있다. 그건 다름 아니라 우리 사회를 작동시키는 근본 원리다.

"자본의 이윤, 착취 극대화 위해 생명을 극소화하라."

이게 졸부의 나라, 천민자본주의의 첨단을 걷고 있는 나라를 움직이는 근본 원리다. 졸부의 나라 코리아의 머리는 비어 있지 않다. 텅 빈 게 결코 아니다. 앞서 말한 원리로 가득 차 있다.

이자스민이 내게 물은 거

어제 의정부노동지청에서 기자회견이 있었다. 이후 자이분 프레용 산재 사망사건 대책위원들과 기자회견 참여자들이 함께 점심을 먹었다.

회견에 참여해 발언도 한 이자스민(정의당 이주민 인권특별위원회 위원장)과 한 식탁에 앉아 이야기를 나누었다. 그런데 이주노동자에 관한 이야기를 나누던 그가 내게 물었다.

"계절노동자에 대해 어떻게 생각하세요?"

나는 즉답을 했다.

"나는 그거 반대합니다."

계절노동자란 3개월이나 6개월 단기간 입국해 노동하는 외국인노동자를 의미한다. 전국 몇 군데 지자체들이 이 계절노동자제도를 시행하고 있다.

나는 그 제도는 반드시 불법체류자들을 양산하게 될 것이라고 말했다. 그리고 단기간 고용이기 때문에 그들에 대한 처우가 매우 낮아지게 될 게 뻔하다고 했다. 취업비자로 입국해 보통 5년 가까이 노동하는 기존의 이주노동자들도 노동조건과 환경이 열악한데, 단기간 취업하는 이주노동자들의 노동조건과 환경은 더욱 열악해질 게 확실하다.

그 또한 이 제도의 부작용을 우려했다. 특히 지자체 도시가 외국의 어느 도시와 협약을 맺고 계절노동자를 입국시키고 있는 점을 지적하며 그 부실함을 염려했다.

앞뒤 생각하지 않고, 노동정책을 멋대로 졸속으로 만들어 밀어붙이는 지자체나 정부. 기업이나 자본 편에 서서 일하다 보니 멋대로 졸속으로 일하게 된다. 오직 자본의 이윤, 착취 극대화를 도모하는 일에 함께 몰두하니 그리되는 거다. 그런 식으로 지자체나 정부가 수십 년 동안 열심히 일해 기껏 만든 건 착취공장형 재벌왕국이고, 1:99 세습자본주의 사회일 뿐인데 여전히 그리한다.

이번에 언론 노동자들의 역할이 컸다

고 자이분 프레용 산재 사망사건이 원만하게 협상 타결되기까지 언론의 역할이 컸다. 특히 한겨레신문, 경향신문, 서울신문, 뉴스앤조이 등의 역할이 컸다. 프레용 사건이 일어난 때는 지난 11월 13일(2019년)이다. 유가족, 노무사가 사 측과 협상했지만 한 달 이상 답보 상태였다. 사 측이 민사배상액으로 겨우 3천만 원을 고수하면서 그랬었다. 그러나 경기북부지역대책위가 꾸려지고 연대활동이 시작되면서 협상이 급물살을 타기 시작했다. 대책위가 힘을 얻고 협상이 급물살을 타는 데는 언론의 연대와 협력이 큰 도움을 주었다.

재벌이나 소수 가진 자 편을 드는 언론은 죽었다. 살아 있다고 하나 실상은 죽었다. 그러나 사회적 약자 편에 서서 경제, 정치 등 온갖 권력을 감시하고 비판하는 언론은 살아 있다. 그 언론은 때로 핍박을 받아 쓰러져도 다시 일어난다.

지금은 소셜미디어 시대다. 이 시대에, 살아 있는 일인 미디어들도 역할이 컸다. SNS를 통한 자유로운 소통도 이번에 큰 도움이 되었다. 일인미디어 시대를 실감했다. 종이신문이나 방송들이 뉴스의 원천을 일인 미디어에서 얻는 경우가 많다. 광고비로 기업, 자본이 언론을 요리하고 지배하는 질곡에서 벗어나 자유롭게 활동하는 소셜미디어야말로 갈수록 사회변혁을 위한 좋은 도구가 될 것이다.

푸르뎅뎅하다는 게 뭐예요?

고 자이분 프레용을 보내는 추도식을 준비하고 있다. 그 자리에 나는 이주노동자들이 많이 참여하기를 바랐다. 그러나 음력 설 연휴를 앞두고 대체근무를 시키는 중소기업체들이 많다 보니 참여하고 싶어도 못 올 친구들이 많다.

추도식 순서에도 이주노동자들이 많이 참여하길 바랐다. 그래서 기도나 악기 연주도 맡기고 시 낭독도 부탁했다.

어느 시를 낭독할까? 고민하다 '손 무덤'을 꼽았다. 박노해 시인의 시. 지난 7~80년대에 내국 노동자가 흔히 당한 손 절단 산재 사고를 지금은 외국인노동자들이 많이 당하기 때문이다. 해마다 절단되는 이주노동자 손가락이 몇 가마니라는 말이 있을 정도다.

시를 낭독할 친구를 찾았다. 네팔서 취업비자로 온 지 십 년 된 노동자 카플레(30대). 그는 추도식에 꼭 참여할 사람이었다. 지금 공장에 다니고 있지 않기 때문이다. 그는 한국에 와서 얻은 질환을 치료받고 있다. 내가 보기엔 산재 질환이지만, 근로복지공단은 산재로 인정하지 않을 게 뻔한 질병이다. 산재로 인정받으려면 아주 많은 수고와 싸움을 해야 한다.

'손 무덤'이란 시를 읽어보라고 했다. 미리 낭독 연습을 시킨 거다. 산문시라서 그래도 이해하기가 어렵지는 않았다. 공장에서 일하다 손목이 잘린 사고를 소재로 쓴 시라서 그는 쉽게 이해했다.

그는 시를 읽어 내려갔다. 한 연씩 읽었다. 더듬더듬 읽어 내려갔다. 한국어 듣기와 말하기는 곧잘 하지만, 읽기는 어려워했다.

"푸르뎅뎅하다는 게 뭐에요?"

시를 읽어 내려가다 말고 대뜸 내게 물었다. 시의 화자가 동료 노동자의 잘린 손을 품에 넣고 다니다가 꺼내보니 푸르뎅뎅했다는 표현을 하고 있는데, 그 대목에서 그가 읽기를 멈추고 물은 거다.

'푸르뎅뎅하다?'

나는 즉답을 못 했다. 대충 '푸르다'와 같은 의미라고 생각했는데, 막상 질문을 받고 보니 난처해졌다. 그 정확한 뜻을 몰랐기 때문이다. 잘린 손이 시간이 지나면서 푸르게 변한 건가? 시간이 지나면서 잘린 손의 부은 모습을 나타내는 표현인가? 색깔과 모양을 동시에 나타내는 낱말인가. 아니면 칙칙하고 어두운 푸른색을 의미하나?

이리저리 생각하던 나는 그의 점퍼를 가리키며 말했다.

"푸르뎅뎅하다는 건 이런 거야. 이렇게 검은색하고 푸른색이 섞인 거 같은 색이에요."

그는 마침 검은색과 푸른색이 섞인 무늬 옷을 입고 있었다.

"카플레, 한 번 더 읽어봐요."

읽는 동안 나는 핸드폰에서 국어사전을 찾아 검색해 보았다. 사전은 이렇게 가르쳐주었다.

'칙칙하고 고르지 않게 푸르스름하다.'

나는 사전이 가르치는 뜻풀이를 봐도, 그 뜻을 또렷하게는 알 수 없었다. 이리 어려운 낱말도 있나 싶었다.

며칠 뒤 산재 근절을 촉구하며 진행된 추도식이 덕정감리교회(담임목사 문병하, 양주시)에서 열렸다. 그 자리에는 중대재해를 일으키는 기업처벌법 제정을 촉구하기 위한 토크와 공연 그리고 추도 순서가 있었다. 카플레는 시를 낭독했다. 프레용은 그 시를 타고 태국까지 날아갔다.

인신 제사를 이제라도 걷어치워라

자본과 국가가 손잡고 행하는 인신 제사. 산재로 마련하는 노동자 인신 제물. 주로 비정규직 하청 노동자와 이주노동자를 골라 죽여 바치는 제물.

지난 20년만 보더라도 4만 명이 넘는 노동자를 인신 제물로 바쳤다. 하루 평균 6~7명, 한해 2천 명 이상 인신 제물을 바쳤다.

누구 위해 바쳤나? 그 거대한 제사는 누구 위한 것인가? 그것은 1:99 사회에서 주로 1% 계급 위해 바치고 드렸다.

누가 그 많은 인신 제물을 죽였나? 행정, 입법, 사법부 등 국가의 강력한 지원을 받는 기업이 죽였다. 오로지 착취 극대화 위해 질주하는 기업들이 죽였다. 국회의원들의 DNA를 살펴보니 중대재해 기업처벌법을 만들 가능성은 아주 희박하다. 세계 최고, 최대 인신 제사는 계속될 전망이다.

생명을 중히 여긴다고 떠드는 종교들은 뭐했나? 대개는 인신 제물 죽이는 일을 거들었다. 부자 편에 서서 노예도덕 부지런히 가르치며 거들었다. 스스로 만든 맘몬신을 맘속 깊이 모시고 부귀영화 지성으로 갈구하며 거들었다.

당신의 생애사를 구술하세요

"당신의 생애사를 구술하세요."

이는 무슨 시험 문제가 아니다. 이건 내가 얼마 전 부탁받은 것이다. 누구에게 부탁받은 건가 하면 '경기도 이주노동자공동대책위'라는 기구 안에 있는 한 부서로부터 받은 거다. 그 부서는 해마다 이주노동자나 이주민들의 구술 생애사를 모아 책으로 만들어낸다.

그 부서가 올해는 양념을 넣기로 했다. 이주노동자나 이주민들의 얘기 끄트머리에 내가 구술한 생애사도 끼워주기로 한 거다.

어제 두 실무자가 우리 센터를 찾아왔다. 정지윤 님(수원이주민센터)과 사월 님(다산인권센터). 그들은 두 시간 동안 나의 이야기를 들으며 녹음했다.

나는 그동안 이주노동자들과 벗이 되어 살아온 이야기를 집중적으로 했다. 지난 80년대 십 년 동안 도시 빈민이나 노동자들과 함께한 삶도 얘기했으나, 산재를 당한 이주노동자들과 함께한 생활 이야기를 많이 했다.

이주노동자들을 옥죄는 구조적인 문제를 말하지 않을 수 없었다. 고용허가제를 비롯한 여러 가지 그들을 노예적인 삶으로 몰아넣는 구조적인 현실을 언급할 수밖에 없었다. 아울러 이주노동자들과 더불어 그 열악한 현실을 극복하고 헤쳐나온 얘기도 했다.

살아온 얘기를 구술한 뒤 든 생각이 하나 있었다. 그건 다름 아니라 내가 죽어 하나님 앞에 서게 될 날을 상상한 거다. 그때는 부끄럽기 그지없는 삶에 관한 얘기도 숨김없이 다 진술해야 할 터인데.

"이제부터 네가 살아온 생애를 모두 진술해 보아라."

나가는 말

성경이 처음부터 마지막까지 집중적으로 관심을 두는 것이 있다. 그것은 다름이 아니라 인간과 인간 사이의 관계이다. 사람과 사람 사이의 관계성이 어떠하냐가 큰 관심사다. 성경이 말하는 천국과 지옥은 지금 여기서부터 경험하는 사회이고 삶이다. 수직적인 주종관계가 지배하는 사회는 지옥이고, 수평적인 대등 관계가 지배하는 사회는 천국이다. 주종관계에 길든 마음으로 사는 삶은 지옥이고 수평적인 대등 관계에 따라 사는 삶은 천국이다. 전자는 사랑이 희박하나 후자는 사랑이 충만하다. 후자는 서로 이웃을 내 몸처럼 사랑하는 사회, 삶이나 전자는 서로 이웃을 탐욕적 목적을 위해 이용이나 하는 사회, 삶이다.

자본이 왕 노릇 하는 사회는 수령주의 왕국 못지않게 비인간화된 사회다. 맘몬이 주인 노릇 하는 사회는 반드시 모든 인간관계를 주종관계로 만든다. 코리아는 주종관계가 지배하는 사회다.

주종관계가 지배하는 사회에게서 벗어나는 길은 무엇인가?

주종관계가 지배하는 사회구조에 길든 삶과 마음에서 벗어나는 길은 무엇인가?

나는 이 책 첫머리에서 길을 묻고 싶다고 했다. 이 끄트머리에서도 나는 또 묻고 싶다. 이제까지 글을 통해 내 생각이나 생활을 드러내며 달려왔지만, 여전히 묻고 싶다. 내 생각이나 주장을 드러낸 까닭은 그 물음을 위한 것이었다.

파랑 검정 빨강

펴낸날 2020년 12월 21일

지은이 김달성
펴낸이 주계수 | **편집책임** 이슬기 | **꾸민이** 전은정

펴낸곳 밥북 | **출판등록** 제 2014-000085 호
주소 서울시 마포구 양화로 59 화승리버스텔 303호
전화 02-6925-0370 | **팩스** 02-6925-0380
홈페이지 www.bobbook.co.kr | **이메일** bobbook@hanmail.net

ISBN 979-11-5858-738-3 (03810)

※ 이 도서의 국립중앙도서관 출판시도서목록(CIP)은 e-CIP 홈페이지(http://www.nl.go.kr/cip)에서 이용하실 수 있습니다. (CIP 2020051463)